田埂上的小提琴家

林苑中

济南出版社

文学新势力
WENXUEXINSHILI

"文学新势力"文丛·序

张清华　邱华栋

2012 年 10 月，莫言荣膺诺贝尔文学奖，再度激发了国人的文学激情，也唤醒了各界在文学教育方面的旧梦。这其中就包括北师大。因为一段至关重要的学缘，莫言曾于 1991 年获得了北师大授予的文学硕士学位，而此刻，作为母校的师大自然倍感荣耀，遂立刻决定成立北京师范大学国际写作中心，并邀请莫言前来担任主任。中心成立之初，其核心职能便被提到了议事日程，这就是文学教育和创作人才的培养。

需要稍加追溯前缘，才能说明这套文丛的来历。1988 年，由当时在研究生院任职的童庆炳教授牵头，由北京师范大学提供学制条件，牵手中国作家协会所属的鲁迅文学院，共同招收了首届作家研究生班。那时的学位制度还相对处于比较早期的阶段，各种规章还没有现在这样严苛和完善，所以运作相对容易，招生考试环节也相对宽松。因此，一批在当时的文坛已崭露头角的青年作家，便被不拘一格，悉数收罗。之前，他们中的很多人并未受过太正规的教育，刘震云几乎是唯一一个，他是北京大学中文系 77 级的本科毕业生，系出正宗名门。余华便只是在浙江海盐上过中学；莫言之前虽有在解放军艺术学院文学系学习两年的经历，但更早先却是连中学教育也不完整；严歌苓、迟子建等差不多都只是受过中等专业教

1

育；其他人我们未做过严格的统计，但可以肯定，其中多数未曾上过大学。然而不容置疑的是，这些人是那时中国最具希望的一批，是青年作家中的翘楚，未来文坛的半壁江山。从这里出发，二十年过后，他们的确未负众望，为中国文学争得了至高荣誉，也几乎成为一代作家的代言人。

很显然，这一传统成为北师大和鲁迅文学院共同的一个记忆，一笔不可多得的财富，无论从哪个角度看，这都是两所学校引以为豪的历史。在这样一个背景下，再续昔日文学教育的前缘，找回这一无双的荣耀，也就是很自然的事情了。

因了以上的缘由，2016 年，北师大校方经过认真研究，参考过去的合作模式，从全校不多的单招单考的硕士名额中拿出了 20 个，交由文学院和国际写作中心，来寻求与鲁迅文学院合作，并于 2017 年秋季正式招收了"非全日制"学术型文学创作硕士研究生。为了省却过于烦琐的制度性限制，我们特地在中国现当代文学专业二级学科下，设立了"文学创作方向"，并采用了学术导师加创作导师相结合的培养模式，以给学员创造更为合适和充分的学习条件。鲁迅文学院则为他们提供居住和学习的物质条件，提供尽可能好的一切形式的支持，并拟在培养方案中结合鲁院的讲座制培养模式，两相结合，尽显特色互补的优势。

同时还必须指出，有几位至关重要的人物支持了这项事业。时任北师大党委书记的刘川生教授、校长董奇教授，他们在推助写作中心的文学教育工作方面给予了大力支持，在制定相关体制机制方面也给予了诸多方便；晚年在病中的童庆炳教授，多次勉励我们传承好过去的经验，大胆探索，争取把工作尽早落到实处。中国作协这一方面，作协党组、特别是铁凝主席也同样给予了积极支持和热诚关怀；分管鲁迅文学院工作的吉狄马加书记，则在工作中给予了非常具体的关心和指导。

参与该项工作，制定合作规划、培养方案、课程体系，以及日常服务管理等诸项事务的，便是本文的两位作者，时任鲁迅文学院常务副院长的邱华栋，和北师大文学院负责研究生教育的副院长兼国际写作中心执行主任张清华。整个过程中，要想实现两个职能完全不同的单位之间的密切合作，在所有培养工作的环节上都无缝对接，是一个至为琐细的工作，难以尽述。好在这不是一个"工作汇报"，我们在此也就从略了。主要想说明的是，两校之间目前的合作进行得非常顺利，一切都在愿景之中。

迄今为止，该方向的研究生已经招收了三届，共56人。从总体情况看，达到了预期的要求。在学员中，有鲁迅文学奖获得者乔叶、鲁敏，有多位全国少数民族文学奖获得者，有"70后""80后"广有影响的青年作家，像东紫、杨遥、朱山坡、林森、马笑泉、高满航、闫文盛、曹谁、曾剑、王小王，等等，他们在文学创作上都已经有了相当出众的成绩，或是十分丰富的经验，然而他们共同的诉求，又是都有"充电"的渴望，有成大家的梦想，所以因了冥冥中某种命运的感召，汇聚到了一起。

关于文学教育，历来也是分歧明显众说不一的，有人坚称"大学不培养作家"。这话一定程度上是对的，大学的使命很多，成败胜负的确不在乎是否出产了一两个作家。但这话的"潜台词"值得商榷——其意思是有轻蔑的，是说"你培养不了作家"，"作家不是谁培养出来的"。这当然也对，没有哪个大学敢说自己"培养"了几个作家，而只能说，那儿"走出了"哪些个作家和诗人。但这么说是否意味着文学教育是无必要的呢？似乎也不能。因为照某些人的逻辑，我们就可以反问，大学不能培养作家，难道就可以"培养"经济学家、政治家、科学家和法学家吗？谁又敢于说，他们"培养"了那些伟大和杰出的人物呢？很显然，各行各业的杰出人才都是很难通过"定制"来培养的。但从另一方面说，大学又必须要提供人才成长和受教育的条件，从这个角度看，宣称大学不培养作家又是不负责任的。回顾当代文学的历史，文学的变革和作家的成长与大学教育的恢复和发展密切相关。"文革"及"文革"前大学教育的草创和荒芜时期，也出现过许多作家，但他们要么是从战争年代的洗礼中锻炼出来的，要么是在长期的自学中成长起来的，因为没有条件受到良好的教育，他们的文学道路多有延宕，艺术成长和成就也都受到了限制，这是人所共知的常识。正是"文革"后教育的全面恢复与发展，才让文学事业出现了人才辈出蓬勃兴旺的局面。

所以，正确的理解应该是，作家是无法培养的，但文学教育是必需的。当然，文学教育对于高校而言，其目标确乎主要不是"培养作家"，而是为所有学生提供一个素质养成的环境条件，这才是成立"国际写作中心"、引进著名作家执教的核心意义所在。换句话说，能不能出产一两个作家或许不是最重要的，其培养的人才是否具备写作的能力，成为文学的内行才是重要的。传统的文学教育虽然有各种各样的问题，但是所培养的读书人大都是既能够研究，又可以写作的双料人才。新文学的早期，大学的教授也有许许多多是学者和作家集于一身者，之后才逐渐文脉不彰，大师不存，大学教育渐趋沦为工具化和技术化的知识教育，名实不符的学术教育。

但无论如何，北师大与鲁院联办的这一培养模式，其目标还是直接而干脆的，就是"培养作家"。当然，这培养不是从根上栽植开始的，而是"选苗"和"移栽"的过程，甚至有的就属于"摘果子"。即便是后者也不是无意义的，当年莫言、余华、刘震云、迟子建、严歌苓等这批人，在进来之前早就是声名鹊起的青年作家了，录取他们无疑也是"摘果子"，但系统的阅读与学习，大学综合环境下的熏陶成长，谁敢说对于他们后来的写作没有助益？所以，我们坚信这一工作是有意义的。

最后再来说说这批作为"文学新势力"的新人。显然，他们都属于"70后"或"80后"的一代，较之他们的前辈，这批新人的主要差异在于代际经验。前代作家的成长期大都经历过历史的大波大澜，童年也大都有原初和完整的乡村生活经验，所以某种程度上还是受到"总体性经验"支配和支持的一代作家。莫言笔下的"高密东北乡"，可以说寄寓了他对于农业社会生存的全部感受和想象，也寄寓了他对近现代中国历史巨变的全部记忆与理解，读之如读一部血火相生、正邪相伴、生死轮替、魔道互换的史诗。这种具有总体性和原生性的经验与美学，在下一代作家这里早已变得不可能，他们都命定地处在某种"晚生"和"后辈"的自我想象之中，不得不在碎片化、个体化的历史经验与记忆中探索前行。

这些都并非新鲜的话题，我们也只是重复了前人既成的说法。但这也是所谓"新势力"的根基与合法条件，"新"在哪里，又何以成为"势力"，这是需要我们想清楚的。在我们看来，所谓"新势力"其实就是指：一是有新的文化特质的，他们在文化上所拥有的"新人"特色或许很难用一两句话说清，但一定是更具有个性、自主性和独立思考的一代，是拥有新知和新的经验方式的一代，是用新的思维与视角看取人生与世界的一代，是在网络信息时代生存和写作的一代；二是有新的美学属性的，这些属性自然更难以总体性的概括来描述，但毫无疑问他们是具有陌生感的一族，是难以用传统范型所涵盖和统摄的一族，是游走和不确定的一族，是空间化和个体性得以充分彰显的一族，当然，也是相对琐屑和相对真实，相对平和和相对日常性的一族。有时我们觉得是这样的不满足，但有时我们又会觉得，他们离着理想的文学，离所谓普世性的"世界文学"的距离越来越近了。

旁观者说一千句，不及读者自己去观照、去体味其中的丰富和微妙，"总体性"之不存，我们的概括也自然显得苍白无力，不如读者们自己去一一打量和细细辨识。

看，这就是"文学新势力"，他们来了。

2019 年 7 月，北京西山暑热中

目　录

火神营诗篇

这一切有了羽毛，痛苦十夜
从梦里飞出，落在阔大的地面
京城的夜，果然星空灿烂

——《小城赋格》

    李布是被天上的飞机吵醒的，他睁开眼睛。早晨的太阳几乎贴在窗户上，就在他发怔的间隙，或许不到一分钟，又一架飞机起飞了，它们从树冠的上空飞跃过去。他感觉到窗户像冷天里的嘴唇发着抖，再看看墙壁，整个墙像层白纸被风吹着那样瑟瑟而动。

    朋友老兰告诉他，这里离飞机场很近，平均一分钟有一架飞机起落，据说，还会愈来愈多，简直像蝗虫一样。李布当时似乎没有在意这个说法，把老兰送下楼之后，他就呼呼大睡了一场。说实话，他疲倦极了，他耳朵里还回响着母亲在那个十几平米客厅里哭泣的声音。她劝他留下来，他的父亲也劝他，甚至像李布小时候经常遭遇的那样，他父亲抽着烟，要动手打他。手扬在空中，之后又无力地垂下来。父亲或许看清楚了，眼前的那个小孩已经是一个倔强的大人了。但在他们眼里，一切的确过于莽撞了。

"我不赞成，我绝对不赞成。"父亲喃喃自语。他们肯定百分百地不赞成。李布比谁都明白这一点。但是这一回李布铁定了心思，他说："这次非去不可，你们不赞成也没有用。"他站在客厅里宣布这个消息的时候，就像在客厅里拉响了一个雷管。

这就是离家前的场景，他的父亲坐在阳台上，红着眼睛，母亲坐在客厅的沙发上垂泪。这种情形持续到黄昏时分，他们知道已经无法挽回。于是晚上的时候，母亲还是去了菜市场，从晚市上买来了菜。自从生病以来，她还没有下过厨，她要亲自给她不听话的儿子烧几个菜。以示饯行。

他盯着窗户上四射的阳光，想起妈妈在厨房里忙碌的身影，似乎又听见了她被油酱味呛得直咳嗽的声音。李布眼睛里的窗户变模糊了。

在接下来的这个一分钟和下一个一分钟的小小间隙里，李布听见了楼下草坪里的狗叫声，这种尖厉的声音打断了李布的遐思。因为床靠近窗户，所以李布不必移步就能够看见那个酒红色头发的女人，她一手打着手机，一手牵着狗。狗一点也不好看，李布想，在老家，这充其量是一条野狗的货色。他曾经拥有过两条狗，一条走失了，估计被附近的民工套去做了下酒菜，一条被打狗队勒令打死了。红头发女人突然停下了脚步，她对电话里那个人似乎很不满。她开始抖动那头酒红色的头发，如果转过身来，一定能看见她脸红脖子粗的样子。

李布只能看见一个背影，她抖动着头发，酒红色的。另一条狗不知什么时候游弋了过来，在阳光下那条狗显得健硕，毛亮条顺的。女人手上的绳子绷直了，她的狗向那只狗狂奔了过去，就在它们相互嗅着的时候，女人还在打着电话。那条狗似乎没有主人，事实上是有的，只不过不在李布的视野里，他站在路牙上，在一棵树冠之下，抽着烟。后来李布经常看见这个人，四十岁上下，大概是因为他遛狗的时间和李布回家的时候重合，因此那个家伙好像就一直没有从那棵树冠下离开过似的。那家伙和他的狗一样，打扮俊俏，却给李布一种东逛西逛游手好闲的印象。

女人手上的狗显然是一条母狗，从那条黑狗的动作可以判断出。只见黑狗用健硕的两腿抱住了母狗的臀部，并且在向前突突用力。女人一开始并没有发觉，后来发现了，立即用脚粗鲁地将黑狗踢下身来。她先是用脚踢了一下她的狗，并且拽了拽狗绳，充满了责怪。她这时通话已经结束了。

"你家这狗儿子，不要脸，一大早就要！"显然是那女人的声音。

但是那个男子的声音被飞机飞过的巨大声流吸走了。

李布上班的地点远了些，他必须早晨六点半起床，才能赶上早班的汽车。他所在的小区班车从他一出小区门就开始突突地抬动它的尾部了。他不得不向司机招手。有几次，司机装作没有看见，很快将车子甩尾拐弯上路了。逢到这样的时候，李布总在心里痛骂那个麻脸司机。李布第一天上班，他的朋友老兰领着他，过这个桥，行那个路，他有点晕头转向。他的朋友老兰像是知道他的晕眩，拍了拍他的肩膀："没事，习惯了就好了。"李布坐车到三元桥还要转车，转车显得麻烦。其实正如老兰所说，熟悉了之后就一点也不麻烦了。此后，李布独自的上班之路显得险象环生，有几次过往的车停到了他的腿弯这儿。三元桥的天桥让李布一时不知道如何是好，他记得标志性的建筑飘在早晨枣栗般的空气里，但位置他一个也没有记住，他开始站在天桥上给他的另一个朋友打电话。这个朋友确切地说是他的老乡，在电话里指挥着李布的脚步。最后他终于到了一群人堆里，在人堆缝隙里他看清楚了站牌。

"到了，不错。是这儿。"他对老乡说。老乡正坐在电动车上，风声呼啸着从手机那头传过来，夹杂着老乡模糊的乡音。

李布在人群里转身，一辆车子像一只有身孕的海豚游了过来。车门咣当一下打开很快又关上了。紧接着，身边的人群散开，像一群鱼觅食，奔向了后面还没有停稳的车子。李布带着这几天来建立起来的生活惯性，一路狂奔过去。但是很快，车子门在他的鼻尖关上了。戴着红袖套的蓝制服将手伸出车窗外，摇晃着，夹杂着含混不清的喊声：满了，走了——

这就是李布第一次独自在三元桥转车的情形，他几乎被搞懵了。他记得自己所在的那个小城，随手一招，一辆的就会悠游过来。或者你只要花三元钱就可以在一个三轮上把小城转一圈，甚至可以在三轮上睡一觉，阳光照在你的脸上。

有那么一小会儿，李布的思维是停顿的，他似乎感觉到那小城的光线从灰蒙蒙的天空穿过来，斜斜地照在回忆的脸上。

李布中午的午饭在单位吃，就在他吃饭的时候，有人打电话告诉他，有人找他。这让李布很是惊讶，因为除了老兰以及个别的朋友，并没有人知道他来到了北京。那个打电话的是隔壁办公室的，他似乎知道李布的名字，而李布却不知道他的。他在电话的末尾告诉李布，闲暇时来他办公室坐坐。迄今为止，他都不知道是谁，那个打电话的人在哪个房间。尽管他知道在同一条走廊。他曾经留意辨认过走廊行走的人的口音，或者房间牙开一条缝里的人声。但是李布似乎没有找到那个电话里的声音。

电话里的人告诉他，来找他的人坐在底厅。

李布站在电梯里心怦怦乱跳，有点紧张，他不知道面对的是谁。好在电梯里就他一人，他轻松地吁了一口气，并且自我解嘲了一番。随着电梯门一撕开，事情的真面目就在眼前。李布简直不敢相信自己的眼睛。

是苏红！李布差点大叫起来。他太感到意外了。苏红正歪着头盯着他笑。似乎他的脸上表情在她的预料之中。怎么样，惊喜吧？！

"惊喜！"李布边说，边赶上去紧紧地捏着苏红的小手。

苏红和李布的关系得追溯到大学时代，他们曾经在图书馆后面的小树林里坐了一夜。他们曾经有两三次一起看电影，溜冰，逛夫子庙的经历，此外几乎就像一个被岁月侵蚀的胶片一样一片空白。但是这个胶片上的痕迹里有着些淡然的忧伤，那些曾经有的场景虽然像月亮一样白，但是却像月亮一样亮。他们若即若离的爱情很快就被毕业之际的现实冲淡了，就像他们在河边小心聚拢的沙被意料中的海浪冲垮、冲散一样。

之后他们杳无音讯。两个人就像两颗星星，从树冠里弹跳而出，不知所终。

李布承认他对于大学时代的记忆时而模糊时而清晰，他也承认他发生了变化，除了戴了一副眼镜。其实苏红说的一点也不错：他的目光在镜片的背后也被生活改造过了。苏红这么说。李布只是笑笑。

苏红告诉他，她现在在北大。李布心里一阵战栗。他记得她曾在小树林里的星空下说，她要去北京，读书，生活，那才是她想要的。那时，她曾经晃动着光洁的脸孔向着他，问他，你呢？他当时无语以对。现在她真的做到了，这些年她读了不少书，眉宇间的神色，包括说笑都有了一些不同。而他，这么多年来，就是多戴了一副眼镜。

他不好意思提及他毕业后的生活，只是淡淡地说，很家常，可以想象得到的。

苏红的旁边还有一位女孩，到他们一起往旁边的便宜坊酒家走的时候，苏红才给他们做了介绍。

这就是李布第一次见到芳菲的情形。她鸭蛋脸，皮肤很白，富有光泽。她一直坐在那儿，听他说话。盯着他们的眼神表情，一点也不觉得自己多余，如她以后对李布所说，她有的只是好奇。事实上正是芳菲告诉了苏红李布在京的消息的。而芳菲是听别人说的，她那次参加一个聚会，照例是几个人在闲聊，喝酒，照例几个作家的名字在他们的嘴边滚来滚去。"是有人不经意间，提到了你。"芳菲这么跟李布说。此后第二天下午时分，她刚好和苏红在街头遇见，然后在星巴克喝咖啡。喝完咖啡之后，苏红就急匆匆地"杀过来了"。

"真是巧了。"芳菲如此说道，"如果我不在下午出门，就不会遇见苏红，你要知道我们尽管是同门师姐妹，一年也很少碰头，多是打电话。如果不遇见苏红，我就不会想起她曾经说过的那个李布，这个陌生人李布（苏红后来还是承认了她读过李布的一些诗歌）。如果不喝咖啡，就不会陷入回忆，不陷入回忆就不会有情感的返潮，不会有情感的返潮就不会有见故人的冲动。"芳菲说这些话的时候，揶揄中夹杂着醋意。

"我们是断断续续的，那种，没有什么，其实根本没有什么。"李布向芳菲这么解释道，后来他就懒得解释了，因为解释，他就会受窘，而芳菲似乎乐意看他受窘。

芳菲去过火神营之后，她就强烈建议李布赶快搬家。的确如她所言，太远了，不方便。如果路上不堵车，一个多小时就能到达。"你有过不堵车的经历吗？亲爱的李布？"芳菲歪着头问道，她似乎很快就学会了这个令李布着迷的招牌动作。李布挠了挠头，说："还没有过，只要上路，就得堵。"

那就对了，一个字，搬。

李布决定找那个合租的女孩谈谈，女孩是山东济南的。2000年来北京，算起来在北京已经五年了。她是一个典型的北方女孩，李布还记得她开门见客的样子，穿着一对襟黑衫，里面却是白色胸罩，就算没有黑白对比效果，她的胸部照样很显著。她一手拉开门，一手抓着一个馒头，馒头被撕开两半，中间夹着绿色的大葱。此后的日子里李布经常见到这个女孩在屋子里一边啃着馒头大葱，一边走来走去咿咿呜呜地打电话。

她开了门，把来人让了进去。李布的房间是个大间，里面有一张醒目的大床，上面的席梦思床垫像一个刚刚游弋过来的潜艇。事实上，她才买了没有两天。有一张桌子，一个椅子。椅子是以前的房东的，她告诉李布，她将要买新的，到时候连桌子都买新的。尽管墙上白花花的一片，了无一物，但是李布还是将四墙环顾了一周。他向老兰点了点头。

虽然比想象中简陋点，但是要比地下室好多了，那边南窗满口的阳光。

就这样李布就在这个 15 平米的房间里框定了他的生活，当然按照合同的规定，卫生间是共用的，厨房是共用的，阳台的阳光也是共用的。因为疲倦李布第一天晚上基本没有和女孩说话。后来的几天里，大家都因为早出晚归的，很少碰面。加之开始的几天里，李布睡得很沉，基本没有听见女孩出门的动静。总之第六天，因为是周末，他们才有喘息的机会似的，在吱吱作响的日光灯下有了一番交谈。

女孩告诉他，这房子是她自己买的，二手房，李布的月租金等于她的月供了。她还感谢李布能住进来，她可以好好地喘口气了。她说，在北京，四五年很不容易。谈话的最后，她还说，有个人在屋子里，心里踏实多了，以前自己回来得很晚，有一个重要的原因就是回来太早睡不着，睡不着就会害怕。这房子隔音效果不好，四面墙都有动静，经常自己吓自己。

然后她向他一笑，露出了粉嫩的牙龈。

在之后的日子里，他们的时间钟点相遇的时候，譬如他们恰好同时刷牙，用厕所，或者用锅。开始的时候，他们还谦让着先后，后来就不分彼此了。李布在卫生间刷牙，她也进来刷牙，吃吃地吐着白沫，还和他说着公司的趣事。在狭窄的卫生间里，他们会争着用那面墙上的镜子。有时候他们的脸会一起出现在镜框里。这个感觉让李布觉得很不可思议。他想起在千万里之外的家里那面墙上的镜子，镜子边上的花纹几乎是一样的。

李布把这些细枝末节将给他的朋友老兰听，老兰一脸坏笑，说："那不正好吗？晚上用一下也可以的嘛。"李布扬了扬手，说："算了吧，那女孩谁要用去吧。"

"女孩？是女人吧。"老兰说。

事实上，她的确是女孩。在第十天的晚上，山东的女孩就讲了她在大学的一段故事，这个充其量是她的一个自我感觉，或者说自己的一厢情愿。她说一个男孩很喜欢她。跟他在学校球场上的黑暗里吻过一次，她说得很平淡，李布很怀疑。可是后来她看见他和另一个女孩在一起了，她认为那是在报复她。女孩断断续续地讲述了这么一段，李布是一直持有怀疑的。

或许她已经从李布的表情里侦察到了一些什么，马上在叙述的口气上有所转变了，但是女孩说她还是处女这句话几乎是一下子冒出来的，和日光灯的镇流器一样在房间里吱吱作响。

女孩从她的屋子里拿出了她的相册，她在她的屋子里翻找了好一会儿才出来。女孩的屋子李布只在门缝里瞧见过一次：里面凌乱不堪，女孩睡的是一张沙发床。

那是一张慌乱的床。被窝始终卷着，衣服乱摊着，没有时间感。这完全不符合李布对女孩的审美。她觉得女孩的房间应该有一种闺房的气息：早上，女孩起床，被窝也起床，晚上女孩睡觉，被窝也睡觉。

这云卷云舒之间自应有一种淡淡的香云环绕。这里没有啊，这也是为什么在后来的日子里，李布就没有将她视为一个女性看过。她是中性的。真的，我就是这么看的，李布对芳菲说。

事实上，这种感觉表现在李布屡次不关卫生间的门上，李布用厕时他将门轻轻一带，没有像起初那样"咔哒"一声在里面锁上。有一回事情就发生了，女孩尖叫了起来，她以为李布在房间里，她一把拉开卫生间的门，看见李布坐在马桶上。

芳菲说："你肯定是故意的，想勾引人家，哼？"

李布说："天地良心。真的没有，你也不是没有见过那人，整个脸，和身体都呈现出中性的状态。除了那对骄傲高挺的乳房。"

芳菲说："人饿了，饥不择食也是有的噢。"

这段对话在李布后来的遐思里，出现过几个反复。长夜漫漫寂寞难耐，李布清晰地记得一股缠绕的物质在自己身体内部的撞击声。他躺在床上，眼睛盯着天花板。事实上，他一次也没有想象过和那个女孩会怎么样，在他的天花板上只有一对年轻的身体，缠绕在一起的身体。有时候，他在屋子里听见那边的屋子里女孩跟他说，她的声音很大，譬如，你睡了吗？有时候是你在看书吗？或者说句早点睡吧。李布觉得这都是她的一种寂寞难耐的表现。

还有一回，她回来得特别晚，李布正在写东西。她到他的屋子里来，捧着一杯茶，斜挂在身上的包还没有放下来。她一屁股坐在椅子上，盯着李布出神。李布当时没有怎么理她，他正为一件事情烦恼着。她说："你陪我说会儿话好吗？"

"唔。说吧，我听着。"

还是沉默。女孩喝水的声音。

李布从书桌边转过身子来，旁边的椅子上已经空了。李布拉开自己的门，看见斜对面的卫生间灯开着。他便坐下来，等了一会儿，他看见卫生间的灯还开着。李布敲了敲毛玻璃说："你没有事吧？"里面没有声音。李布敲了敲旁边她的卧室，没有声音，门却推开了：女孩子睡着了。

此后两次，李布都注意到她的门总是留着。

（得承认，情欲折磨过这对在同一个屋檐下的年轻人。它像一张柔韧而甜蜜的锯子来来回回地拉过他们各自的身体。）

芳菲说："其实我觉得人家不容易，没有好好谈恋爱，现在贷款买了房子，整天上班，东跑西跑，月供，水电，暖气，物业。"芳菲叹了一口气说，"你还是不要搬了吧。"

李布说："算了吧你。"然后李布轻轻捏了捏芳菲的耳垂。

终于有时间和女孩坐下来谈了。女孩说："正巧我也想和你谈谈。"李布将手在空中一竖说："你先来。"女孩淡淡一笑，说："你先吧。"在李布的坚持下，女孩支吾了半天才说出一句话来，李布笑了，他马上就明白了，她要李布交一笔小钱。她说："不好意思，因为这是我的房子，新买的，我妈在电话里再三嘱咐我。这是规矩吧。"

大约两个星期前，李布接到了一个电话，电话里的人声称是女房东的妈妈，远在山东济南，她想和她女儿商量一件事情。李布告诉她，她女儿不在家，要到晚上八点钟以后。电话那边并没有撂下电话的意思，她和李布聊了一会儿，说到了女儿的艰难。她很不放心，可是她这个宝贝女儿，一根筋，犟妮子。所以要李布担待些。李布听明白了，她实际上来电话就是要他别欺负老实人。

此后没有几天，芳菲就跟在李布身后进来了。李布和芳菲做爱的时候，恰巧女孩回来了。她看见芳菲在李布的床上，那门开的角度正好可以看见。因为离城比较远，芳菲于是在周四乘车过来，为的是避开周末女孩在家，她在这里为李布做饭，洗衣，然后在床上照顾李布。这是李布的说法。

她说："这是规矩。我妈说到哪里租房都这样。我不管那个女人是谁，哪怕是你领回一个小姐我都不管，但是你们在床上干那事儿，因为是我的房子，所以你得掏这笔钱。"

李布笑了起来，但女孩子没有笑。她盯着李布打开的皮夹。盯着李布手上新戴的红色丝绸带，那是芳菲买的。

"二百元，我妈说了，一分钱不能少，是除晦气的。"

女孩子同意李布搬家，但是她一分钱不会退，包括付三押一的押金。这让李布有点恼火，他将签的租房协议哗啦一下子抖开了，李布再怎么抖那张薄薄的纸，女孩子都毫不理会，她说："不可能的，你随便问谁去，都没有这个理儿。"

李布没有辙了，他抖了抖手上的那张协议，然后用打火机点着了，扔进了抽水马桶里。

随着抽水马桶疯狂旋转的水流声，李布这段时间的生活也随之而去，不复再现。李布将最后的物件拎到车子的后盖里。他舒了一口气，对几分钟前从街头叫来的黑车司机说："我上去看看，还有什么东西没有拿。"其实他已经全拿了，一共六样：两个包装袋，两个蛇皮口袋（那种条纹的），一个大的旅行包，一个小点的旅行包。他站在曾经容纳自己气息的房间里，来回走动了两步，阳光有几条正好晒在床板上。然后他走到门口，向里面张望了一眼：刚才忙碌的声音归于平静，空荡荡的平静。他啪的一声关上了门，转身下了楼。

李布在新房间一收拾停当，芳菲就来了。（插叙一下，芳菲本科是学机电工程的，后来研究生读的中文，毕业后做了记者，人很活泼，文字也很漂亮，她和李布也不知道怎么好上的。她和我也认识。她骨子里喜欢浪漫，多少有点她那个作家父亲的基因。关于她的父亲董欣宾，我答应芳菲为其写一篇小说）。

芳菲坐在李布的大腿上，双手圈住李布的脖子，双眼盯着李布的眼睛看。李布准备将她掀翻在床上，床因为刚铺好，看上去很是整洁。芳菲喘着粗气问："你和苏红做过吗？"李布说："重要吗？"芳菲说："我就是好奇嘛，你不说就算了。"

李布捏了捏芳菲的耳朵说："你其实很无聊。我告诉你吧，我和苏红很纯的，那时候我们就是在树林里坐过一阵子，就这么简单。简单得让人都不会相信。但是那个时候就是这样的。不信，你再去问苏红。满足你的考证癖吧。"

李布又将她的耳朵捏了捏，然后穿鞋走到了窗户跟前。芳菲对李布捏她耳朵的古怪习惯一开始感到不适应，后来慢慢就好了。在做爱的时候她发现耳朵被捏或者被掀住会有一种别样的感觉，那一次她就快活地喊叫了起来。现在可以说芳菲喜欢上了这一古怪而亲昵的动作了。

"你知道吗？苏红怀孕了，可她丈夫远在加拿大。一个人怪可怜的。我们去她那儿吧。"芳菲如此提议是有道理的，有一次她听见李布说梦话，也就是上上周四，她乘车去火神营，她已经第五次来这个地方了，头顶上飞机在轰鸣中，街上的阳光跳到她的鞋面上。她给李布带去了柚子，还有刘心武解读红楼梦的书。李布正在桌前写东西，芳菲来之后，他就将东西收拾好了，芳菲观察桌面的情形，她能够感觉到，事实上，李布是将什么机密的东西放进了抽屉里，锁上了。

李布有点感到意外，因为在一个小时前的电话里芳菲还说有点事情去采访一个世界小姐。那个世界小姐挺拽的，约了好几次总是爽约。芳菲说："她拽她的，挂上电话我就直奔你这儿来了。"李布笑了笑，上前用手摸了摸芳菲的脸。她的脸部凉袭袭的，像水洗后的豆腐。

此后芳菲坐在阳光肆意的阳台上给李布洗衣服，李布陷入了沉思。他想，这多美好啊。美好的一个上午，芳菲脱了外套，开司米里的身体在太阳的光彩里显得异常迷人。李布站着，倚着门框，盯着芳菲丰满的胸部。那横条的米黄色线条起伏不定。

她说："你知道吗？苏红有孩子了，可是她老是担心。她也不知道担心什么，她说老做梦。要我什么时候去陪她去一趟医院呢。"

"哦。"李布将视线移到了她的头发上，酒红色的发丝熠熠闪光。

李布感觉到了这个上午的美好，中午的时候他将这种美好继续下去，他将窗帘打开，让阳光全部铺到了他的床上来。芳菲说："有人偷看怎么办？"李布说："没有人偷看，这个小区，年轻人大部分上班了，老年人在小区里晒太阳。没人。再说，咱们身上还有一层被呢。"

一番大汗淋漓之后，午睡非常香甜，李布深深地陷入了睡眠。他不可避免地梦见了苏红，并且还在梦境里叫出声来。

李布在芳菲的建议下决定去看看苏红，一个怀孕三月的女人，一个在人群里消失现在又从人群里走到身边的老友。他只能如此定义她了。

忽然芳菲站在厨房里尖叫起来，因为有一只蟑螂从团缩一团的塑料袋里爬出来。住宿的条件相对来说差了一点，卫生间和厨房是共用的。这是一栋八十年代的老楼，灰蒙蒙的，并且隔音效果很差。夜深人静的时候，坐在卫生间马桶上可以听见隔壁的夫妇很猛地做爱。这还是芳菲告诉他的。芳菲说："下面的卫生间坐一个人，是不是也会听见我们做爱？"李布说："那当然了，你应该叫得更大声点。"芳菲赏之一顿粉拳。

厨房收拾了好一会儿工夫，芳菲累得直不起腰来。李布决定在外面凑合一顿。再说他想熟悉熟悉周边的环境，以便芳菲不在身边，自己一人能够应付自如。芳菲显得很高兴，很快速地下了楼。一个妇女拦住她："小姐，你看见我的孩子了吗？七岁。女孩。"芳菲摇摇头，茫然地看着一脸焦急的妇女。

旁边一个北京大妈经过，靠过来问："什么时候的事儿啊？"

妇女三十岁左右，显然急得哭过了，泪痕未干。她说话时带有哭腔。

"就刚才，半小时吧，我在缝纫机店里拿件衣服，和一个老乡唠了一下嗑。头一转，孩子就不见了。"

"怎么办呢？"说着的时候，妇女将目光无助地向各个方向看。李布注意到她甚至看了看旁边的垃圾桶。仿佛她的孩子藏在那儿。

妇女一边走一边喊着小女孩的名字，然后就拐弯了。

李布和芳菲选择的小饭店很合适，他们边吃边说着那个母亲会多么着急啊。自己的孩子丢了。那是种什么感受啊。芳菲满是同情地说。李布向她讲起了一个他小时候的故事。

那会儿，他六岁不到，一天他的堂叔伯跟他说，他是抱来的。他听后吓得马上就哭了，他到现在都不能忘记那种感觉，像瘫倒在地自己变成了一摊稀泥。无论过多少天，他都怀疑自己是抱来的，他的爸爸妈妈被他弄得又好气又好笑。那时候，小小的李布的确吓得不轻。这将在我的另一个故事里写到，在此就不赘述。

芳菲说："我能想象得到。"李布说："你无法想象。"芳菲将手伸过来抓住李布的手。

他们要了一个扬州炒饭，两个人分着吃。要了一个油焖茄子，还有一个排骨汤。吃完之后，李布就和芳菲去看苏红。

苏红开门的力气都没了，她穿着睡裤，然后径自走向了卧室。李布是第一次来，这也是一栋老楼，就是那种大学教师的筒子楼。走道上堆满了杂物，墙壁灰暗。楼道里的灯光昏黄，铁门上挂着发灰的门帘。芳菲一手关上门，转头就奔向了厨房。她想给苏红弄点什么。

李布坐在椅子上盯着苏红看，苏红的脸色不好看。李布的脑海里不停地闪现着苏红移步向卧室而去的身影，只要从后面一推就要倒下去的身影。苏红并不盯着他看，她的视线落在空中一个点上。他们就这样不说话，一个在床上坐着，一个在穿衣镜边的椅子上坐着。

厨房里的芳菲问苏红鸡蛋在哪儿？鸡汤在哪儿？苏红头也不抬说："鸡蛋在柜子下面的那个竹簸箩里。鸡汤被我倒了。老家打电话过来，说开始闹禽流感了。"

"要是真闹到这儿，鸡蛋还不一样？"苏红在开冰箱。

"鸡蛋可以吧。鸡蛋再倒了，我就没有吃的了，没有力气啊，有力气就不要你们来了，我自己去超市买点什么回来就成了。"然后她又补充说："过几天，他妈妈从湖北赶过来了。"

"你真得有个人，要不这阵子我们住过来吧。"李布把压在舌板底下的话翻了出来说了。

苏红立即说："不行，这不行。"她的目光降低了点，似乎穿过李布的鞋面射在地上。

芳菲接过话茬说："我们来住几天吧，你看你的脸色啊，等你婆婆来我们就撤。"

正说着，床头柜上的电话叫了起来，铃声显得很刺耳。苏红欠了欠身子，把身子歪过来伸手去抓电话，够不着。李布将电话抓过来伸到了苏红的手上。

电话是丁云明打来的，他在电话里问她今天感觉怎么样。他关照的两个学生来了没有。苏红说："今天感觉好点了。"其实她是安慰他，她的脸色一点也没有改观，芳菲后来一直在议论她的脸色，苏红是最会安慰人的一个人，李布想。苏红的语调虽然轻柔了点，但还是依旧有以往的甜润："刘永和荣军没有来啊，他们都忙论文了，就别麻烦他俩了。老公啊，芳菲在我这儿呢，你放心吧。"

在此后的两三天里，丁云明一天一个电话，在下午 4 点钟的时候总是准时到来。李布注意到苏红的反应：从座位上直身起来，然后迫不及待地抓住了电话，就像一个饥饿的人抓山芋那种抓法。丁云明的电话在芳菲看来就像一个个空中炸弹。苏红后来对李布说："其实她根本无心思打牌，出错牌吃苍蝇无关牌技，而是心不在焉。

难道你一点也没有看出来？"李布说："没有啊。"

事实上在那个时间段里，也就是在几个下午的 2 点到 5 点之间，李布和苏红的充足交流其实仅仅停留在他们对一张牌的研究上，在这个过程中，他们善意地嘲笑过芳菲打错牌。他们的眼神交流也仅限于对一张牌的对错形成的意会上。这让芳菲产生了莫名的醋意。她于是就显得更加心不在焉了。她隐隐地期待着什么，后来她承认了，她希望那个空中炸弹一直在响，但是丁云明和苏红的通话最长的时间也不过 5 分钟。这几个时间的重叠，在后来芳菲的描述里，好像李布和苏红当着芳菲的面用眼神通奸。

总之芳菲不高兴了，她嘟着小嘴一直不理李布。在苏红家的三天结束了，这三天就像一次意外的漫游。李布又回到了属于他的几平米和一个女孩子的体温里。苏红的欢笑和眼神以及她穿着睡衣的气息已经被几条街道隔开，被一栋栋大厦和居民楼阻挡。大概到傍晚时分，芳菲不理他的决定就瓦解了。她一把搂住李布的脖子，欢呼起来："哇，礼拜五餐厅！"李布知道这一招，特灵。女孩子一旦满足了口腹之欲，肚子里的怨火就定会烟消云散。

在礼拜五餐厅意外遇见了女房东，她坐在东北角上，玻璃橱窗上的招贴画色彩使她的脸看上去红晕楚楚。芳菲很快也注意到了那个女孩坐在那儿，她若有所思地吃着。她对面的位置放着一只包。那只包李布很熟悉，红色的，还有一块吸铁石，合上包时总是发出很脆响的一声。

几分钟后，李布发现那女孩面前有一个人坐着，那是一个黑人。其实李布知道他叫凯布斯，但是李布还是感到了一种突兀。那黑人正在和女孩说着什么，边说边佐以手势。

"他会说什么呢？"李布说。

芳菲告诉李布："肯定是这黑人小伙子爱上了你的女房东。"李布对这个说法嗤之以鼻，因为在李布看来，女孩并不好看，举手投足之间没有点诱人之处。

"你就等着看吧。"芳菲举着筷子说。

芳菲的猜测是对的。李布再次看见女房东的时候是两三天后，女房东在过天桥，腰上挂着一个小包，她站在天桥上，阳光照在她的脸上。她对李布说，她和凯布斯（显然是指那个黑人）约好了，三月份去巴黎。李布笑着说了一句祝贺她的客气话以后就分手了。

时间过得很快，春节一过转眼就是三月份了。李布觉得时间和他一样好像就等着看好戏似的。芳菲为此嘲笑过她，说他心怀鬼胎。李布也不予辩解。他只是说，这事还是成不了的。这话是春节前，确切地说是那天在天桥上和女房东告别之后回家的当晚对芳菲说的。

他现在还抱着这个说法。李布的固执是有道理的，他认为这是一个爱情骗局。

他向芳菲做了一番分析，分析中带着很大的猜测成分，譬如说他的国籍可能是阿尔巴尼亚，而非法国。再有他（指凯布斯）现在在顺义一个合资企业，如果很有能耐，他应该待在城里，事实上他邀请女房东去过他的家，据女房东讲，房子是普通的筒子楼，两个黑人合住的，跟我们差不了多少。更为重要的是他曾经向女房东借过五百元。他的浪漫之举好像就是请女房东在小区门口吃了两串烤羊肉串，而不是去凯宾斯基大饭店吃顿山猛海鲜。最后他补充说："我是男人，我了解。"

显然，李布的潜台词是了解男人的寂寞和欲望。李布继续往下说给芳菲听。

但是女房东却乐在其中，她甚至反对李布在她面前如此分析（以前李布跟她提醒过）。总之，她沉溺于爱情。

凯布斯和李布曾经有过一个小小的照面，当时他们之间的距离不超过一米。李布正在用电饭煲做饭，凯布斯进门之后，整个空间突然一暗，然后像一座黑塔一样立在那儿。

他坐在椅子上显得很滑稽，李布说他就像面对着一个大猩猩一样。

凯布斯的汉语说得不错，这有点出乎李布的意外。李布知道女房东曾经说过让凯布斯帮他找一个外国女孩，他教她汉语，她教他英文。凯布斯显然一直记在心里。他直截了当地问李布：喜欢什么样的女孩？先是从国籍说起，日本，法国，美国，俄罗斯……又说到胖瘦。他最后补充说："你肯定喜欢丰满点的。"对于李布的欣赏口味，凯布斯比他还要清楚和肯定似的。

紧接着，他说："戴安娜（指他认为合李布意的一个日籍法裔的女孩）回国探亲了，过一阵子就会回来了，一回来就让你们认识，好吗？"

李布说："好。非常好。"

凯布斯又补充道："你肯定受不了，她太漂亮了！"

这是一个插曲。李布像是和一个大猩猩交谈的时候，芳菲正在研究生宿舍里赖在床上，看书且听雨呢。李布看着三月的阳光漫在窗外，外面的一切色彩像是在阳光里准备起义的样子。他觉得还有一个插曲应该提及，他的回忆里不能少掉那一个月。

这得从一天晚上下班回家说起，李布开始像往常一样烧饭。女房东从她的房间里出来了，她说她要和李布商量一件事情。李布听后一口答应了。于是就在第二天下午时分，三个女孩子带着她们的行李来了，并且很快占有了客厅。她们叽叽喳喳无比快乐地忙碌着：在客厅里支起了帐篷。

当然，李布晚上回家的时候，她们已经把一切收拾停当了，客厅里支的帐篷，不显得突兀反而显得特别。

他一开门进屋，那三个姑娘立即就从帐篷里飞了出来。她们对李布的感激之情溢于言表。

其中一个叫张安秀，黑黑的瓜子脸。一个叫吴雅妮，长相甜美。一个叫汪婷婷，姿色稍差点。

张安秀："我们没有想到你同意了。"

吴雅妮："真不好意思啊。"

汪婷婷："我们是没有办法，大概一个月吧。"

事情是慢慢弄清楚的，这三个女孩都是女房东的好朋友，曾经在三家不同的公司做事。一天三个人聚头，说天天给人打工没劲，就合伙要开公司给自己打工，那感觉太棒了。她们和李布的女房东也就是她们的好友联系，女房东就同意她们暂借她的住处做办公地点。按理说，作为房客，客厅是公用的，李布有发言权。没有想到李布慨然应允。事不迟疑，她们马上就这么搬过来了。

公司的名号还是女房东的一个同学的，注册多年，却因为大公司繁忙，顾不过来小公司。女房东就借过来用了。

"就这么简单？一个公司，几个女孩？"听后，芳菲吃惊极了。

"是的，就是这么简单。"李布说。

白天女孩子们工作的情况，因为李布不在场，他难以言状。但是后来慢慢也听出来了，她们一般是在八点左右起床，这个时候的李布已经奔走在三环路上。她们起床后，一顿洗漱，然后就打开以前储备积累下来的名片簿开始打电话。她们的电话有两台，动用了网关等不为李布所了解的科技手段，据说是可以省钱。她们打电话无数，有人接听的概率是有的，一百个电话有一两个回应就算圆满了。

她们打电话的情形不说也罢，台词是千篇一律的，在一天里重复 N 遍。其中个别的词句还经李布修改过，她们的第一次演习还请李布旁听并提意见呢。

总之白天肯定是枯燥的，千篇一律的，但是也肯定是充满希望的那种，因为对于她们来说，这是创业。

晚上这个房子就热闹了些，四女一男。几个女孩子喜欢坐在李布的床上和他聊天。李布显然已经被其中的女孩看中了。但是李布不为所动。

"真的吗？我看那你得改名了，不叫李布叫李下惠怎么样？"芳菲笑着说。

"她们经常坐在我的床上，因为房间里只有一把椅子。"

"有一个是想坐在我的腿上的，可是我不让。"李布说。

"美得你！"芳菲手指点了一下他的鼻头。

"如果我没有遇见你，我可能真的会和其中一个女孩好上了，虽然她们一个月之后就搬走了，但是我要找她们其中一个，还是很容易的。"李布对芳菲说这话的时候，脸上颇有得意之色。

就在李布编排那些四女一男的故事的时候，时间悄悄地将某些事情往前推进着。譬如芳菲开始被一个广告公司的小老板追求着，他们相识在公交车上，那个小老板是江西人。还有苏红腹中的胎儿在慢慢地长大，他每天黄昏时分总要闹腾一下，慢慢地离死亡愈来愈近。再譬如李布曾经的那个山东籍女房东正在走向一个难以预知的深渊之地。再譬如，雅妮悄然选择某一日离京回到了内蒙古，毅然进入了家人给她准备的洞房，等等。事情就是这么悄然变化的。

我说过时光是一个魔术师。只有它了然人世间的一切，它想必也嘲笑了我拙劣的想象力。因为这份想象力里有我的固执和天真，现实最后的确嘲弄了它。

大概就在三月奔向四月的样子，出事情了。如艾略特所言：四月是一个残忍的季节。街上的花木繁盛，行人匆匆，车流喧嚣，我的小说主人公李布沉静在一如既往的幻觉里：生活在继续。但是的确出事情了。

芳菲晚上到家的时候，李布还没有到家，他正在大东海浴池里和一个哥们下棋。芳菲想好了一切台词，只是李布没有如她所料出现在她面前，因此当李布到家的时候，被窝是冷的，窗户还开着，芳菲只留一个纸条给他。

纸条的内容过于简洁，几乎使李布站在那儿久久不能回过神来。

她说：以后别等我了。

还有什么比这个更为重要，一个曾经和你的呼吸都有关系的女孩，就这么在你的生活里宣布消失了。所幸的是李布没有看见她的表情，这让他有所遐想：她定是流着泪离开的。（其实没有，她大方地踏步而出。）

紧接着，似乎就在第二天，李布的手机在手中狂跳，手机的那头是内蒙古，雅妮说她已经结婚了，就在三天前。李布惊讶得半天才回过神来，一个劲地问人家："你还会回来吗？你还会回来吗？""我也不知道，应该会有机会的吧。很难说呢。"雅妮如此说道。

雅妮下面的一句使李布大吃一惊，使他从一个震颤转到了另一个震颤。"真不敢相信。"李布说，"不会吧？！""怎么不会，是真的，张安秀她们几个去料理的后事，那个黑人凯布斯就没有现身。我以为你知道的，你不知道啊。"最后雅妮在他们通话的结束时说："或许我回来是明智的。"这话意味深长。

难以想象一个女孩会从窗口飞下。这是一件真人真事，到此刻为止，我的小说的的确确是源于现实生活，而不是像以往那样随意捏造的了。

李布坐在窗前，他下意识地向下看了看，虽然只在三楼，但是他还是胆战心惊的。他想到了那个女房东，从新潮的办公楼十一楼飘下。他打了寒战。

他在屋子里转了转，打算将这个惊人的消息告诉芳菲，可是芳菲却摁断了电话，她这么做也无可厚非。她已经从他的生活里出去了，你何必将你生活的琐屑洒向她呢。李布不知道该如何是好，他觉得外面的阳光开始发红，并且整个房间变得非常苍白和空洞。

这的确是真的。真的。他在说服着自己相信。

就在这个时候，他的门被敲响了。

李布对苏红的到来深感意外。更让他意外的是苏红的肚子瘪瘪的，"这到底怎么了？"李布问她。

苏红眼睛红着，过了半晌，她才告诉李布，就在他们离开她家之后两个星期，她婆婆来到了北京，坚决要她同意和她一起去湖北的乡下。于是她就去了。谁知道——说到这儿的时候苏红已经说不下去了，李布给她搬来一张椅子，并且细致地将一个柔软的靠背放在苏红身后，可是苏红却弯下腰来，毫不理会这个细心的靠背，而是开始放声大哭。

李布完全明白过来了，可是他不知道说什么好。他抚摸着苏红的肩膀以示安慰。就这样，他们看着外面的阳光在树顶、草坪上移动着。不说话，苏红由哭泣变成了哽咽，然后无声。李布自始至终没有说话，就是抚摸着她的肩膀。抚摸着肩膀，像抚摸着两块圆润的石头那样。

    ——谨以此篇小说献给我的朋友们

白马，白马

献给赖恩哈特·索贝

　　天看来还要下雨，东边大堤上的树杈上挂着一丝丝虚弱的红晕，天像是病了，阴惨惨的。一连好几天的雨声，在愈来愈满的沟渠里响着，青蛙在午后就开始叫了，庄稼的叶子在雨中抖动着，空气中散发出鱼腥味，有几个赤脚的农妇正走过青草没了脚脖子的草场。积水很快绕过草茎填满了脚窝。她们的花衣服的影子在小学校的东侧墙那边消失了。她们带泥的脚印印在走廊冰凉的大理石之上。学校里空荡荡的，保持着这段时间里特有的寂寞，寂寞的雨水垂直于寂寞的雨水，忽而平躺下来，在草绿的内部恣意纵横。像这小小的水声。波动向前。

　　我经常被它惊醒。爸爸总是在不停地翻身。我想不通爸爸为什么不带我回家，而是栖身在小学校的小阁楼上。我还没有具备分析问题的能力，睡眠很快就摁倒了我小小的身躯，我坠进了梦乡，这种重复的时刻是在黑暗的夜晚，还有昏暗的午后。小学校的护校河里寂寞之潮经常涌上岸，爬上草地，浇湿了墙根。爸爸经常倚着门框，听着手里的半导体，很快就睡着了，还流下了口水，一点不像个小学校的校长。今天他也毫不例外地睡着了，由于半导体顶端上有绳套它没有落地，而是套在了他的手腕上。这简直是爸爸的一项伟大发明。近在耳边的半导体声音，他已经充耳不闻，全身心陷进睡眠的泥沼中了，从长满草的操场走过的农妇的说话声他更是听不见了。她们还向这边看了一眼，说笑着走了过去，从蹭痒脚板的草地一脚踏上了发出凉光的大理石走廊，然后像走进了墙缝里一下不见了。

我盯着草场东南角看，偶有一只大嘎鹅在草茎中探出头来，然后翘起屁股下到水里，凫了一阵，上了满是黑色烂柯、杂草的小河畔，就不见了。我知道那是徐光明家的鹅。徐光明生病了，他现在可能躺在床上不能动弹。我隔着青草、小河喊他的名字，每年他都直接蹚过小河或者绕道过小桥来陪我玩。他妈妈从屋里出来，站在墙根那儿，看见了站在小学校走廊上的我，回我的话：光明病了。可是现在，我隔着同样的一切，无论是青草、小河，已经唤不回我的老友。这个假期的开头他还和我在小阁楼上游戏，假期尚未过半，他已经不在了。难道是这场延绵不绝的雨水卷走了他？他家的那只红额白身的大嘎鹅，孤单地进出着，它再也不用担心光明将它撵得羽毛凌乱，到处飞舞。

爸爸还没有从睡梦中惊醒，他依旧歪着头。我多么希望老友的妈妈站到对面的徐家墙根回我说：光明病了。那有多好啊。他现在躺在床上，不能动弹，我只要越过草地，蹚过河，就能到他的房间里和他大声说话。他憋着红红的小脸，无力归无力，但终究会向我一笑，或者小声说些什么，小声也罢，但终究会说着话。可是没有，那边死一般的沉寂。唯见大嘎鹅孤单的影子，摇摆而前。它走过沉郁的堂屋，一定看见的是那个小方盒上孤单的照片看着它了，他也那么娓娓而笑地看过我。

人已经变成了齑粉，不再有声音和形体，仅仅是齑粉。那是为什么呢？我想象着大嘎鹅拍着巨大的鹅掌经过了堂屋，他们对视了一下。我想象着，面前什么时候却出现了一团白光，它闪耀着，由小慢慢放大着身子，待定睛看时，已经是一匹白马停在那儿。头向东，尾巴在草地上扫了一扫，然后不动，垂挂于臀间。草地上反映着它白白的健硕的身影，像有一朵天上的云朵落进了草丛。

爸爸说："你滚，不要你来。"我知道爸爸又说梦话了。他要谁滚呢？我很想告诉爸爸，操场东南角有一匹白马，那是多么迷人的一匹白马呀。可是我看见爸爸咂摸了一下嘴，就不忍心叫醒他。他梦中纠缠的那个人想来走了。他的眼角和嘴角的射线充分说明了这一点。那是我很熟悉的意味着满意的神情。"房美你不要拦她。让她走。"这一声，爸爸说得很低，他的嘴角又渗出了口水。房美是谁呢？是不是那个来给爸爸洗过一两次衣服的女人？岁数不大，二十二岁上下，咯咯地笑着登上阁楼，将木质楼梯踩得煞响的女人。

白马开始低下头，没进草丛，它开始用它的舌头卷起小草，还有草中奔突的小小虫豸。大概那个女的又给爸爸洗衣服了，他的嘴角出现了那种微笑，嘴角的线条微微上弯，好看的牙齿半露，那鱼尾纹就像爸爸精心收集起来的一束生活阳光。白马慢慢地走动了起来，对岸的树木和房屋开始黑了。被它踩下的草棵，弯下了身子，露水从上面滚下来汇到填向脚窝窝的水中，弯下的草棵很快挺直了身子，将水滴弹到白马的蹄腱上。白马向那边的桑田去了。白马一消失不见，天便黑了。

我醒来了，有两只老鼠正在墙旮旯打架，它们翻上翻下的暗影里爆炸出可怖的吱吱声。我紧着身子。外面又下雨了。我旁边的床位空空，黑黑的，捞不到爸爸的背。以往我都能捞到的，他的两片那耸着的肩胛骨仿佛束缩住的翅膀。今天夜里他飞哪儿去了呢？我害怕了起来，把毯子裹得更紧了，感觉到捆住我的毯子的绣纹箍住我的皮肤。一只被另一只打败了，随即地板上追逐的声响向黑暗的更深处滚了过去，直至最后听不见了。

雨声愈来愈大，在外面犹如千军万马，在奔腾，在突进。世界在沦陷。一声惊雷就像是在头顶炸开了，闪电瞬急照亮玻璃。我哇的一声大哭起来。我真的害怕了。雨太大了，屋顶又开始漏了，在一刹那的闪亮中席子上有一摊潮斑，正慢慢变大。我将手伸过去，呈碗状去接。水滴像小小玻璃球一样砸进我的掌心，令人失望的是，它非常细腻地柔和地流过我的指缝，奔泻而下。毫无疑问我的努力是徒劳的。潮斑愈来愈大。它的凉意很快就逼近了我的大胯，像床上靠我卧着的一条鱼。我念着爸爸，呼唤他回来。慢慢地我的声音低下去。雨声中，我像一个大炒虾蜷着身子睡着了。噩梦把我惊醒后，我就伸过手去，像一个溺水的人伸出他的手一样。我摸到了爸爸，他什么时候回来了，空气中还带来一股草香，青青的，扇动着我的鼻翼。他的尖耸的肩胛骨似乎刚刚收拢，我牢牢地抓住，就跟抓住无边的大海边上的一块棱角分明的倚石一样。外面是夏虫半夜的啾声。雨早就停了。

　　早晨，爸爸站在走廊上看天。远空的色彩淡淡的，勾勒出几道辙痕，天上有什么车刚刚开过，然后是一只云雀飞去。操场上到处是积水的反光，这儿一处，那儿一处，很像无数的碎镜。爸爸朝空中喷出了白色的牙膏沫。看着他鼓动的腮部，和不停被搅动的玻璃漱嘴杯，新的一天就开始了。太阳在东方露出了一点，草尖上立即有了光辉。我拿出小石子在大理石走廊上开始自己的游戏。这是我唯一的游戏了，以前有徐光明跟我玩，现在只有自己跟自己玩了。爸爸又懒得理我，他去了后排的教室。后排的教室经常有老鼠做窝，那里简直成了它们的乐园。爸爸每天都要去看看，覆好的地面是不是又被那些家伙翻开了，掘了一个又一个洞。有时候，那个女的也在那里面一边洗着我们的衣服，一边笑嘻嘻地跟他说说话。然后爸爸就帮她将衣服晾在绳上，那是连接起来的一根一根跳绳，一头系着老银杏树，另一头就系在爸爸办公室后窗的窗棂上。那边响起了说话声，那个男的，当然是爸爸。"不行，这不行。"爸爸说。他试图压低的声音还是给我听见了，他不知道办公室所有的窗户都洞开着，空气中流通着他的声音。这个女人什么时候来的？大概是在深夜。她的声音变得尖利起来："不！"她冲着爸爸说。"不行，昨夜不说好了吗？"爸爸再次说道。空气中猛地响起一声抖衣服的声音。潮湿的衣服像脆脆的纸在空气中哗哗响着。无法判断是爸爸，还是那个叫房美的女人抖开了潮湿的衣服。"这样不也是挺好的吗？"爸爸再次说道。"我要名正言顺的，这样偷偷摸摸的，到什么时候？你老说不行，不行，我受不了了。"她的喉部的尾音里开始露出了哭的腔调。她真的哭了。我站起身来踮起脚尖，北窗那边，爸爸正按住那个女人耸动的肩膀。"好了，好了。"爸爸说，他拍了拍她的肩头。

这个叫房美的女人没有跟我们一起吃饭就走了，她向操场的东南角走去，然后穿过桑田的东向田埂，进入村庄榆树的阴影之中。她的乳白色的衬衫犹如一道投射到河面上的波光，倏忽不见。午饭吃过之后，爸爸上了阁楼，躺下，能听见床被重压的吱呀声。一小会儿，他的半导体幽幽地唱起歌来，从那种靡细飘忽的声音里，很快就能分辨出他匀称的打鼾声。

我玩着自己的石子游戏，期望能再次看见那匹神一样的白马。中午的阳光忽而重忽而轻。这盏天上明明灭灭的灯很快就被西方压过来的乌云一口吞噬。四围的树冠、屋顶被压低，田野静穆，听不见河水的流淌，一下子使人进入了天地的洞穴。蛰在暗处的虫蛙齐声大作。东一处，西一处，有雨点重重落下的声音，慢慢地愈来愈近，忽地愈来愈急，愈来愈密，顿时眼前挂下了一道水帘。那是谁？她用一块塑料雨披遮住身子，从雨中直奔跑过来。她冲上走廊，问我："你爸爸呢？"我用手一指，她就沿廊向西走了过去。她曾跟那个叫房美的女人一起挎着小青竹篮路过我们的草场。她们有说有笑的，还一起来过爸爸的小阁楼。看得出，她们是一对好朋友，就像我和曾经的徐光明一样。

雨勤奋地下着，大理石开始有了水意。走廊穿过这水意向前延伸，有一股清凉，还有一股渺茫。他们在小阁楼上的说话声由此传了过来，渐渐地愈来愈大，顷刻间变成了剧烈的争吵。然后是一阵嘀咚嘀咚下楼梯的声音。她到了走廊一刻也不停留，连那个塑料雨披也没有带就一头冲进雨中，在密集的雨线中缩小着身子，一路狂奔，消失进墨团一样的村庄。

　　白马从桑田的枝叶间出现了，像从天庭突然降临的一匹雪马，时而埋首，时而扬蹄，慢慢地踱上东南角的操场，雨声中在印窝上激起水雾。它忽然停下来，像一个矜持的小女孩转过头来，似乎听见了什么。随即它便向我垂直走来，眨眼的工夫就到了跟前。站在檐外，雨落在它英俊的身子上，之后顺势流坠下地，毛发并不潮湿。它整个紧盯住我的身躯，仿佛一个奇迹。它静穆不动，扑闪着毛拉拉的睫毛下的眼睛，眼睛清亮无比，像一股清泓回荡着一股喜悦，那种老友重逢般的喜悦。忽然，它的脸与颈部撩开了雨帘，把它温和的长车般的前躯探身进来，贴近我的脸庞。是脸上愈来愈潮湿的感觉使我从梦中惊醒了。爸爸正俯身又亲了我一下。他边往外走边急急地说，他出去一下。操场上响起人们急速踏水的声音。纷乱的脚步声在水花中膨胀着。我移身到窗口，阁楼下的操场上一群一群黑影往东而去，还有人惊呼着"快点，快点"。这时，我感觉到昏暗的下午有一件非同寻常的事情发生了。

　　果不其然，人们喧闹的声音从堤东过来了，靠近了小学校的东墙，然后就从那边伴随着杂乱的脚步直奔过来。爸爸背着一个女人开始在操场上奔跑起来，人们跟着爸爸的脚步一起跑动着。从几个女人的啼哭中，知道爸爸背着的是那个叫房美的女人。她的头斜耷在爸爸抖动不已的肩上，黑亮的头发沾有一丝水草和污泥，左手被她奔跑着的老友抓住，右手垂挂下来敲打着爸爸的腰。爸爸在雨中像一个发了疯的运动员，不知疲倦地跑着。

房美的屁股慢慢地下坠，她整个身子像一摊附在爸爸身上的烂泥无力地往下滑着，她的好友忽地高声大哭起来，雨浇灌进她响亮的哭声中。她停下来，站在雨中，像一个委屈的孩子那样哭着。爸爸仍然在飞奔，像一匹失缰的马。他们是怎样拦下爸爸的？他们刚把房美从爸爸背上剥了下来，平放在小学校走廊的大理石上，爸爸便瘫倒在雨地里，万雨穿心，我不得不扑上去。

人们七零八乱地给平躺在大理石上的那个叫房美的女人掐人中，做人工呼吸，然后坐在一旁哭泣。努力毫无疑问是徒劳的。房美的女友慢慢掀起房美小腹上的衣角，人们看见了某种真相。房美的小腹微微突起，在这流畅浑圆的线条上，水珠在闪光。人群一下子炸开了，他们有理由愤怒，有理由将手指指向我父亲的鼻尖。房美的家人坐进了父亲的办公室。他们开始砸我父亲的茶杯和教学用具。他们的眼神和行为像一群侵犯者。办公室不断响起乒哩乓啷的声音。父亲缩在墙角边，面无表情，木木地盯住前方的雨帘，直到他一口答应了他们的要求，才从墙角竖起来，恢复成一个活人。人们将房美的尸体背到了后排的教室里，她再次躺下来。这是她经常给爸爸洗衣服的地方。这里有过她的笑声，斑驳的粉墙上映过她年轻的影子。现在她是死者，生者的一切她已经不具备。她犹如一块滴水的石头摆放在四张并起来的课桌上，课桌上很快出现了黑色的潮斑。其余的课桌全部被堆放在走廊上，寂寞的桌腿无数，承受着雨水的斜斜敲打。男人们被赶到前排教室的走廊上，女人、孩子留在这间空荡荡的教室里。房美的好友给她最后一次洗澡，擦干，穿上新衣服，给她化妆。那是我很熟悉的澡盆，我和爸爸都曾经在里面洗过无数次澡。长长的，两头圆，白水增加着黄炸炸的光亮。她的衣服很快脱光了，两三个女人像抱着一个白色婴儿那样把她轻轻放进了澡盆的水中，一会儿教室内的水声此起彼伏。

木匠来了，很快，从后排的教室内传来刨花飞起，继而落地的声音。我站在小阁楼的床前，爸爸腊着脸躺在床上，他的半导体像一小块黑砖沉在他的枕头边。他似睡非睡的样子使我小小的心灵倍感无助。外面的人似乎占领了整个校园，他们在那里敲敲打打，他们在草地上走来走去，他们在哭哭啼啼，他们还在我们的锅里舀菜汤喝。爸爸却睡在这儿，像一个背德者。我无法阻止他们，他们愤怒得一个手指就可以解决我。小雨霏霏。天假人意。无可奈何。

第二天黄昏雨停当时，棺材就打好了。它架放在教室前的空地上，稳稳地发出墨绿色光芒。有几个村庄里的孩子远远地看着。它显得很干净，很利落。我是下阁楼给爸爸端饭时看见的。那些人到我们的坛子里拿米，用我们的锅灶，他们只带来一双自己的筷子，他们到我们的小菜园里摘菜，吃黄瓜纽子，甚至在爸爸的抽屉里拿钱买肉吃。可是一顿也没考虑过我们。那些人才不管你的死活，是我自己下去端饭给爸爸的。我绕过棺材，到教室内看了看。那个叫房美的女人静静地躺在课桌上，她已经换上了鲜亮的新衣服。她紧抿着的嘴微微发红。她的小腹那儿起伏着，仿佛真有什么动静。她的脚尖无力地分开成朝天的八字。她的刘海斜斜地往后捋着，别向耳后，露出了她白皙的耳朵。她微合着眼帘，长长的睫毛戳在外面。嘴角弯着，整个面部和她的身体一样静谧，还有脸庞上那个酒窝的浅浅印迹。她好像被肚子里可爱的小家伙折腾得幸福地笑了。

人们陆陆续续地走过操场，拐过走廊的拱门向后排教室走去，夜晚的小雨浇着他们沉默的后背。高高挂起的汽油灯在哧哧作响，棺材敞开着它黑洞洞的口径，在地面上拉长了潮湿乖张的阴影。人们的脸浮现在周围。房美的哥哥背着她从教室出来了，她的脚来回磨擦着她哥哥的腰。在投射过来的灯光中，她的微微突高的脚踝美丽无比。她躺了进去，红红的薄被使她的脸子更显得白皙非常。人们开始举锤。锤影和雨丝在灯照里划着银亮的断线。先是房美的老友响亮地哭了起来，接着许多人的泪也来了。人们眼窝里的泪水在打转。在发光。在模糊的视线中，铁钉在深陷。我悄悄逃离了这里，锤与铁钉的撞击声，在身后的小雨中追着我。爸爸还躺在小阁楼上，他双目紧盯着微弱灯影中的天花板，不作一声，似乎也听不见他的呼吸。我站到北窗前，可以看见房美的家人扑在黑色的棺材上，号哭不止。旁边的人都垂手而立，静穆无语，唯有默默啜泣。透过南窗可以看见汽油灯灯光穿过了教室的所有窗棂，形成一道道狭长的光柱，横在静默的草场之上，雨丝显得飘忽不定。

有两个人扳着灰暗的脸直走上小阁楼，从床上将爸爸硬拽起来，拉下楼去。爸爸晃动着他英俊瘦弱的身子在我眼前消失了。教室空地上的棺材消失了，悲哀的人群也消失了。那高高悬挂的汽油灯已经移走了，光被抽去，这里覆上深深的黑暗。一团大大的光照，在小学校的后身北移，在田野上模糊着送葬的人们的身影。在光的引照下，人们向东大堤去了。

小学校只留下一盏孤灯，照着平坦的草场，雨慢慢地在草尖上欢响起来，我不敢迈出门去一步，眼睛只盯着操场上看，黑暗中的草场就是一块切割下来的海洋，东南角上似乎有雨花声。我看着，耳朵里是黑暗中传播过来的人们的哭泣声，它伴着雨声，开始具有了一股催人的力量。我的鼻子一酸，泪花在眼里回旋起来。我想念爸爸，他的膝盖上是不是已经沾满了泥水。他的泪是不是已经如滔天大海。他几乎是被人们劫走的，一句怨言也没有。白马，就是这么神奇，它在你不知不觉中走进你的视野，悠然而来，我赶紧揉了揉湿了的眼睛。

东南角亮着一团白皙迷人的光影，尾巴就在这光亮中响亮地甩着。它开始走过来，走过来。操场上的雨珠如蝗，在它脚下溅开。似乎一眨眼间，它就到了眼前。它抬起长车般的头颅，向着阁楼的窗口。随着它轻轻地嚼动嘴巴，一个隐在它身上某处的铃铛，在夜色中响了起来。它盯住我看，我们都看见各自最后的一眼里，泪水满盈，不能自已。你看，它扑扇了一下灰亮的大眼睛之后，就缩小着身子，幻化成一团白光而去。身边哪里是雨声，我分明听见一颗大大的泪滴砸在操场的草地上。

乡村医生

主啊，你听见这新事物
震颤并嗡鸣？
现在赞美它的使者
走来，吟诵。

—— 里尔克《献给奥尔甫斯的十四行诗》

没有一个故事能够被再次讲述
因为它是唯一的

—— 约翰·伯格

　　我们家的门一直开着，铺向门外的灯光中雪正悄然飘落。它们
边落下边还有一种嘶嘶的声音。地面上一片白，雪下得很厚了。当
然其他地方也是如此，只是我们的灯火还不够长，还不够把那里照
亮而已。

　　风在屋后的枫杨树上抖擞着他寒冷的身子。

　　我们围坐在宽大的桌前，望着灯火，听着雪声。这是夜晚的唯

一的声音了。确实已经很晚了，邻居家的灯也早就熄了。我们那样坐着。望着灯火，听着雪声。偶尔，灯罩里一声爆响的火花也使我们吓了一跳。送丧的人似乎刚刚离开，他的影子在眼前走着。我们正在吃晚饭，雪使我很高兴。

沸沸扬扬的。我在雪地上玩了很久，天慢慢地变薄，它的亮度慢慢地消减，暮色就这样扑了过来。我还在饭桌上回味着呢。这时候，门开了，一个腰系着草绳的人走进了屋。他的鼻涕和眼泪在脸上发出冰冷的光，他嘴先一歪，一句话乘着口水从口腔里滑下来。我父亲去了。我们全家全冰在了那儿。现在他走远了，一个个的门口将重复着他悲哀的影子。也不知是什么时候了。院脚的鸡窝笼里，有一只刚会打鸣的小鸡凭空叫了一两声。这个声音传进屋子，屋子立即响起裂冰的声音，先是父亲动了动身子，椅子腿划了一下地面。然后是妹妹在母亲的怀里把头摇了摇，小嘴蠕动着，妈妈把头低下去，一阵解怀里纽扣的声音。妹妹慢慢地开始吮奶。我盯着她满足的嘴巴，心想，明天早晨的太阳升起来，雪地上是怎样的好看啊。那时，苏医生会好端端地出现在我们面前的雪地上，金灿灿的阳光勾勒出他矮小可亲的身子。但是在桌左手边的父亲的声音打断了我的遐思，我们父子俩必须去一趟。他盯住我的眼睛，脸上征求的神态是给母亲看的，抱着妹妹坐在旁边的母亲点了一下头，她望了妹妹一眼。妹妹正埋头喝奶。

我们出了门，在母亲怀里的妹妹就要慢慢地入梦了，她或许在梦中能依稀听见我们咔嚓咔嚓踏雪的声音。

我们咔嚓咔嚓踏着雪地，沿着汜水河堤岸向东拐弯的时候，我们仍然看得见家里那通亮如豆的灯火。我知道在我们的左手边是一条河，宽及三米左右，现在也许被寒冰封上了，也许还没有，我看不见它。但它的流向是一路向南而去的。这一点是再清楚不过的了。这个夏天我们还伏在它的身上呢。在这条河上，我们和凫游的鸭子差不多，一直向南凫去。我们下水的地方总是我们自家的码头，上岸的地方自然是小学校的门口。河流正好拐了一个左弯把我们送到了岸，我们可以一脚登上操场，赤着脚丫子走进课堂。我们流过的地方，总会留下鸭子一样嘎啦嘎啦的嬉闹声。可以这么说，这一条河流简直成了一群手托住书包自由自在在水里飞翔的孩子的天堂。但是现在我看不见它，它正被冬夜寒寒的黑暗封住快乐的喉咙。尽管如此，我可以隐约感觉到，它在我的体侧流淌。在我的右手，那是广袤的田野。田野全被雪盖上了，盖得严严实实，静谧无声。黑暗也压在他们即将丰收的身上。

大概我们走了很久了。我们转过头，只能看见黑暗，我们家的灯火早已经瞧不见了，这个时候，黑夜行路，眼睛像哑巴。我在黑暗中即使睁大眼睛也看不见父亲。父亲的手紧紧捏着我的小手，生怕我在黑暗中丢了。他衣角的摩擦声有节奏地来回响着，除此之外，还有咔嚓咔嚓的踏雪声证明我们父子俩还在不停地走着。我们不知道前方有多远，但是我们执意向前走着。路总有个尽头。黑暗就这样像一条无边无际的巨蟒缠绕在我们的双肩上。还有我们的脸上，我能感受到它的那种苍凉。

我们的眼睛像被什么东西糊上了，正如它把田野河流村庄封上一样。

雪花悄悄地落在我们的肩上，头发上，脸颊上，带给我们一阵寒冷然后就消失成一条水流恣意地钻进我们的衣领。

我们根本看不见它，它从黑暗中来，经过这时的黑暗，又回到黑暗中去了。

我们继续走着，脚下积雪起伏着疼痛的声音。父亲一声不吭。我只能感受到他大而有力的臂弯，带着节奏摆动。还有他带有飞马牌香烟味的呼吸嘶嘶地和落雪声交杂在一起。

嗤的一声，一团火光出现了，火光使我的眼睛获救了，它变得有用起来。父亲挽起他那粗大的手腕。团在火柴梗头上的火焰照亮了父亲的手，一个红色的轮廓，在轮廓之内的那些蓝色的脉络。还有，连着火柴梗的光芒停留在父亲的脸上，他的眉毛被照亮了，他的眼睛被照亮了，他的高而耸的鼻子被照亮了，他含着一支飞马牌香烟的嘴被照亮了。但随着一个火红星点的闪过，父亲的五官又重新返回到黑暗里去了。火柴梗像一道闪着微红的光弧划着黑暗的绒布，慢慢地弯着身子，愈来愈细，消失不见。

我们又恢复了正常的行走。黑暗照常合拢来，包裹着我们。父亲的飞马牌香烟在他的脸上的闪光，像一个明灭不定的记忆。这个时候，我才明显感觉到了时间，在一段黑暗的深渊中时间湮灭之后，现在又以父亲嘴角的一支香烟昭示了。当父亲把嘴角的烟屁股像扔火柴梗一样扔向黑暗，我知道我们又走了一支烟的工夫。

妈妈她们大概睡着了吧。我说。

父亲"嗯"了一声。

村庄上的灯光聚集着射了过来，我们正靠近村庄。

苏医生拉开了门。他一手捂住嘴巴说，进来吧。苏打水和冬萝卜干的味道扑上来，纠缠住我的嗅觉。他用护袖将窗下冰冷的长条椅掸了掸。父亲把我放在了上面，他给苏医生点上一支烟，我看见父亲手面子裂开了无数道道。他将手甩了甩，一头黑的火柴梗落在黑色的地面上，袅袅升起一股细小的白烟。竹制的长条椅冰冷得很，像什么戳进我的屁股。窗户上的报纸被北风冲动着。苏医生温柔地笑着，走了过来，用手捞起我垂下来的脚。几天前，我几乎不能走路，父亲抱着我来到了这里，请苏医生给我开了一刀。那个脓包发出红光，一层红光里面有一层白色猪油一样的东西。我的脚面肿得很高，明晃晃的，像一面镜子。蓝色的火上横着一把刀，让我有点心惊肉跳，手术马上就要开始了。刀就搁在火上这么酝酿着。苏医生歪着嘴巴吸着烟，眼睛盯着火上的刀。隔壁灶间传来他妻子的声音，牙疼成这个样子，还抽烟。这时候我才发现，东南方向有一团灶火在模糊地燃烧，在火光中有一张俊俏的脸。有一节绿色的松枝奇怪地别在她的发髻上。她的手紧紧握住延伸进火中的通条。苏医生依然如故，还将香烟在唇上滚来滚去。终于，几近透明的刀向我伸过来了，我吓得哭了起来。父亲说，不要动，　会儿就好了，否则一条腿就得锯掉。我咬住父亲的肩，甚至要将父亲的棉袄咬穿。好了好了。父亲一边说一边将我的牙齿从肩上掰下来。苏医生说，好了吧，喏，你看看。苏医生用药棉蘸着酒精擦拭着伤口的边缘。他似乎在我的脚背上栽了一朵花，斜斜的花瓣围着泛滥的花心。它好像正在轻轻抖动。

苏医生捞起我的脚。他的牙疼一点也没有减轻，反而更严重一些了。我看见他的嘴巴上的线条向空气中扩大了一些。他吸啦着唇上的空气，香烟习惯地滚来滚去。他撕开了纱布，伤口的口径是缩小了一点了，但是里面还有一些流质，那些像白色腥甜的蜜一样的东西。下午的光线在苏医生的几根白发上微微颤动。他站起身来，走进了里屋。父亲在我的旁边也坐了下来。里面传来器皿叮叮当当的声音。这些声音从冰冷的黑色地面上游走过来，慢慢地漫上我溃烂的脚面。

从里屋走出来两个人，一个高个子的小伙子和苏医生并肩站在我的脚跟前。那是他的大儿子。小伙子果断地举起夹住白铝的钳子，上面白色的棉球往下滴着酒精，酒精滋滋响着，还没有到达黑沉的地面就不见了。

冬天风雪裹着的树叶在门外的河岸上抖动，我和父亲终于到达了。灯光从虚掩的门缝像一柄剑伸出来，要切上我们接近的脚。父亲抖抖肩，推开门，跪在灵床边的一个人抬起头来，又无声地低下去，化着手里的纸钱。里面烛火摇晃。苏医生的脸有点干瘪，有点灰黄，像一个搁了很久的烧饼。深蓝色的寿衣使苏医生看上去有点臃肿，粗胖的袖管里伸出他的手，他的手像睡午觉的人一样放在肚子上。我和父亲在蒲团上跪下，磕了一个头。长明灯的灯火中，一两根从床板上挂下来的稻草发出金光。我们站起身，呆呆地看着他的小儿子化纸钱，一张又一张黄标纸被孝子盆里的火焰从他的手中卷过去。似乎还能闻到苏打水的味道。我们嗅了嗅鼻管。

在那么一刻中，时间成了一块静止的冰，烛火，长明灯，孝子盆里的火，就在这块巨大的冰中燃烧着，尽管如此，我们肩上还是感受到了某种温暖。我们却无法动弹。只得垂手而立。大概一会儿工夫，陆陆续续来了不少的人。他们有的是他家的一些亲戚，有的是他的病人，还有的是他家的邻居。他们中有一部分人默默跪倒在蒲团上，然后红着眼圈站到我们的旁边来。有一部分人还没有到门口就哭出声来，扑到蒲团上已经泣不成声了，还有一些则扑到死人跟前，一边拼命端详，一边没命地抽泣。

不断有人在悲哀的门槛上进进出出。

有一个人边哭边进门来了，虽说旁边一个年轻人搀着，由于悲痛和脚下的雪地，他还是滑倒在门槛上。我父亲随即和几个人去搀。他的涕泪沾在他的几缕灰色的胡须上。这是苏医生的大哥，从十里之外的王营连夜赶过来的。他的儿子伴随他穿梭了一夜。慢慢地，他开始平息了下来，从窗下的椅子上站起来。走到孝子盆跟前，苏医生的小儿子叫了一声，大。他咬着唇将他的头摸了摸，从他的腿边堆得很高的纸钱上剥下一张来。他的手颤抖着将这一张纸钱盖到苏医生的脸上，然后默默地将苏医生放在肚子上的手拉下到体侧，又把里侧靠墙的手整了一整。苏医生的大哥完成了这个必须由他完成的仪式之后，就被人搀到里屋去了。

我的脚还没有好，时不时的有脓血从纱布上渗漏出来。我的脸上也整天哀戚戚的。我走一两步路都感到吃力，脚面上的疼痛已经影响了我走路的热情，我基本上只坐在门口晒晒太阳，或者看一本发黄的故事书什么的。父亲扛着一杆气枪，打着红色的绑腿在我面前的田野上，踏着雪，寻找着野兔。冬天的太阳照着雪地，花嚓嚓的。到了下晚，墙上反射着雪地的冷光，父亲仍然没有回来。直到很晚，我们守着桌上的灯，父亲手里拎着一只灰不溜丢的野兔神奇地出现在我们的面前。第二天，苏医生上门来给我看脚了。苏医生推门进来时，我母亲正在就着热水薅着一只芦花鸡。室内荡漾着一股不断升腾的热气。发出腥的兔子放在厨房的砧板上，光滑的肌腱上还滴着血污。被剥了皮的瘦小的兔头上眼睛却异常的大，异常的灰，苏医生快活地用手拨了一拨这个无助的头。父亲说，今天我们可以来几盅。我盯着靠墙而立的长身气枪，走过去。父亲阻止说，扳机都扣不动，别碰走火了。我一句话也不想说。随即坐到椅子上去，老老实实地待着。我脚上的伤口一次比一次小，一次比一次好看。愈来愈接近蓓蕾。

苏医生的酒量不大，很快他的脸就红了，话也愈来愈多。"我的大儿子，"他说，"我的大儿子很好，他快了，他上来，我就让位给他了。这个地方够他一辈子跑动呢，嘿嘿。"苏医生笑了一笑，把手插进乌黑的头发，头斜依在他的掌上，肘上力量支撑着他。我还记得小时候，像他这么大吧，说着指着桌旁的我。那时候，小毛孩一个到处玩耍，踢卷子，跳房子，烧牛粪，猜草窝。一眨眼的工夫，他夹了一块兔肉，继续说道："等开春，我就做爷爷了。我就这么一辈子下来了。真快啊。"苏医生拍拍我父亲的肩："老弟啊，过日子难哪。唉！"他停顿下来，夹一块蔓菜头，菜腾着热气。他自问自答，怎么办呢？慢慢挪，一步一个窝吧。父亲跟着点了点头。

天慢慢亮了。我发现屋里屋外站满了人。似乎是一下子从黑暗的水面冒到白天的光亮中来似的。怎么这么多人，开始一点声音都没有。屋外还有更多的人，黑黢黢。他们慢慢移动着步子。雪在他们的脚下闪光。他们的脸上几乎没有表情。我摇了一下父亲的胳膊，父亲刚睡醒似的眨了一下眼睛。他的眼角还有一坨眼屎，像一枚早晨的钱币。棺材被抬了进来，没有其他的声音，只听见棺材落地的声响。然后由两个人像是为了不中断一个熟睡的人的梦乡一样静悄悄地一人把头一人把尾将苏医生抬了进去，苏医生的身量正好吻合。脸上没有被迫挤的痕迹。屋子里响起棺材钉的声音。锤的影子有力地倾斜着，打击着。倒不是钉子戳进门板，而是深陷进了心脏。一阵疼似一阵。苏医生的妻子一边呼天抢地在锤影里反复扑着，一边声嘶音哑地哭诉着，人们一遍一遍地将她从棺材边拉开。儿子们跪在一侧不动，活像一尊雕像。她的声音再也发不出来了，手在空中胡乱划着，慢慢地，她安静下来了。一声不作地坐到了一旁，眼睛空洞地开向黑漆漆的棺材上。

苏医生盯着后院的棺材，说："我早就准备好了。"棺材上堆积着枯萎的艾草秆。他用手拂开那些草，拍了拍，棺材发出很沉闷的响声。"还不错。"苏医生弯着嘴笑着说道。然后我们转身进屋，夏日下午的光照在他微佝的背上闪光，宽大的汗衫像是被灼伤了，布满了麻花眼。就从这些洞孔中可以看见汗津津的黄炸炸的背部肌肉。当然它们在萎缩。苏医生坐在椅子上，浮在空气中的脸更显得消瘦了，微弱的光线裁去了他无法消耗的。他说话有点带喘了，没什么用了，医生可以医众人，唯一的就是不能自救。哪一天，打一针杜冷丁就安了。苏医生做了一个翘鼻子蹬腿的动作，忽然温和地笑了起来。我父亲一句话也没有说，他说不出来。他能说什么呢。屋子里出现了短暂的空白，里屋传来一个人翻身的声音，他妻子痛苦的呻吟盖过了床辗转的吱呀声。苏医生从冰凉的凳子上站起身来，径直向内屋走去，他的拖鞋一步一步地敲打着黑沉的地面，他的背影隐没进下午的灰暗的光线里，迟缓的拖鞋声还在乏力地响着。

你轻轻地去啊，不要快活地回啊。

你要快活地回啊，不要轻轻地去啊。

有人在哼着这首古怪的歌，在歌声中夹杂着绳子箍住棺材的声音和扁担上肩沉弯下来的声音，脚趾在棉鞋里着力的声音。整个屋子的中心被抬高了一寸。他们直腰站了起来，脚下开始有了雪裂的声音。棺材钉在角落里发出寒晨一样的冷光，并且摇摇晃晃。我和父亲行进在送葬的队伍之中。咔嚓咔嚓的雪声在身后此起彼伏。队伍似乎无限延长着它悲哀的尾巴。寒碜的空气批驳尽众人脸上的色彩，人们在漫长的路上显得有点木讷无语。低低的哭泣慢慢消失着，所有人都神情庄重地走在往胡旺子的路上。胡旺子是死人的聚集地。这里的人最后都在那里入土。老了，哪一天要到胡旺子了。我听见年纪大的说过这个地方。

往胡旺子的这条幽冥之路显得弯弯曲曲，我们就这么弯弯曲曲地在向前走着，远处听见狗吠。东方的光开始出现在天边的枝杈上。终于到了，队伍的头，定了下来，边注视着昨夜已经准备好了的墓穴，边将队伍的尾巴甩过来，盘了起来。像一条寒冬悲凉中圈成一团的蛇。有四个人开始挥动铁锹，土的声音在清冷的薄暮中落下，散开。棺材的面积一步步缩小了，很快被苍黄的土所埋没。人们的哭泣声散开，在晨光清冷中抖动。

　　有哭声呜呜咽咽地传过来，爸爸把门推开。伏在桌上的苏医生立即站起身来，顺手摸了摸眼睛。他的脸上又换上笑，鱼尾纹像一把伞将雨般的愁苦打开去，脸上就是笑。我的脚伤好了，口径成一个硬币那么大，慢慢开始愈合的肉，从四侧向中心靠拢形成了它们努力的痕迹就像一个微型的点心。苏医生快活地用手指在我的脚板底挠了一挠，说："好了。好了，小家伙。"我说："真好了么？"他说："真好了。半点也没有骗你。"我恨不得要从椅子上蹦跳起来。我可以下河游泳了，或者去捉麻雀，抽陀螺，猜草窝了，或者什么也不干就在大路上好好地走来走去。爸爸也盯着我笑了起来。要知道，几乎就在这一刻，我恢复了完整的走路的记忆。我站在地面上，还快活地跳了一跳。那条康愈的腿一着地面，我知道我孤独的童年就要结束了。下午的光亮透过窗棂照在苏医生的脸上，他坐在那儿，爸爸跟他说着一些什么。我一脚蹦到了门外。我停了下来，那个盖着苦艾草的漆黑的棺材引起了我的注意，艾草的色泽由于风吹日晒，再加上现在是秋天更显得枯软萎靡。可是那棺材却色彩挺拔，稳稳发光。人还没有死去，为什么就要准备自己永久的睡具？我盯着发愣。

土在纷纷下坠，像要填满这个空洞的寒晨。起起落落的锹影之下，坟堆在涨高。我紧紧抓住爸爸的手，他的手却在微微抖着。双眼盯着黄土在上涨。其他的人也一样，垂手而立。白色孝帽上的小球在空气中晃动。苏医生作为人的形象就被黄土抹去了吗？苏医生的儿子们扑了上去，他们泣不成声，旁边的人去拉他们的胳膊。他们的胳膊游走了出去，继续扑向黄土。有几个衣着新鲜的女人站在人堆里，那是苏医生的媳妇们。只是膝盖上有一坨脏泥斑。眼圈微微发红。苏医生与我们相隔的黄土愈来愈厚，愈来愈高，它突现在我们的视野之上。最后，我们都跪了下来，磕了一个头。然后就迈过火盆，往回走。太阳慢慢在东边的枝杈上露出脸来，看着人们从田地上松开紧紧盘旋的队伍的身子，向南而去。

春天到了，我听见小鸟在门外的绿树上唱起歌来，我怎么也睡不着了，从床上一跃而起，屋子里还淹没在暗淡的晨光中，墙上的那幅《昭君出塞图》还可以看得清楚，那个美人穿着蓑衣从风雪中过来，蓑衣之内的红衣照亮了她的脸庞。我穿过堂屋，依稀听见爸爸的呼噜声。我蹑手蹑脚，轻轻将门打开，看见苏医生笑吟吟地站在门口。

米之书

不知何故，愈来愈多的是纸，愈来愈少的是米。

——［美］布罗茨基《明代书简》

我正在厨房里喝水，有脚步声过来了，我赶紧放下手中的那个光滑的凉丝丝的瓢，躲到了门背后去。作为一个过路的人，我只有这么做，如果你看见你家里突然有一个陌生人，你会怎么想呢，你会惊叫还是会找来一根棍子来收拾我？当时海洋既没有叫，也没有给我一棍，而是向我一笑，然后他说："你什么时候到的？"说着一头倒在了床上，他的床几乎就是几块木板的组合，而且一点也不平整。他闭上眼的时候，我才发现他是一个眉清目秀的人，他的手像藤蔓一样垂挂下来。他说着我很累然后就打起了鼾。我不知道该走呢，还是继续在他的床跟前站下去。

窗外有几棵树，浓荫匝地，偶尔的蝉鸣裹在吹过来的风里，我想我应该继续走到那片荫凉中去，然后上一条拖拉机的耕道，穿过这个村庄。天虽然热得不行，但是路还是要抓紧赶的。我这么想着，就一脚出了门槛，门槛外正对着一条河，有一个女人正在没进水里的那块码头石上洗菜。水握住了她白皙的腿部，她站起身来，身上的光斑和菜篮子的水一起坠进了河里。

这河水淙淙的声音把我定在了那里，迈不开步子。我舔了舔嘴唇预备大胆地走过去，然后问她往夏集该怎么走，她一定会告诉我的，我相信她是一个善良的女人。可我还没有走两步远，一条狗冲了出来，狗很高大，一身滑毛滴水的黑色，如果不是它，我不可能再回到身后的屋里，狗逼着我连连后退。

洗菜的女人听见了狗吠，她朝我这边喊道：

"海洋，你家的狗又要咬人了！不要怕，他家的狗就是这样，喜欢欺生。"她的后半句显然是对我说的。我向她笑了笑，但脸上有点窘，洗菜的女人在阳光和树荫里显得很标致，她的声音清凉可人，颈子里有一个红线系着的玉佩。菜篮子还在滴水，不过很快滴在地上的痕迹一路向西了，她的脚步踩在那些大小不一的光斑上。

我看着女人的背影，狗却一刻不放地盯住我，我们相距两步远，身后的床上海洋还没有醒来，鼾声轻轻地撞击着我的后背。我和狗相持了好几分钟的样子，我决定给它点颜色看看，我总不至于真的被一条狗吓住。我开始握住拳，左脚向前叉了一步，右拳随即向前一伸。狗双耳抖动了一下，满不在乎地看了我一眼。之后它的视线又拉直了，牢牢地盯住我，因为天热，它的牙露了出来，一嘴的牙像一把把小锉。得承认，那牙让人害怕。它的舌头伸出来，像小孩子的手。

它一直喘着粗气，腿偶尔抬动一下，像是腿上的某处有一块痒，但就是没有多移动一步。

我继续握着拳，并且下意识地咧开嘴，咬起牙，像是告诉它我的牙也不示弱。可是眼前的这条狗显然不理这套，它将后腿盘地，一屁股坐了下来。看来它正是看定我了。我环顾四周，试图能找到一个棍棒什么的，却发现只有墙上的木鞘里插着几把勺子，我刚才喝水的瓢横在水缸的板上。

水缸的板洞开着，里面还能看见水清凉的影子，水有一股甜丝丝的味道。我当时第一眼就看见水缸，真是一种福气。水缸有一寸的样子埋在土里，水缸的外面有一圈水印。海洋家的门敞开着，水缸是第一眼进入视野的东西，那会儿我的嗓子正在冒烟，我没有多想一脚就进了门。我之所以往门后躲，完全出于本能上的考虑。一看见海洋的脸，我就完全放松了戒备，况且他没有对我怎么着，还把我当作他远道而来的朋友。

我从木鞘里拔出了一把勺子，勺子在手，我显然胆子大了不少，可是狗只是抬起屁股，往后挪了挪而已。

海洋肯定看到我挥舞勺子的样子了，他在我的身后笑了起来，他这一笑宣布了我和狗之间的那层紧张关系的解除。狗像是边笑边讨好似的走到了门槛边，它弯下梭长的脊背，将头靠在了海洋的脚面上。海洋用脚逗弄着它，一边呵斥道："二黑，你连我的朋友都不认识？也敢咬？"狗像是听懂了他的话，把毛茸茸的头往我的裤管上蹭了蹭。我的裤管上现在还留有它的毛茸茸的感觉。

屋子里除了一张床，一口水缸之外，还有一个摇摇晃晃的橱子，里面有一些白壁蓝沿的碗，当然还有一些筷子。橱顶上竖有一口弯刀，因为位置高，只看见一截闪亮的刀背。靠南窗下有一张条桌，桌上有一个墨水瓶，一叠纸。在床跟前还有一张方桌。我真的像一个初次登门的朋友一样开始打量着屋内的一切，海洋从床肚子里拽出了两张板凳，他说，自从搬来住后，就一直这样，差不多两年了。

"这里好是好，就是寂寞了点。"他补充说道，"当然这一切都是我自找的。"

我不知道说什么好，如果算是他的朋友，也该是几分钟的时间，即便是算上他进门上床的那一刻也还半个钟头不到。我只有沉默，绞着手坐在小凳子上听他说，从他的叙述里我能勘察到一点他过去的痕迹，现在我清楚了，他来自省城。"算是一个作家。"这是他本人的话。因为写作上的难题，移居了乡下。按照他的说法，这儿才是广大的天地。

就是这样，他接着又说了些这里的民风淳朴之类的话，然后我们之间有一个短暂的沉默，他似乎意识到小凳子上的来客，是一个陌生人而已。但是大概是出于寂寞吧，他继续把我当作他的朋友。他站起身来，手在橱子旁边的一个篮子里掏出两根黄瓜来，一大一小，他递给我一根，从他将大的那根给我可以看出他的待客之道。我好像喜欢上听他讲话了，我先是在他的叙述里看见一个歪歪扭扭的人，在路上走着，全身散发出酒气。他说他那会儿不顺心就是喝酒。何以解忧，唯有杜康。这话我听过，海洋告诉我他刚来的前一两个月有点难熬，不过挺过来了，他跟人捉了条狗，狗那会儿还小。

"对，就是眼前的这条，其实我还养过一趟小鸡，不过全死了，有两个被自行车轧死了，那会儿它不怎么懂，要到路的那边去，那是多么脆弱的小东西啊，当时肠子全出来了，惨不忍睹。后来被黄鼠狼又拖了几个，还有几个他们说二黑吃了。"

海洋说他不相信，之后他看见二黑嘴里有一根鸡毛，他才相信了。他便痛打了狗，狗瘸着腿在树下绕来绕去，海洋坐在屋内的小凳上，听见门外狗哼哼的声音，他在气头上，没有开门，决定惩罚它。

"你知道吗，我是那么相信它。这个狗东西！"

海洋说的意思我明白，是一条狗把他刚建立起来的某种理想，或者叫趣味给破坏了。狗瘸着腿走丢了，两三天都没有见到，海洋说他这个时候才慌了，他开始找，转了三四个村庄，结果一无所获。海洋说他累极了。我点点头，同意他的说法。因为我深有体会。

"后来它自己回来了，用嘴拱我的门。"海洋笑着摸了摸狗头，狗很温顺。总之他们俩的感情很深。

海洋是突然提出要我帮忙的，这真让我有点措手不及。这会儿我已经上路了，其实我完全可以拒绝他，找个托词还是很容易的。可是我却没有这么做。我是不是因为一瓢水，或者一条黄瓜动了恻隐之心呢，我说不清楚。总之，海洋突然停止了嘴里黄瓜的咀嚼声："哎，你能帮我个忙吗？"我已经暗暗接受了。海洋说，他没有米下锅了，说着他就将床旁边的一口缸打开了，里面的米已经见底，像刚刚化去的雪。

我正预备开口，便被他的话堵住了，他像是知道我要说什么似的，急着解释说他已经借过了，这个村上的每一家都借过米给他。

"要我再借，我是开不了口了。刚才我就是去隔壁村，走到了半路又回来了，那边的村里基本上还不知道我开始借米下锅。因为这说来让他们无法相信。其实就是我海洋也不一定相信。开始村里人也是将信将疑的。"

我的沉默很短暂，之后就将头点了点。这时候的海洋反而有点过意不去的样子，他说他这是被他那点可怜的自尊害的，要不怎么能叫自己的朋友去做这么个事情呢。看得出来，我一口答应，他很感激。他将我的手背拍了拍，大声地说："你真够哥们儿。"

对于手里的竹淘米箩子，我开始不肯拿，最后还是拿了，既然是借米，总得要个家伙盛的，不能把米捧在手里吧。

我穿过树荫，听着顶上的鸟声，我觉得自己忽然有一阵放松感，我日夜赶路，这里仿佛是一个终点。或者可以这么说，我找到了一种安全感。这对我来说，说多重要就有多重要。秧田在树的那边，屋角的那边又是一个村庄。清风抹着我的额。我不由自主地长长地吁了口气。

我基本上是按照海洋的建议做的，海洋说："你就说我病了，事实上我的确病了，头上还有点烧呢。当然你就说是我海洋的朋友，他们肯定会借的。"海洋显得把握十足。我记得他在我的后背上又拍了一掌，轻轻的。隔着衬衣，我能感觉到那个手掌的热度。说得不错，他还在发烧。那条狗跟在我的后面，走了一阵，然后摇着尾巴回去了。我唤了两声，它自然不理我，我毕竟不是它的主人。

第一家门口有棵老梧桐，上面蝉声一片聒噪。门口铺了一些青砖，正发出绿苔的光。但堂屋的门关着，只有两三只鸡围着树边的水塘喝水。

第二家门口也有棵梧桐，只不过要小些，从砖瓦上可以看得出来，这房子是刚造好不久的。窗子玻璃明晃晃的，上面可以看见我的影子，淘米箩子从胳膊弯上滑到了我的手里。我被自己的影子弄得不好意思，我都没有来得及往里面看，就离开了。门是虚掩着的，我自然不能去推。

我走着走着，一团树荫包围了我，我感到了一阵凉爽，这是第三家的门口，几个女人正坐在门槛上说话，有一个男的正站在树下，吸着烟。他们像是说着什么笑话，男的有点脸红，女人们在笑。这个时候他们的视线一致地射到了我的身上。我窘得不行。有一个小孩不知从哪儿冒出来的，他以为我是卖什么的，右手扒着箩子往里看。是那个洗菜的女人替我解了围，她自然也正坐在门槛上。事实上，我并没有过多地解释，她就告诉那些看着我的人，说："是海洋的朋友。"说完从我的手里拽过淘米箩子转身进屋去了，一会儿女人黑发白面的影子一闪，重新出现在面前，米算是借到了。

洗菜的女人眼睛很亮，她笑着对我说："不要紧的，海洋家的狗没有吓到你吧？"我说没有，对她笑了笑。我不知道如何和他们打招呼，正踌躇间，男的递一根烟给我，我摇摇手说不会。他像是不相信我，眼神里说：男人，不会抽烟？我说真的不会！他这才将烟插到烟盒里去。

我往回走的时候，洗菜的女人高声说："海洋这个人死要面子，下次让他自己来！"

我含糊地答应了一声，就穿过了蝉的一片聒噪，一片荫凉，回到了海洋屋子的门口。狗先出来的，不停摇着尾巴，像是要做某种庆贺。

海洋很高兴，他得意地说："怎么样？"他的意思是这一切在他的掌握之中，他们会这么做的。他甚至自得地说："我一眼就看出来了，你也会的是不是？"

我只得以笑作答。

坐了一会儿之后，海洋和我就开始忙饭，其实我就是帮他拣拣菜，菜也不多。就在门口的黄瓜架上，上面缠满了豆荚，还有丝瓜，瓜架下还有些茄子、大椒什么的，这是一个丰足的小菜园。因为海洋要体验真正的乡村生活，电饭煲什么的他都不需要，刚来的时候几乎只有一套换身衣服，一叠纸，一支笔。也算是巧，他一来没有费什么劲就找到了房子，这原来的房户上了城，算是折钱卖给海洋，海洋也没有怎么砍价，否则他身上的钱还够上一阵的。他是带了一笔钱的，但大大小小地用掉了，他也不知道怎么用的，仿佛漏下手缝的水。之后海洋谈到了他的房子，现在的的确确是他自己的房子了。

房子有点漏，海洋说他自己上屋顶去修过。原来门口一片荒芜，现在的小菜园也是他自己侍弄的。他说着这些的时候脸上带着点骄傲。当然，海洋说他也割过稻，插过秧，他还跟一个配种猪的人走过一阵。我能想象得到海洋牵着一头精囊饱满的猪走在田埂上的样子。

"用锅煮的饭就是香。"海洋说着揭开了锅盖，一阵热腾腾的水汽包围了他的脸。

海洋的厨艺不错，很快就上了一桌香喷喷的菜。虽然没有鱼肉，但还是让我暗暗吞了几口口水。海洋像是变魔术一般从床肚里的一个什么桶里掏出了一个酒瓶，让人惊喜得不得了。酒是宝应大曲酒，上面的锡光招牌闪闪发亮。海洋说，他好些日子没有喝，都快忘了这瓶酒了。

"你一来，突然就想起来了，酒也知道什么时候出来招待人啊。"海洋说着笑了起来，笑得很亲切，他的脸上有一种坦然和蔼的东西。

"我开始觉得我有点幸运了，真的，遇到你这么个人。"我对海洋说。说的是真心话。然后我们就开始喝酒了。酒很醇。

边喝边吃就话多了起来，这是自然的，在所难免。光喝闷酒没有什么意思。海洋说他以前经常喝闷酒的，那没有意思，头越喝越昏，还可能越喝越不像话呢。我同意他的说法，这我也深有体会，我点点头附和他。海洋跟我干了几杯，他的酒量大概在三两左右，这会儿离醉还早着呢。

"这些日子，我一直下不了笔。没有感觉，你知道吗。感觉这东西太重要了。"海洋说着，夹了一块菜。

我对他的话题半懂不懂，但是也不要紧，从海洋说话的样子看，他只需要一个倾诉的对象而已。他需要一个人静静地坐在他的对面，听他说小说和灵感的事，还要像我这样，适当地把头点点。他问我写一篇好东西需要什么的时候，我告诉他："是不是缘分？"

　　"对头，你真他妈的对头，就跟我和你在这个地方相遇一样。靠的是什么，缘分。"海洋显得很快活，将我的肩膀重重拍了一下。

　　二黑蹲在地上，面前一个碗，二黑将它小孩子手样的舌头伸出来，缩进去，缩进去，伸出来，一会儿工夫碗里就没有了。眼睛盯着我的脸看，又盯着海洋看，之后，海洋扔了一个饭团，夹了一块菜放在小碗里。树上的蝉还在叫，一点也不疲倦。傍晚的光线在门口像场大雾，迷迷漫漫着。能听见河边的水里传来鸭子嬉水的声音，远处的树梢上有一个半导体里的胡琴声在缠来绕去。

　　"我已经几杯了？"我问海洋，其实这会儿我的头真有点晕了，有句话说，酒后吐真言，我担心这个。

　　现在海洋已经有那么点意思了，他开始说起一个叫朱鹮的人。他没有描述这个人的模样，但是我猜应该样子不错。海洋脸颊开始红了，因为回忆，还因为某种激愤的成分，他说着，总用拳头击打着桌面，碗和杯子总要摇晃那么两下。他发狠说："我要把她写进小说，让她在小说里变成个破鞋，荡妇。"

　　这会儿我是有点明白了，海洋面临的实质上是情感的难题。而非什么灵感之类的玩意，那是哄自己的。

　　从端起酒杯那一刻起，我就决定做一个听众，虽然我觉得这一点也不新鲜，要知道，世界上男和女也就那么点小破事。在海洋说话的间隙，我只是说了些我也看过一些杂志的话，海洋立即问我有没有注意到他的作品。我笑笑说："我只看作品，记不住作家名字。我觉得作品比作家重要。"我似乎为了安慰一下沉默下来的海洋，便说："或许我也真的看过你的作品呢。"

"也许一个作家写出来的一两个人物闯进了读者的大脑，读者并不一定知情。"海洋呷了一口酒，几乎嘀咕着说。

"有可能。"除了这么说，我不知道还能怎么说，至于他说要将那个叫朱鬶的女人在小说里变成破鞋，荡妇，我觉得那只是他的愤怒，不是本来的面目。但是我又无从说起，我只是觉得这么做不对。

果然不出我所料，海洋开始承认朱鬶是一个不错的女人了，他甚至忘记了前面的话，他叹了一口气，说道：

"或许那样，才是她真正的归宿。我能提供给她什么呢，一个酒鬼，一个写点小破事，并且自以为了不起的人？"海洋摇了摇头，看得出来他在自责。

我觉得应该劝他一点什么，于是用杯子碰了碰他的杯子说："你应该上城去，好好地找她谈一谈，或许……"我的话还没有说完，海洋的手在空中一划，他的嘴角泛了一下笑意。

"该做的都做了，不该做的也做了，没有用。"

"那你去找她谈了？"

"谈了。去年年底我上了趟城，在街上看见的，那会儿不方便说话，然后打电话给她，找了一家小茶座聊了聊。还好她来了，我不知道她是带着决心来的，我还高兴了一阵，但是没有聊多长时间，就散了。她告诉我一切一切已经过去，她不走回头路，就是这样，她来只是当面把一句话扔给我罢了。第二次打电话，不接。打了无数次，无数次忙音，我怀疑她那天干脆将电话搁了，因为我一直在打。我知道她狠了心了。四月份，我又上了回城，期望能碰到她。你甭说，还真的碰见了，只不过她已经嫁作人妇，挺着个大肚子，旁边一个胖乎乎的家伙搀着她。"

海洋低下头来，盯着桌面上的一摊菜渍看。

"不过这些日子，也慢慢平静下来了，我说过，这儿天地广大，现在我说这些，越说好像越像是一个故事了，我好像也愈来愈像另外一个人了。"海洋补充说道。脸上还是看得出一丝无奈和自嘲的意思。

在喝酒的间隙，我忽然走了一会儿神，这个时候海洋已经伏下头去，他没有在意。外面的夜色徐徐降在门口，这层模糊的黑色里蝉声却愈来愈嘹亮了。我盯着海洋看，这个人将头伏在胳膊弯里，颈部上的一个痣暴露在外，他多半是把酒变成了痛苦的涎，滴下地。他的嘴里说着，酒的时间和酒劲的关系。海洋嘴里含混地说："没有醉，没有。"这是醉酒的人常挂在嘴上的一句话。我将他扶上床，他不肯躺下来，我硬是将他的肩膀扳倒了。

海洋突然又提起朱鹭了，他说："那真是一个美人儿。"他的舌头卷了起来，他自己有点不好意思，又有点轻狂地笑了。接着大声嘀咕了一句，

哎，这真是一个矛盾。我盯了他一眼，海洋此刻将目光定在头

顶上那个三角梁上的一个铁钩看，那个铁钩弯着，满是锈。

海洋下面又说了一通"我没醉，清醒得很"的话，几次要挣扎着从床上爬起来，说要自己来动手收拾桌子，哪有让客人抹桌子的道理。他说着，往我脸上喷着酒气，海洋再次被我扳倒了肩膀。

海洋终于沉默不语了，他四仰八叉地躺在那儿，整个身体都进入了某种回忆。我开始收拾桌子，洗完碗之后，用毛巾擦了擦身子。我一边用毛巾搓洗，一边庆幸自己还记得自己说的每一句话，这每一句话都让我放心。我甚至有点佩服自己的冷静，和克制的态度。

狗站在床边，用小孩子手似的舌头舔了舔海洋的脚板底，他这个时候已经睡着了。二黑低下身子钻进了床肚，这会儿已经很晚了吧。我已经没有时间观念了，这些日子来我一直走个不停。日出而行，日落而息，日子我就是这么过来的。

我又开始庆幸了，庆幸自己遇见过些好人，其中有一个还收留了我，跟他学修自行车。如果不是爱上他家的那个二女儿，我或许还会一直在那儿待下去。她家的人觉得我，这个孤苦伶仃的人，流落此地，不容易。看我憨厚，肯做事，殊不知我内心藏着一个秘密。我管她爸叫师傅，她妈叫师娘。即便是在她家，我还是经常从梦中惊醒，一身冷汗。

关键是我爱上了她，我为什么要去爱呢，其实我已经没有权利爱，为此我暗地里哭过多少回，我那次差点就答应了这门亲事了。

天不亮我就跑了，她和家里人会怎么想呢，会不会找我呢？我经常这般想，现在我又这么想了。

我似乎看见那个简易修车棚的屋檐下，有一个人一直站在那儿，含着泪水。我想到这儿，喉头有点紧，想要哭出来，可是我还是控制住自己。一路上没有人看见我哭过，我只是一脸风尘，最多是有点疲倦和邋遢罢了。

　　我盯了盯海洋，他翻了个身脸朝墙睡了。他的岁数比我大不了几岁，但是睡着却像树荫下的一个孩子。

　　我伏在桌子上，迷迷糊糊地睡着了，感到全身的睡意像一桶水似的从头上浇下，忽然间我看见窗外有两三个人影晃动了一下，远处传来几声狗吠。我猛地站起身来，往门口走，那树影下几个人在交谈着什么，然后加快了步子向这边冲了过来。我一下子明白了，但是我一动也没有动，盯着河边停着的一辆警车看，我在想他们什么时候到的，好像一点可疑的动静都没有听见。

　　那几个人过来了，他们的脸四四方方的，一贯的严肃。其中一个对我没有动弹感到意外，会不会错了，他嘀咕了一句。我说："没有错，我早就等你们了。"那个人看得出来是一个年轻人，我不知怎么搞的，不愿意把手伸给他，一个和自己差不了几岁的人。旁边那个岁数大点，脸上有点麻子的人嘴里哼着一句什么，然后用东西猛地往我手上一敲。我甩了甩手，拽了拽，还算牢靠。那个年轻的家伙要往屋里走，他似乎要再找到点什么，我挡住门口，他的视线从我的肩膀上射进去，我说："不要惊动他，我跟你们走。"那个岁数大的在空中把手一挥，那个年轻的家伙的视线像个弹簧刀一样就收了回来。

　　但是就在这个时候，一道黑影猛地蹿出来，吓了他们一跳。我知道那是二黑，它开始咬住我的裤管，这次我没朝它龇牙咧嘴，拍了拍它的头，让它回去，可是它还是咬住不放。身后发出窸窸窣窣的声音，我想是海洋起来了，我不知道该如何开口。就在我回过头来的时候，我意外地看见师傅和师娘站到了门口，她躲在后面掩面哭着。我要去劝劝她，她是一个好女孩，她应该有个好男人来爱她，可是我又动弹不得。二黑还在死咬着我的裤管。

这是一个奇怪的梦，我醒来后在小桌旁坐了半天，我想我不能说，这是一个天大的秘密。即便是海洋，我也不能说，我决定天不亮就动身。至于动身之前，我会不会说出来，我似乎又拿不准。我记得师傅说过，我有时会说梦话，有时候不会说。但愿一夜无事，我在心里对自己这么说道。这会儿海洋好像醒来了，他在床上仄起身子，喊我："上床睡吧，这张床两个人能睡得下。"

我站起身来朗朗地说了一声："好的。"

田埂上的小提琴家

写在前面的话

　　这是我写作的篇什里相对比较奇怪的一篇，它由自序、再版序、日版序以及修订版序言组成，分别由小说家董欣宾自己、《安宜日报》副刊主编评论家刘长风以及老年的董欣宾来完成，修订版序言则是董欣宾的女儿写就，这篇小说最后一个部件就是以一个年代为线索的简谱。小说的组件意图主要是想从故事外围去包抄故事的核心。这样的尝试带给我的乐趣是有的。这使我想起小时候，奶奶将我衬衣上的虱子捉到放在我的拇指甲盖上，奶奶教我用两个拇指甲盖互相挤压，会迸发出咯嗒一声脆响出来。

1. 自序

　　如果冬不拉先生还健在的话，他绝对是这篇序言的不二人选。他是一个奇才，通晓多国语言，风度翩翩。我第一次遇见他是在一个私营小书店里，他当时坐在一把藤椅上翻看一本鲁迅先生的小说。他时而低头翻书，书页在日光里哗哗作响，时而抬头跟在一旁的书店小老板说上几句。我喜欢上了他翻书和评点书的态度，他定是一个极度喜爱书的人，从他将被读者翻看时折起的书页理平可以看出，书店里经常有一些人站在书架前取下翻看，然后折叠做个记号，下次再来时可以接着看下去。书店是老字号了，老字号的好处就在于它具备了洞悉读者的智慧，任由读者取阅，有一种云卷云舒的潇洒姿态，因此我是那儿的常客。聊了几句，便熟悉起来。冬不拉先生曾经在湖南工作，现在是告老还乡。晒晒太阳，翻翻书，拿他的话来说，自是惬意的逍遥日子。他眉长，眼睛一点不像一个年近古稀之年的人。我后来想，之所以他后来一直令我难忘，主要是他的那双眼睛：清澈见底。之所以我能对他有风度翩翩的印象，也完全来自他的这双眼睛。我对他的了解仅仅就是书店老板的偶尔提及，和我的几次有限的观察，而这个从某种程度上点燃了我想象的热情。对一个人的一生激烈地去想象、填充、丰满，那将是一件非常有意思的事情。

　　虽然我最初的写作热情并不是源于此，但是他却能使我想象的翅膀由薄翼变成广袤一片，并且能感受到这个变化的激动人心，可以说这部长篇小说正是一个有力的佐证。冬不拉经历坎坷，丰富，复杂。他的家庭在我们县可以说算上大族人家，北门街几乎大半边街都属于他辉煌的祖上。虽然祖留的基业后来只剩下区区几间，但是人家辉煌的历史是不能淡忘的。他大概偶尔跟书店老板说过，书店老板自然和我多了些谈资。有段时间我因为忙着结婚所以去得少了，我家庭成分不好，结婚迟，三十岁才结婚。也就是这一年开始写作，我喜好读书，并没有想过自己也要做一位作家。作家在我的心目中地位是很崇高的。

我的爱好起初是很广泛的，譬如我爱集邮，爱看书，爱打毛线衣，等等。当然包括拉小提琴。我拉小提琴完全是自学成才，和小说中的常乐乐不同，常乐乐他出生在一个音乐之家，父亲是一个小有名气的二胡演奏家，他的祖父则是有名的笛王。他家里的女眷们也都是音乐能手。就是这样的环境催生了一个音乐天才。为了写这个人物耗费了我的想象力，当我写完后我觉得自己虚脱了。当小说在《十月》杂志发表后，引起了争议。人们争议的焦点是小说中性爱的描写。这个我还是从近期的报纸上得知的。引起争议总归是好事，就怕石子落水没有声响。好坏不由己，我自己只是努力完成了。

常乐乐在下放中改造的时候，经常闹笑话，还挨人欺之类的，是一个标准的书呆子。我在生活中也是一个书呆子，但是他却能在田埂上拉小提琴，多少改变了人们对他的一些看法，这个多少掺入了我的一些经历，但是大半出于想象和编造。田埂上的小提琴家，常乐乐由此有了一个新的名字。起初我想，常乐乐肯定是出于排遣寂寞（或许是因为爱情）开始偷偷拉小提琴的，那个时候多在下工之后，"田野上人散尽，犹如豌豆回荚"。阔阔大大的原野上只有他一个人，他将小提琴藏在一个草垛里。他躲在草垛里和河边的芦苇荡里拉过，音乐声赋予了这片原野一个个美妙的夜晚。我相信他的小提琴声为很多人所铭记，因为那是美的。就在一周前，一次返城知青周年纪念聚会时，还有人提起当初第一次听见的感觉，有一个姓吕的女同学说："当时我们感觉天空一下子变成一种淡淡的紫罗兰色。"

小说中的常乐乐比我的境遇要差多了，他被迫砸坏了好几把小提琴，要比我疯狂得多。他要求人们安静下来，当时人们寂寞而躁动——吵架、流血、斗殴，甚至通奸。有段时间他几乎处在疯癫状态。我和小说中的众多人物一样都以为他已经走火入魔，因为他几乎认为音乐已经有了治病的功效了。有时候他会要求路上的一只鹅、两只野狗安静下来。他的疯癫样子惹得几个女人同情过，有一个还义无反顾地爱上了他，但更多的是人们的讥笑、嘲讽和习以为常。当然关于常乐乐的爱情史，我以为是小说中的重头戏。我试图让他们生长在音乐里。但是有人总是将这个爱情史，理解成情爱史。如此一颠倒是大大不同的，美妙变成露骨，就像当前报纸上一些批评家所说的那样。我难以苟同，但是并不影响他的观点继续存在。

冬不拉先生大概听过我跟他提过常乐乐的故事，是的，从我一返城，常乐乐就在我脑海里形成了。我只是一点点地积累完善他。冬不拉先生很感兴趣，他还常在小书店的藤椅上，晒着太阳说，田埂上的小提琴家，很美，很有内涵……冬不拉先生还说，小董的书如果能写出，我倒真的可以给他写个序的。这些话基本是书店老板的转述，可以想见。只是遗憾的是那会儿我正新婚燕尔。小说当时已经差不多快要完成。当我真正地完成小说，意欲见到他时，老人已经仙去了。我到书店去，我总感觉到书店少了一些什么，后来我才明白，在我的记忆中，藤椅里的冬不拉先生已经是书店剪影里的一部分了。

"他死了好几个礼拜了。"书店老板说。

我怅怅地"哦"了一声，便没有话说。

我在书店里徘徊了一阵子就回家了。夜深人静，我还能听见书店老板的声音在我的身后响着："老头子早年是一个小提琴家，正儿八经留过洋的呢。"

我为此回味良久。现在书出来，我只能自己写这篇所谓的序。我似乎明白人与人的遭际就如两个海洋，就像我和小说中的常乐乐，我和冬不拉先生，他们遗世独立，却又息息相通，有一个温暖的通道。正由于此想象力得以飞翔，令人快慰平生。

董欣宾写于 1984 年 6 月禅帚斋

2. 再版序言

一个遥远的下午，有一个青年人站在一条乡村小道上，他的下巴抵着琴台，眼神落在远处那好像刚刚升起的炊烟上。他的脚边有一只白鹅，他开始运弓拉动琴弦，于是小提琴旋律响起，声音轻跃，穿透了这个下午，甚至连那个青年的身影都显得轻灵起来。他开始走动，挽着裤管，一两只白鹅也走走停停。远处的村庄显得很静寂，似乎被音乐提前陶醉入了梦乡。

这个场景是若干年前的一幕，发生的背景是那个特殊的年代。那么青年、小提琴、田埂还有鹅这个是不是属于真实的场景呢，我已经记不大清楚了，但是至少是这本小说给我还原了那段映像或者准确地说是记忆，使我似乎更为真切地认识了常乐乐这个人。当时在大刘庄，我们那儿的确有这么一个人，不过此人并不姓常，而是一个复姓叫欧阳，单字一个春。欧阳春爱音乐几近痴迷，至于家学渊源，这点倒和小说描写吻合，包括长相，董欣宾在文字上也是尽量遵照原型。欧阳春是一个瘦高个，戴副眼镜，和那个时代的书呆子气的人一样，指甲修长，因为聪慧敏内而显木讷。这个人如果不是因为喜欢拉小提琴，他几乎难以从记忆碎片里凸现出来。有一年，爱乐乐团到安宜来，我爱人不知道从哪搞来的票拉我去，我就在那次第一次真正听到完整的小提琴。一听之后使我陶醉得不行，并且影响了我后来的评论文字的写作。有人说，我的评论文字有乐感。我想或许就是从这开始的。尽管我这些文字不登大雅之堂，只在《安宜日报》的副刊上出现。

也是在那天，我回忆起了知青下放那段日子，那段日子在回忆中有点甘甜的味道，这个让我费解。明明那个日子煎熬万分，为什么还会有这种感觉呢？或许因为时间和回忆的因素。有时候我的脑海里会闯进一个人来，那就是欧阳春。也是因为他会小提琴的缘故，我们那会儿叫他田埂上的小提琴家。他后来的经历是我们那拨人在陆陆续续的谈论中完整起来的。他的经历很惨，到他真正回城的时候已经是孤身一人了。他的父亲下落不明，母亲病在床榻上，死了好几天之后才有人发现，他的姐姐被所在的大队部的一个混蛋强奸后受了刺激，常发疯病。令人遗憾的是他后来并没有走上专业的音乐道路，而是去了机关。至于什么机关，有的说是公安局，有的说是邮政局，大家也是道听途说。当然后来证实他去了邮电局。

他的人生道路显然和小说中的常乐乐有所区别，但是他喜欢音乐，喜欢拉小提琴确实是那个时候给我们留下的一个鲜明印象。除了他，还有一个叫李琦清的人会背诵地图，地图上的县市和集镇他了如指掌，令人称奇。欧阳春身上没有什么传奇之处，但是由于一把小提琴在手，他就显得有点卓然不群，有点和我们所有人不一样了。或许是因为小提琴和田埂、鸡鸭鹅等乡村元素不相协调的原因？还是他本身的气质的缘故？

总之谁也没有想到，就是这个欧阳春后来成为董欣宾的笔下人物，就连董欣宾本人也始料不及。董欣宾是潮州人氏，因为很奇怪的家族因素（据说是过继给远方姑妈）来到了安宜，很小的时候也就是大概董欣宾四五岁的样子，他父亲，实际上就是他的姑父，去潮州把他带了回来。董欣宾身上有股潮州人的执拗精神，由于安宜的水土和文化氛围，他从小安静，喜好读书写字。他当时和我在一个组，我们住在同一户人家。董欣宾其实和常乐乐在日常生活中并没有多少交锋，即便有，也仅仅限于几次路上的相遇。他们甚至没有说过话，这个我可以做证。董欣宾和常乐乐都是那种不善言辞的人，属于闷葫芦的类型。显然小说中的常乐乐有很多部分源自董欣宾的再创造。他的虚构能力可见一斑。至于董欣宾在自序里说他自己也喜好小提琴，并且是自学成才，这让我吃惊，我敢肯定这是后来的事情。

　　我个人觉得常乐乐是一个令人欣喜的形象，他的身上那股执拗我在董欣宾身上找到了对应，还有他的痴迷劲儿。有一位诗人（记不清楚是哪位了）曾经说过：每个人其实是一个小宇宙。我觉得说得太好了。我现在相信那个时候的欧阳春，或者说是常乐乐的原型，他愿意生活在他自己的那个小宇宙里。那个小宇宙里就只有一把小提琴，有着女人一样的曲线，犹如天堂一般的音乐。每天下工之后，很多人都从田地回去，他就会扔下笨重的锄头，奔到他藏匿小提琴的地点——或者大草垛或者芦苇荡或者干沟或者草丛里。然后开始沉浸在自己抒发的乐音里。

　　有时候我会在洗脚的时候断断续续地听见小提琴的声音，那声音的确很甜美，甜美得就像是假的一样。至于故事主人公的爱情，是无论哪本小说也无法忽略掉的。爱情，多么迷人的字眼，多么美妙的事情啊，怎么能忽略不计呢。常乐乐的爱情开始就注定是一个悲剧，他爱上了大队部书记的女儿。这个爱情格局的确有点俗套，但的确是真实的，唯一和现实生活稍有区别的是欧阳春爱上的是大队部的一个会计的女儿。常乐乐拉琴的很多动机似乎是和这场爱情有关，或者说是他求爱的时候小提琴派上了用场。

　　"他站着，就那么站着，身子微微前倾。过了一会儿，常乐乐不知道从哪里来的勇气一把抓起蔡红娟的手，此时的蔡红娟有点紧张又有点兴奋，她第一次见到，甚至叫不出这个东西的名字。虽然作为村干部的女儿比别家女孩子要见多识广得多，但是对于这个，她真是第一次见到。她甚至是第一次近距离地看到一个男孩子的脸上有点羞涩的表情，他紧紧地握住了她的手，她并没有滑脱的意思，任由对方将握住她的力量逐渐地转移到手指上。她的一根手指被常乐乐捏住，然后他将她导引着，那种神情既肃穆又自然，她感觉到一条变冷的曲线，还有分明的棱角。蓦然间，她感觉到自己的手指被一个细长的东西勒进，起先充盈着的那种堂皇的感觉转而慢慢地衍化成了一个个颤抖的声音。这个声音是因为自己的手指的触动。空气中忽地响起来的声音，使她的眼神一颤，她的眼睛在一刹那间增加了亮彩，她看着他，他鼓励着她的目光里依然含着一丝羞涩，好像她拨动的不是他的琴弦，而是他身体的某个部位。"

董欣宾的描述使我沉浸在男女爱情的氛围里，这个细节的描写是常乐乐第一次让蔡红娟见识小提琴的那个黄昏时分。

董欣宾能从事专业写作，对我来说跟他能拉小提琴一样让我觉得不可思议。这么说的基础是因为我觉得这些玩意儿是需要天赋的，而董欣宾在我看来，或者在我的潜意识里，他一直是一个商场里的售货员。他后来因为写作的成绩调离商场（那会儿还叫百货公司）去了安宜市的文联，这是他的某种人生意义上的胜利。他无疑要比欧阳春，甚至也比他笔下的人物常乐乐要幸运得多。因为从某种程度上讲，他找到了自己，而大部分人是一直在找自己，有的人一辈子也没有找到。

我和董欣宾曾经同甘共苦过，后来进了城之后，事实上联系很少，后来，文化系统会议多起来，我们的碰面机会才多起来。有一天在一次文化下乡前期筹备会议的间隙，他端着茶杯走过来，眼睛闪着亮光，他说，你还记得那个欧阳吗？当时我一时还真没有想起来。经他提醒说拉那个小提琴的我才醒悟过来。他这么告诉我的目的是说他在写一个小说，说的就是当年的事情和当年的人。

记得当时，董欣宾还向我求证，那天晚上蔡红娟（其实他应该说袁菊花才对）是否在场。我们的记忆发生了点分歧。我说蔡红娟是不在场的，因为当时我在蔡家（事实上就是现实中的大队部会计袁家）帮忙，看见蔡红娟（现实中是袁菊花）没有离过家一步。而他则认为在场。难道我的记忆出了问题？或许是，也或许是董欣宾出于虚构的需要。关于那个晚上，董欣宾基本在小说里交代清楚了，这个晚上发生的一起事件对于他的故事来说无疑是很重要的。但是需要说明的是，常乐乐并没有得到蔡红娟，蔡红娟另嫁他人的前晚就是董欣宾小说里一个高潮部分，也是事先董欣宾跟我谈及的那个晚上。我记得是临近中秋了，蔡家忙着喜事（现实生活实有此事）。蔡红娟和常乐乐在一个他们相会的老地方见面了。就这个我质疑过董欣宾，董欣宾不置一词。

或许他们的确见了面。但就时间上来说，他们并没有做爱的可能。那么后来蔡红娟被新婚丈夫退还蔡家是怎么回事呢？小说里写了他们两个人见面，并且在时间上做了处理。在这段上，董欣宾染上了现代文字的流弊，过于具化床笫之事。这个已经引起过讨论，我在此不赘言了。一个艺术品因为有瑕疵才是完美的，真实的，而挑不出刺的东西肯定不是好货。这仅仅是我的观点。

那么当时的情形，我说的是退亲一节和现实生活的情形有点出入的。蔡红娟被退还了蔡家，这个在当时是一件很丢脸的事情。蔡红娟破了苞，可是一个惊天动地的事情。后来蔡红娟投河自杀了。

那么她到底有没有和常乐乐有过肌肤之亲，按照常理推论是没有的事情，因为她基本出不了门的。或许董欣宾更懂得生活的秘密。他这么处理笔下的人物自有他的道理。

蔡红娟投河一节，写得令人肝肠寸断，常乐乐随着打捞队去打捞尸体的情形更是动人心魄。

蔡红娟的原型是那家大队部会计的女儿姓袁，叫袁菊花。她投了河，幸运的是被救活了。她以投河自尽来表明自己没有和欧阳春有染。这是她的一种与世俗对抗的方式，也是一种人生赌博，赌注是她的一条命，结果是她赌赢了。她的丈夫特地用拖拉机将袁菊花拉回家。毫无疑问，这对欧阳春打击自然很大，但是他们之间的事情就这么完结了。他们的轰轰烈烈表现在最初阶段：袁菊花喜欢听欧阳春的琴声。欧阳春后来回了城，或许已经忘记了这个女人，或许还在内心深处藏匿着。而小说中的蔡红娟不一样，作为小说家的董欣宾似乎更相信悲剧的力量，他把她写死了。她第三天才在距生产队很远的河里被发现，已经被水泡肿了，脸几近认不出来。当她被放在草垛旁的空地上的时候，在场的所有人都为之动容。

而常乐乐就在那个时候受了刺激。他不跟人讲话，自言自语，会有要跟脚的狗或者鹅安静下来诸如此类的举动，所有人没有人不认为他有点疯癫。我在一次和董欣宾的聊天中，他坦白地说是将欧阳春姐姐的经历嫁接到了常乐乐的身上。

那个夜晚的描写读来使我如置身当年，从记忆深处多少唤醒了我。为此我应该感谢董欣宾。

这本书出版于1984年，实际上成书时间稍早，董欣宾花了两年时间，但按照他的说法远远不止两年时间。记得当时董欣宾为此找过我，要我写序，他人很实在，一点也不掩饰，说如果那个老先生在，也就是他提及的传奇的冬不拉先生，就不劳大驾了。其实我刘长风这个人最好说话，也不是摆架子。我当时的确被一件头疼的事情缠绕得焦头烂额，没有答应下来。后来书出来我才发现他自己写了篇自序。

我一直认为对那个特殊的年代，我们的文字工作者一直是戴有色眼镜的，没有一个公正客观的历史目光。董欣宾的小说我觉得从某种程度上已经逼近或者说吻合了我们那个时代。至少我这么认为。这本小说能再版，说明其生命力。董欣宾这次找到我的时候，我无法推却。关于一篇序，第一次找我和第二次找我之间相隔了十四年，这个时间段里，白云苍狗，人间变幻多少事啊。时间真让人慨叹不已。那个时候董欣宾还是风华正茂年富力强的青年人，而此时的他已经被大家一口一个叫作"老董"了。

拉拉杂杂说了这么多，是为序。

刘长风

一九九八年十月

安宜西郊十八筒子楼

3. 日文版序

一天下午，我的妻子王芝清正在街上走着，迎面遇见一个女子向她问路。妻子是一个热心人，她看出对方是一个外地人，就一直把她送到富达路的路口。

在路口，那个女子忽然问她："你认识董欣宾先生吗？"

我妻子说："你可真找对人了。我不但认识，还一起生活了很多年呢。"

这个问路的女子就是我的小说《田埂上的小提琴家》日文版的翻译小泽慧。小泽慧找到我费了一番周折，先是通过出版社找责任编辑柳芳春，可是柳芳春患肺癌在千禧年已经弃世而去。柳芳春名字看上去像女的，其实是一个男的，北方大汉，内蒙古赤峰人氏，之所以说他弃世是因为他是自杀：或许因为是癌症带来的绝望。找出版社其他人都说这个只有责编清楚，甚至有的人不大知道这本小说，他们都说，是不是很久了啊。虽然如此，她并不死心，决定一定要找到作者。后来她托朋友找作家协会，一级一级地查，最后才如愿以偿。

"费了老劲了。"小泽慧还夹杂着一句中国北方口音。这让我不禁发笑。因为从说话口气和打扮上看，一点也看不出坐在我对面的是一个日本女子。

"那已经是八年前了。"小泽慧告诉我她第一次看见这本书也不知道谁给她的，塞在她的旅行包里，她觉得像是一种冥冥中的缘分。小泽慧是随着日本一个文化团来访问的，随后在飞机上一口气看完了这部小说，她下定决心翻译它。只有35万字，她断断续续地翻译完了。她以前没有做过任何翻译，在大学教书是主业，喜爱音乐纯属业余。她翻译完也不知道应该交给谁出版，她说她抱着试试看的态度由朋友转给讲谈社，没有想到这么快就列入了出版计划。小泽慧这次完全可以不来，因为她所任教学校还有一摊子事情等着她。但她还是来了，她想和我见见面。她说，纯粹是好奇，因为以前没有这样的经验。按照钱锺书的说法，吃了鸡蛋为何要见这个下鸡蛋的鸡呢。小泽慧告诉我她也知道这句话，就在她出发来中国的前夜，她丈夫还跟她说了这句钱氏名言呢。

"当然，因出版社要求，作者写一篇序，就是给日本读者说些心里话。"小泽慧的眼光很真挚诚恳地看着我，我当然答应。

她坐在客厅的沙发里，身子笔直，显得很谦恭。我以前也接触过日本人，他们大部分是这样。小泽慧的汉语说得非常好，她告诉我她的丈夫就是中国人，他们是在北京大学读书时候相识相恋的。她还去过扬州，以及苏锡常一带。

在谈话中，我一直频频抱歉，因为我身体欠佳，不断地咳嗽。即便如此，我们还是有相逢遇知己的感觉。我本想请小泽慧去附近的一蘋轩吃饭，但是她坚决要求家宴。我为她下厨做了几个拿手菜，扬州狮子头，宫保鸡丁，虾米煮干丝。在饭桌上，她问我有无新作。

我遗憾地摇摇头。"因为什么呢？"她这么问我，我也答不出所以然来，如果真要问为什么，以结果论，那就只有一个回答：江郎才尽。

其实，我在写作上尽管还有雄心，但是力不济我了。这个跟我的身体有关系。

这次能以冥冥中的机缘出版日文版本，我感到非常高兴。作为一个作者，自然希望更多的人读到它，喜欢它。在此前我是不奢求这样的美事的，虽然我也知道这个世界上的任何一个地方，都会有可能有这个故事的知音，但是你不可能奢想所有的人都能读到它。这个只能看机缘。

一本书和一个人也是需要缘分的。小泽慧非常同意我这句话。

我对日本很是向往，有一次单位组团去日本，也是一个文化访问团的性质，据说他们去了富士山，看了樱花，还去了汤泉，去了川端康成的故所。那次我因为别的事情很遗憾没有去成。但是现在我的文字带着我去访问，去渗透到那掺和着樱花香阵的另一片丰饶的特别的土壤，我感到莫大幸福。

或许有一天梦里，我会梦见在樱花香气里见到有一个人走过来，对我说，我就是常乐乐。

或许真的会这样，谁说得清楚呢。

董欣宾

二零零六年六月

4. 修订版序言

说实话，编辑找到我的时候，说要写一篇修订版序言，我真的不知道如何下笔。编辑说，可以写点生活中的那个"董先生"，这个对读者是有吸引力的。编辑很年轻，看上去比我大不了几岁。他说这个小说是他编辑生涯的第一本书，因为是初入出版业，所以社里交给他的就是这个再版书的任务。他说他希望这本书跟柳芳春老师（前责任编辑）的思路不一样，包括装帧设计之类。当时他约我在外馆斜街一家肯德基见面，他看我很为难的样子，说："想到什么就写什么就可以了。"这么一说，我自然就放松下来了。可是一回家，坐下来想，还是无从下笔。

爸爸应该说是一个比较乏味的人，当然也不是说他没有趣味，总而言之他就是一个普通得不能再普通的男人。我习惯叫我爸爸老头，在家里跟爸爸没大没小的，他从不批评打骂我们，我弟弟更是宝贝得不得了。有了弟弟之后，按照妈妈（改口前一直叫王姨）的话说，爸爸才有点生机，他在生活中给我们的印象好像作家都应该是这个样子，因此妈妈在我填写大学志愿的时候无论怎么着也不让我填写中文系。因此，我读的是机电工程。弟弟说将来他要做记者，将来也不会去弄文学，而是要学新闻。

其实这可能是因为爸爸的性格因素带来的特别印象，因为我发现有的作家还是很有幽默感的。我记得大三的时候，我们学校请到了一个姓林的年轻作家来做文学讲座，那个作家嘴角含笑，歪戴着一顶鸭舌帽，穿一身夹克，在台上一站，谈笑风生，全场不时爆发出雷鸣般的掌声。也就是说，一个人与一个人是不同的，那么一个作家与另一个作家也是不同的。

总之，我爸爸能写作好像在我们的印象中，他就该如此的样子。实际上，他只有一部作品有点名气，也就是这部《田埂上的小提琴家》，至今为止出版社加印了好几次，且翻译成了好几国的文字。其中，出版日文版本就是去年3月份的事情，当时翻译家小泽慧来我们家的时候，我们还在学校里。

小泽慧女士回到日本之后，开始时通过书信来往，后来就经常通电子邮件了，我爸爸不会上网，收发邮件等基本是我帮助他。电子邮件往来主要是讨论书中的某些细节，为了让日本人了解历史和风俗，爸爸在电子邮件里回复了很多关于风俗以及一些特定历史时期的问题。当然基本是我打字，譬如腊八放河灯、忌日焰口，以及一些乡村游戏猜草窝之类。这次在修订本里也同样遵照这样的编辑体例，做了些页面注。这次重新修订，除了在文字上纠正了一些错别字之外，增加了将近八幅插图。这些插图是国内比较有名气的版画家萧元胜先生画的黑白版画，我觉得和文字很是和谐。

当时插画的建议就是爸爸提出来的，不是因为和萧元胜先生私交甚好，而完全是因为这些版画作品太合适了。按照爸爸的说法，萧叔叔也是一个了不得的小说家，只不过他是用画笔写而已。爸爸的提议得到了出版社的认同。记得当时爸爸和萧叔叔还有编辑一起在茶馆谈定了这个事情。从茶馆回来之后第二天，爸爸的身体就每况愈下。

但是他的离去还是令我们吃惊，我们觉得很奇怪，或者说，爸爸是不是有预谋这样做。我弟弟也同意我的猜测，虽然他才是一个十来岁的小屁孩：爸爸是自己用煤气杀死了自己，而不是大家都那么认为的死于一次煤气中毒，一次纯粹的意外。

王姨，也就是我弟弟的妈出门去买菜了，爸爸说他上午在家写作，需要清静。王姨也没有在意，就像往常一样去附近一家美容店做了一个面膜之后就打算去菜场买点菜。没承想，她在美容店的按摩床上睡着了，醒来的时候匆匆赶到菜市场旋即回家，远远地看见楼下聚集了很多的人，有人说什么煤气中毒之类的话。王姨说她当时就感觉不对劲，她三步两步走过去，看见两个人将一个人往下抬，穿着裤衩，身上盖着一个毛巾被，看不见脸。王姨从裤衩一眼就认出来了。她连忙扑上去，旁边的人说，别哭了，赶快送医院，董老师还有一口气。

其实紧赶慢赶送到医院，人已经没有用了。事到今天快一年了，王姨她想想就哭，怪自己竟然睡着了，如不睡着，回去早就不会出现煤气中毒的事情了。小泽慧远在东瀛，自然不知道这边发生的事情，她还继续发来电子邮件请教这个请教那个。我不得不回邮件告诉了她实情。

在那封电子邮件里我还讲了爸爸和妈妈的爱情，我觉得爸爸妈妈他们那辈人虽然活得很辛苦，但是他们比我们幸福，因为他们有爱情，真正的爱情，而我们这个年代的人没有。我们所谓的八零后，有的只是消费。

妈妈也是商场售货员，和爸爸的柜台隔着好几个柜台，但是爸爸说，虽然如此，隔台相望，"觉得你妈妈就一直离我很近"。起初妈妈是一点没有注意过他。妈妈喜欢读书，拿现在的话说是一个铁杆文艺青年。妈妈的眼睛很漂亮，双眼嘀咕会说话，但是从没有抬头看过爸爸。她那眼睛天生就是看字的。

爸爸开始追求她，整个商场的人都知道，我有时候遇见原来商场的人，他们还记得当年爸爸追求妈妈的情形，譬如爸爸写情书在柜台上传，譬如爸爸在柜台外拉着小提琴，等等。他们也有一把年纪了，对别人的爱情记得很清楚。后来爸爸获取妈妈的芳心是因为爸爸开始写书调离商场之后，或者妈妈觉得爸爸开始有了前途。爸爸的出头之日也就是八零年，他和妈妈结婚了，且在农历七月初七生下了我。那会儿爸爸就是发表了很多文章，还没有一本书。

我四岁的时候，这个年岁对爸爸来说是悲喜交集的一年。悲的是，他的爱妻也就是我的妈妈病故了，喜的是出版了他生平第一本书。当然时间上顺序是书出版在先。

后来我爸爸一直没有新作问世，是不是跟妈妈的离世有关系呢？妈妈是爸爸的第一个读者，第一个评论家，她不在了，他就没有动力了。或许是这样的。有人说王芝清阿姨很像我妈妈，可是我觉得不像，我对照过照片。爸爸和王芝清阿姨结婚时我已经十四岁了。那会儿，王阿姨也就是二十五岁的样子。他们走到一起的经历也够写本书的，可惜爸爸没有去写。

有阵子爸爸好像又开始写作了，好像找回了那台久久不用的发动机。那个时候我每天晚上都能听见爸爸的笔尖在稿纸上沙沙的声音。这个声音可能是我少女时代最难以忘怀的，也是弟弟的童年里不会忘却的乐音。爸爸出版的作品包括《政府》《与无名少女的一次郊游》，还有一本《以梦为马》的散文集。前段时间我在整理他的稿子的时候发现了他早年写给我妈妈的信，也有给王芝清阿姨的，还有很多诗歌，这些很是珍贵，我跟责任编辑说过，但是责任编辑从出版市场的角度出发要我暂时放一放，虽然他这么说，我还是希望能集结出版。爸爸似乎预料到会有出版这一天，连名字都似乎准备好了，这些稿子放在一个大信封里，信封上写着三个大字：滴石集。

我期待着更多的人来了解他，不仅仅是这本书，还有其他的作品。

董芳菲

二零零七年十月

5. 附录：董欣宾简谱

1950 年　　2 月出生在广东潮州。后过继给安宜县姑父家。

1980 年　　团结商场任售货员，结婚生女，取名芳菲。

1983 年　　写作数篇通讯报道和散文。一时小有名气。

1984 年　　春天，调往市作家协会，出版长篇小说《田埂上的小提琴家》。妻病故。

1985 年　　出版《政府》，反响平平。

1986 年　　出版《与无名少女的一次郊游》，之后鲜有小说作品问世。

1994 年　　与王芝清女士结婚。王芝清 25 岁。

1998 年　　长篇小说《田埂上的小提琴家》再版。

1999 年　　写作随笔散文，集结《以梦为马》出版。

2006 年　　《田埂上的小提琴家》日文版出版，小泽慧翻译。

2007 年　　5 月，董欣宾患病，煤气中毒而亡，疑为自杀。

2008 年　　2 月，《田埂上的小提琴家》修订版出版，7 月，新锐导演韦前改编拍摄同名电影获亚洲电影节竞赛单元新人奖。

扛着一棵圣诞树过街

（献给儿子，怀着柔情和爱）

麦子很青，羊儿吃草
小儿子撒手便跑
他的妈是否站到窗前

——《缩相思》

　　我曾经不止一次地设想过这一幕：一个男人，当然他必须是一个年轻的父亲，在熙熙攘攘的人群中，脚步轻盈地走着。他扛着一棵葱绿的圣诞树穿街过市，如果有可能的话，手上还牵着一个小孩，他的儿子。我时常被这样的想象迷住，皮鞋之黑，斑马线之白，这是一种轻盈之美的交替。现在我终于如愿以偿了，此刻我牵着我的儿子正穿过肤浅大街，三岁的儿子几乎像是一个玲珑的玩具挂在了我的手上。

　　一路上儿子显得异常活泼，蹦蹦跳跳。我们发现他一旦有人邀他上街或者去公园，或者去儿童乐园，或者去肯德基，去超市商城，他都表现出兴高采烈的样子，他对外界有一种强烈的向往感，在他几个月大的时候就表现出来了。大人抱着他上街，三番五次，甚至风雨无阻，因而在我们这个街区几乎所有的人都能在老远的地方叫出他的名字，他就这样像一个不断出场的演员提高了自己知名度。人们在店铺、地摊跟前看着我和儿子经过，他们总会议论一番，不过他们总是感慨大于议论：小孩真是跟风长。人们这样议论的时候，我那种做父亲的感觉就更加强烈一些，那种感觉从头至脚贯穿了我全身。我的脑海里又浮现出那个飘远的上午，我于一阵焦急难熬的等待之后，终于接过那个漂亮女护士递过来的一个襁褓，然后便在宽大的医院走廊上飞奔起来的形象。我似乎看见那个人还在那些金黄的广告牌，行人的苍茫背影旁继续飞奔着，他眉飞色舞，欣喜若狂。他看着儿子的脸庞像是在不停地疯狂奔走中长大了，儿子微微扬着头。

他开始喃喃自语，一片模糊，然后好像是片刻之间，他吮吸的指头拿开了，老头纹消失了，他的脸盘清秀起来了，像一朵花盏了，开了，慢慢地大了，会跑动了，他的言语也清晰了。

是的。此刻，儿子开始不停发问，这是什么，那是什么。这个时候的我很有耐心，一样一样地将那些物质的名字灌输给他，这是橱窗，这是圣诞老人，这是电话亭，这是小轿车，这是小姐姐，这是鲜花，这是照相馆，这是专卖店，这是碟片坊，这是理发店，这是胸罩，这是皮鞋店，这是老爷爷，这是建筑工地，这是市政府，这是报刊亭，这是中学，这是烟草公司，这是栅栏，这是书店，这是广告气门，这是苹果，这是龙虾馆，这是社区中心，这是手机，这是银行，这是缝纫店，这是一片叶，这是修车铺，这是医院，这是花坛，这是雕塑，这是彩票。这是电影院，这是火锅店，这是茶叶，这是鼻子，这是……儿子的什么什么，不仅调皮，而且还没完没了。但是我必须耐着性子向他讲述一路上见到的东西，只要他问，我无不一一回答。事实上，他不停地发问已经成为一个习惯。我和我的家人几乎向他复述过家里的每一个物件。他始终兴趣盎然。

现在路上的一切，甚至包括那个穿着时髦的少女都成了我复述的对象，那个少女站在街心，正在发着宣传单。少女穿得很少，她的嘴唇有点发乌。她正将传单塞到过路行人的手上，自行车车篓里。显然她是希望手上的传单尽快发完，她不仅塞给我一张，还给我的儿子一张。儿子不太明白这突如其来的纸片，他偏过身子躲了过去。少女却摆出一副硬要他接受的架势，儿子还在躲，他已经认识到这毕竟不是糖果。当然他还是接受了那个红色的纸片。

看得出来少女很喜欢我的儿子，她摸了摸他的小嘴巴。我让他叫阿姨，儿子却没有叫，没有叫也对，因为并不是大街上所有的人都是你的亲戚。

前面的路上有很多人在围观。以我的经验判断，这大概又是一出车祸。今天的日子可是平安夜，我决定不让儿子看见眼前发生的事实，我相信，尤其可能会遭遇到淋漓的鲜血。我怕鲜血吓着了儿子。我准备抬脚向另外一条大街走，可是儿子的视线像是指南针一样精确地指向了那里，尽管我将隔壁的大街描述得如何漂亮，如何诱人，他都充耳不闻。我得承认那一刻我很恼怒，事实上他还很小，对我的良苦用心并不知情。一看他怯怯的眼神和撇动的嘴，我举起来的手不得不垂下。最后，妥协，不得不为之的妥协。就看一下，仅仅一下，好么。我加强着语气说道。看后，我们就去那边，儿子点点头。

儿子脸上的笑恢复了，他几乎一个雀跃扑上我低下的肩膀。就这样像往常一样，儿子一骑上我的脖子，便开始用脚后跟敲打着我的胸口，不很疼，很有节奏感。这是他胜利欢腾的表现。

事实上那个受伤的人已经送到了医院，人们围观的中心是一个戴着耳罩的中年人，他正在说着几分钟前发生的事实，他一再强调是自己亲眼所见，就他所说，的确堪称惊心动魄。地上的血迹有两摊，一大一小。两个摩托车手都受了伤。

"其中一个，那条小命，我看玄。"中年人唾沫横飞地做了总结。

两摊鲜血没有吓哭儿子，但他很快厌倦了眼前的一切，而我脚步意外地像粘在了地面上。人们七嘴八舌，你一句，我一句，这些语言的碎片慢慢拼凑起几分钟前两个摩托车手迎头一撞的情形。儿子细小的声音，从人们的七嘴八舌里独立出来，飘在我的头顶上。儿子不断重复着一个字，走、走、走。而此刻的我和那些围观者一样对那些枝枝末末的细节充满了兴趣，儿子发现他的声音并没有起到作用，于是他开始在我的脖子上面扭动起来，我稳了稳步子，并且用手一把抓住了他的脚脖子。这样我比较有利地控制住了他，以免他扭下地。

可是儿子一直扭个不停，并且加大了扭动的幅度，最后他甚至揪起了我的耳朵，没有办法我只得听从了他的指挥。

在鳢四大街上遇见了前女友陈筠，我深感意外，她手套在一个中年男人的臂弯里逛街，这证明我的朋友李布说的不错：她傍上了一个大款（自然有钱有家室）。她看上去虽有点憔悴，但她的眼睛还是那么楚楚动人，她的胸脯一如既往，很骄傲，很挺，也很感人。我被迫站定下来，因为她开始喊我。这点她没有变。因此她将我介绍给那个中年人完全是在我的预料之中的。她说她和她的男友现在在上海，因为奔丧赶回来的。她不止一遍地说着罗城的变化，事实上她消失四五年了。四五年变化自然大矣。她开始逗弄儿子，并且强烈要求抱抱他。她将手里的一个购物袋递给了她的男友。

儿子并没有拒绝陈筠的手，陈筠一把抱住了儿子，她反复端详着我和儿子的面孔，一阵比较之后她很肯定地说，真像是一个模子下来的。那刻里，我只得笑笑，对于她反复诉说在上海的情形（自然好得天花乱坠）我也只得笑笑。我还能说什么呢。事实上在那个时刻里我可以说些言不由衷的话，可是我没有说，说不出口。她的口气和虚荣心还是那么熟悉。她问我怎么样时，我一言以蔽之：安适。（这也足够了，生活就是这样。）不知道是街头的偶遇让我不知所措还是什么其他的原因，我有点心猿意马，措辞也短。之后我们又说了几句就分头走了。他们向南，我们向北。

在此后的行走中，我的脑海里反复地浮现出两个画面，一个是陈筠赤身裸体，拥被而卧，彼时你会感觉到一个女人是多么亲近，美好。另一个画面则充满了瓷器碎裂的声音，陈筠满脸通红，甚至歇斯底里，摔门而去，此时你又会觉得女人绝情，且深不可测。她一去就好几年，没有想到再次见面却是这样的情形。当然，我脑海里的陈筠和刚刚在这个大街上遇见的陈筠，已早不是同一个人了。

没有走多远，儿子便要闹着撒尿，这让我大伤脑筋，因为他非厕所不上。在家里他跟我争过一个抽水马桶，他已经学会站着撒尿，像一个真正的男人那样。我不得不开始寻找厕所，在我的印象里南湾路那个便利店的旁边就有个公共厕所，我要儿子忍一会儿，就到了。儿子跟我斜过大街，然后就向南湾路而去。街上节日的气氛和大街的繁华程度成正比，一过了肤浅大街，南湾路简直就看不见什么节日的迹象，几乎和平时一样。管他呢，花团锦簇也好，寂寞热闹也好，这些管他呢，看看儿子憋红的小脸，我需要一个厕所，迫切地需要。

事实是厕所已经不复存在，有的只是我的一脸惊愕。旁边连带的店铺正在促销，因为拆迁，价格低廉，那里挤了很多人。厕所的砖块瓦砾，和一些白色碎瓷在午后的阳光下反着光，远远地还能看见那个漏斗状的便池斜歪在那儿，就是这个东西启发了我。我赶紧将儿子牵过去，我说，小吧（如果大便，就说大吧）。儿子四周张望了一下，事实上大街上人们忙忙碌碌无暇顾及。即便如此，他还是撒不出来，他指了指我的裤裆，显然他要我也撒尿，事实上此刻我一点也没有尿意。我摇摇手示意他说爸爸并不需要，可是他又开始扭起来，当然最后我不得不掏出家伙，和他并排在那几乎是一堆废墟上撒尿。（请注意这并不是你们所熟悉的一个电影镜头，这是我眼下的事实。真的，那么真切可闻，难以置信。）

上完厕所儿子又开始闹着吃肯德基，真是个孩子，一出又一出的。我不得不同意。他早已经开始懂得用扭捏、停步不前，甚至哭声来要挟我了。

我们吃完肯德基后，儿子果然就乖巧许多。在此需要说明的是，我们从那个明晃晃的玻璃门出来的时候，头上都多了一顶红帽子。当时肯德基的服务小姐微笑着给儿子戴上后，我也不得不戴上那顶随餐赠送的小红帽，否则我儿不放过我。（当时的情形是，他缠着我非戴不可。）如果你还在关注这对平安夜的父子俩，请记住，两个戴着红帽子的人，一大一小，正是我们。他们在一个个店堂门口、彩色橱窗跟前走走停停，里面的一棵棵圣诞树光怪陆离，色彩耀眼，事实上是那些树上挂的叮叮当当的小礼物很耀眼，很诱人。有时，儿子会撒手直接跑到人家的店堂里去，看上半天。

即使我说马上我们也会有，他也不理会，这个拽拽，那个弄弄。他这一拽一弄，让店堂里看店的人虎着脸，看得出来他们嘴上又不好说什么，只是拿眼睛看我，我自然觉得不好让儿子这般下去，我开始牵儿子的手，要儿子离开。面对那些琳琅满目的小礼物，儿子自然恋恋不舍。

当然最后他还是被我说服了，我说，那棵树上长满了糖。儿子相信了，问在哪儿。我说，在前面，等我们去呢。

我们向那棵葱绿的圣诞树接近了，它支着三脚架，上面闪着彩灯。儿子几乎开始拽着我了，他的兴奋显而易见。"哇，真多啊。"

这是儿子在形容，他的声音稚气而快活，引得围着柜台的人发笑，他们面前的圣诞树有一臂高，挺拔动人。我有意要买那其中的一棵。就在我付钱的时候，儿子否决了它，他要一个最大的。本是一个洋人的节日，也就是玩玩而已，可儿子让我有点踌躇不安。他一遍一遍地张臂扩胸比画着："像这个这么大的。"三脚架上的那棵的确很大，只是我嫌它有点臃肿，不够俊朗俏拔。我说："还有没有其他的呢？"

"有，新鲜的。"老板一边忙着一边随口答应我，"你来得也巧，正在砍。"

然后一个三十岁左右的女人对我说："随我来。"事实上，我和儿子跟着穿过店堂，经过一道门后，来到一个院子，院子里已经有两个人，他们看样子是情侣，他们的脚边已经有很多的水松，事实上是水松梢子。他们正盯着一个农民工模样的人，他长黑脸，在挥着斧头。院子里橐橐的砍伐声，勾引起小时候我上树下河的一些事儿。

一直到那个女的往我们那棵树上面挂那些小东西的时候，儿子开心地笑了，而我还在想着小时候的事。好漂亮啊，我儿感叹不已。儿子在幼稚园里看来还是学了点词，他对于词句的敏感，颇让我惊讶，前两天家里添了些橙子，他不会说橙子一词，但是橘子是晓得的，他这么对他妈妈说："妈妈，我要吃那个用刀杀的橘橘。"

昨天饭桌上一家人还谈到了另外一件事情，他的外公喜欢吃花生米，他自然也喜欢了，我剥了壳给他吃，不料手一抖花生落下了地，滚了起来，儿子连忙说："站住，看你往哪儿跑。"抓到手上后，一边去花生上的那一层皮，一边说："将你的衣服剥了。"

这两件小趣事让我想起来忍不住好笑。

店堂里的生意显然很好，老板让把钱直接交给那个女的。

那边喊道："钱就交给他们，好了，三十。"并强调要我们从那边的门走。事实上，拿着叮叮当当的树穿过店堂显然不行。我们自然从那个朝东开的院门出来。

出了门之后巷道的陌生使我始料未及，我本以为出门右转可以一脚上了大街的，事实上并不是这样，南边一堵墙挡住了去路。只有向北走，那是唯一的途径。我左肩扛着树，右手牵着儿子的小手。为了不让枝枝杈杈戳到儿子，我不让树在肩上很欢，走得颇为小心。小巷有点深，儿子走了不很远，就开始闹跑不动了，尽管我不停地说，再坚持一会儿，再坚持一会儿，可是儿子赖站在那儿不走了，他甩着手，表示自己的不满。我也清楚，儿子脚小肯定累了。这让我左右为难。这个时候后面又有一个老头在后面催促，他也扛着一棵圣诞树，儿子犟脾气让我恼羞成怒以致要动手打他，可是心里又很是舍不得，本是高高兴兴带他来的，再说我们临出门妻子就交代说："你跟儿子待在一起的时间少，你一定要耐住性子啊。"我可是一口答应的。

我决定先让扛圣诞树的老头过去再说，我几乎贴上了墙，但是还是被树枝刮了一下，脸上留下了一个血印子，虽不深，但明显得很，还火辣辣的丝丝疼。大概像笔划出来的吧，儿子尖起的小嘴一放，笑起来了。我喊了两声前面的老头，可是老头佯装没有听见只往前走。

　　为了能使我们继续行走起来，我灵机一动手指前面说："他把爸爸的脸刮伤了，要不要找他算账？""要！"这个权宜之计果然让小家伙上当了。他立即抓住了我的手，连续摇着。巷子的墙壁上还留有过去的痕迹，上面的标语还清晰可见，笔迹散乱，墙上还有不少牛皮癣般的野广告。当然也少不了墙上的草和苔藓。

　　我和前面的那人几乎是一前一后出了这个巷子，他向东，而我向西，此后我和儿子还将向南而去。可是因为儿子的认真，我们却不得不停了下来，那老头有点惊诧地看着我和儿子。我向他眨眼睛，示意是小家伙卯上了劲，闹着玩的。可是那个老头并不理会我的眨眼睛，而是不停地说，这不关我事，这关我什么事。

　　我向他继续眨眼睛，可他还说这不能怪他。事实上的确不能怪别人。

　　"你这个老头真是。"这句话完全是我情急之下说出口的。当然我是责怪他没有好好配合一下，反而让他误解了，老头脸上开始不好看，好像随时要将圣诞树扔下地的架势。这让我有点哭笑不得。随即我就听见了老头的反唇相讥：

　　"我这个老头怎么了？我这个老头怎么了？吃你家的饭，穿你家的衣了？"

　　此刻老头脸脖这儿青筋直露，开始向围观过来的人说我脸上的伤不能怪他。一时间弄得我不知道说什么好。没有想到这是一个古怪而顶真的老头。儿子大概第一次看见吵架的场面，他一会儿看看我，一会儿又看看老头，脸上有一种忽然的紧张感。

旁边有人开始劝说我算了，脸上还好，没有破相。其实我本就没有打算怎么着，是小家伙，我的儿子，因为我当时在巷子里的一句话顶了真。可是我又不想再说什么，我忽然觉得向眼前的这群人解释，完全没有必要，他们是那么愚蠢而又盲从。但是我还是要说明，的确是他的树枝刮伤了我，这是铁定的事实。

"在脸上，赖不了的。"我的嗓门不由得也提高了许多。

当然事情的最后，老头在围观者的劝说下还是向我道了歉，事实上，我只是给儿子一个结果：虽然老头略显迟疑的一声"对不起"，儿子未必完全明白（包括此前我的权宜之词"赔"也一样），但这至少在我看来，完成了一次对儿子的街头教育。起初，我本打算就此糊弄过去，没有想到儿子顶真了起来，使这个故事滑向了另一端。希望你们继续关注这对在平安夜的父子，他们将继续向这个故事的深处走去。

我们往南走的时候，逢着一家商场门口在热闹。那里有很多的人围观，时不时还有掌声，儿子加快了步子。商场在促销空调，门口正在跳着劲舞。由于跳舞的女子穿得极少，自然吸引了不少人站下来看。那个敲爵士鼓的小伙子摇头晃脑的，还时不时地将鼓槌在手上转圈儿。儿子盯着他看，他肯定被那家伙的神气劲吸引住了。而我，自然盯着舞女看。舞女衣着艳丽，动作夸张，眼波如电。跳了两场了，很多人还不想走。

那儿简直像是有了块磁铁一样，大街上的行人犹如过往的铁，全吸了去。我决定离开，一个是节目还是那样，看来就这么多花样了，也最多看到舞女的乳罩一闪一闪的。再一个是人开始摩肩接踵，开始碰着我肩上的圣诞树了。即便没有人去摘上面的小东东，也很有可能会碰落在地的。

儿子当然极不情愿，我一手正了正儿子头上歪过来的红帽，听到他嘟嘟嚷嚷的嘴鼓成一个气泡，我提出到公园玩，他才转身跟我走。我忽然想去公园倒不是因为公园不远，斜过街然后右拐一下就到了，而是我忽然记起了我和陈筠在公园那棵紫檀树下接吻的情形。

那天，我们都有点忐忑不安，那是我们的初吻，虽匆忙但很甜蜜。这大概是因为与陈筠街头相逢，才想起来的吧。

事实上罗城的公园还是民国时期的，里面亭台楼榭，曲水流觞，杨柳依依，有点风光的。那是早年的风光了，现在它是一个英雄纪念碑，儿童游乐场，健身坪和一些旧楼阁的组合而已。虽然鱼龙混杂，但是纪念与休息相容，于纪念中缅怀、休息、玩耍和健身，倒也实用得很。

一到公园门口，儿子欢如雀跃，他的外公常带他来，里面的小火车对他充满了无休止的吸引力。值班的是一个女人，三十岁左右，脸上有点妩媚，她笑眼答应我把圣诞树放在门口，然后盯着撒开手就奔的儿子。她的目光软软的。我在后面几乎追了上去，我是担心儿子兴奋走路绊倒。当然，我是留心着路边的树木的，我的视线一路扫过，可是我并没有如愿，我尽管努力地辨识和回忆，但总是差强人意。这使得我跟在儿子的后面迟迟疑疑。儿子在前面跑了一阵，然后又返回，拽上我的手，之后又松开手，向前跑，如此往复。

　　我慢慢跟上了儿子的步子，我必须这样，容不得我回忆。我前所未有地发现，他的步子坚信而又调皮。正是他的步子，让你心生一点怜爱，你的目光自会软下来，柔起来。他的话语，让你忽有幡悟：那点小破事早已过去，眼下你已成了家，有了儿，还想咋样，其实你要的就在眼前。这样一来，你的肚里的肠子自会缩绕了回去。当然也是他的步子使我明白，对于这里，儿子显然早已是轻车熟路。我跟在他的身后，过广场，绕过英雄纪念碑，再过一道弯弯的小坎桥，然后直奔那儿童游乐园。

　　小火车停在草丛里。承包游乐场的是一个麻脸的中年人。他很快从西边的滑梯那儿奔了过来，脸上的麻子殷勤地跳动着。座位上恰好坐得下两个人，儿子告诉我，他外公也常跟他一起共乘过这小火车的。他拉开了电闸，小火车就开动了，儿子握住方向盘，平视前方，神情专注。小火车轰隆隆的，一路震着小铁轨。我们穿过了一片草地，然后又过了一个小隧道，再过了一道桥孔（事实上就是一个横跨着的木头）。就这么一圈又一圈，那边小木板房上的电铃声响了，儿子还是赖在上面不肯下来。没有办法，再来。铃声响了，他还不下，拖他下来，就是不下。旁边的那一脸麻子在兴奋地抖着，而我已然气急败坏。得承认，小火车虽然简陋，就是一个个铁皮罐子，但是却独具魅力，它使我在那过隧道的一小段时间里几乎忘记了自己。

　　有人说过，孩子向来就是在一连串的骗里和哄里长大的。的确如此。儿子，请原谅我这么做，我向来不喜骗人，可是我却不由自主，从头至尾，真的是不由自主。请原谅，到你为人父自会懂得的吧。当他一听说门口的圣诞树快要被人偷了去，他一下子就顺从了我，他跨下小火车，连拽我的手要我快跑。我自然只得假戏真做，和他一阵小跑。

雪就是我们过了那道小坎桥，接近纪念碑的时候下起来的。纷纷扬扬的雪花，使儿子有点不知所措，他定下步子，愣了一会儿然后说："雪，爸爸，下雪了。"纪念碑肃立着，纷落的雪花和渐暗的天色使它愈加洁白。广场上空无一人，儿子的声音获得了一种回音。

"雪，爸爸，下雪了——"

之后的静穆无声我现在依然记得，当时我没有回应儿子，我为什么不去回应他的快乐呢？我当时的思绪飞向了哪里？我愿意在此刻的书案前，灯盏下，轻轻地应和一声："是的，儿子，是的，下——雪了——"

当然我们那个短暂的伫立和沉默，我是会永远记得很清楚的。之后我们穿过广场，进入一个林荫道，渐暗的天色使两旁的树荫更显浓密，那些远藏的楼阁更显遥远，身后的纪念碑，广场和那个空荡荡的健身坪也像是要被雪花所没。儿子没有说话，他似乎闻到了某种肃穆的气味，我也没有说话，我们就这么默默向前走，一任雪花纷纷扬扬。

时隔几天后的此刻，我坐在书桌前回想起了这一幕：年轻的父亲搀着一个三岁儿子的身影，雪花飘飘，后面的一切慢慢随着雪花的加密而暗合。而那两顶小红帽却能够固执地从那些事物中独立出来，我想，它们使我此后回忆起来，或许更为方便。年轻的父亲向公园女管理员言谢之后，便继续扛起了那棵挺拔的圣诞树，我还能记得起那种感觉，那仿佛在风雪中穿行了很久的感觉，当然这种感觉犹如飘絮，轻轻的，柔柔的，随着闪亮的大街出现之后便消失了，就如一片小雪花融进了额上的汗水。

我看得很真切，他们要过街了，扛着圣诞树的那个年轻的父亲直了直身子，捏了捏儿子的手，然后走上了斑马线。那些飞扬的雪花更大了，像是漫上了大街，漫上了徜徉于大街上人们的头顶。

火车头托马斯

这个世上将会

有无数的女子

前赴后继，死于心碎。

但她们不再是我。

——吴虹飞

　　我和在南方某刊北京记者站的黄苤其实就是几次饭局上的点头之交，说认识也算认识，但谈不上什么交情。有一天我深夜从东直门喝酒回来，在卫生间吐完之后，就准备上网查一下关于呕吐引起的胃痉挛该如何处理的小窍门之类，电脑桌面邮箱"咚"的一声脆响，它提醒我有新邮件。我只得坐下来，打开邮件。说实话，这个是一口气看完的，这就是黄苤的小说（她在邮件里称为小东西）。

　　虽然事隔很久，但我记得她在一次饭桌上说过要将小说发给我请我指教之类的话，她的确这么说过，当时我也是哼哈答应，没有放在心上，也将对方之言当作客套话。没有想到，她真发来了，且还促使我不知不觉中看完了。看完后，我忘记了漱口，胃也不痉挛

100

了，甚至有一种口腹生香的奇异感受。

我说不清楚这到底是怎么回事。以下就是记者黄芪发来的小说，列位读官请看——

我这么跟你说吧，如果不是看四年前的日记，我大概已经把那一天忘记了，或者准确地说我根本就想不起来我还和一个叫托马斯的德国人有过那么一段交往。其实我不是一个乱来的姑娘，我受过正统的教育，有良好的家规，我来自云南境内的一个古城。至于到底是哪里，我想暂时替我保密。那天的大致情形是这样的：我正在家里收拾东西，预备第二天飞山西去采访一个据说即将获得诺贝尔奖的作家。因为我第一次去山西，对山西的人情风物更是知之甚寥。因此我从旧书架上找到了一本叫山西旅游的书，然后塞到了皮箱里。

我所在的报社给了我三天时间，我预备花一个下午将工作上的事情解决掉，然后就趁机玩一下山西境内如晋祠、大榆树之类的景点，因此我的行李里多了一些换身衣服。除此之外，我还带了一本《一弹解千愁》以备飞机上或者在山西某宾馆深夜阅读消遣。两本书放进去之后，我觉得行李才算满当得体。

总之，就在我收拾得差不多了的时候，我接到了一个电话。电话里的人是前三天在一个饭局上认识的家伙，他早年在广州做记者，后来在北京做出版，有一头飘飘的长发。他让我打车去安贞桥东侧的那个京民大厦去，并且告诉我，我所崇拜的作家范明和他的新婚妻子来他组的一个台球局，并且还有一个神秘的嘉宾。看来，这家伙很会抓人软肋，他似乎拿准了碰到这样的局，我肯定会前往。其实当初决定去的根本原因就是想看看作家的妻子是啥样，早先听一个同样崇拜该范作家的闺蜜说过，长得可跟个仙女似的。事实上，后来我见到之后，吓了我一跳，当然我的心是在肚子里悄悄地跳的。我是那种做事宠辱不惊的人，所谓宠辱不惊这种处世哲学也是拜我做教师的爸妈所赐。我得感谢他们在我的脑海里种植了这种东西，才使得我在一些交际圈里留下了那么点非华而不实的名声。对方撂下电话之后，我翻了半天的名片夹才知道此人叫刘侃。你可以想见，我和刘侃是那种场面上认识的。他之所以还能想起我来，并且邀请我去他的局，当然不仅仅是因为我是个女的。

我大体上将自己收拾了一下，然后就出发了。下楼之后我才发现外面下着小雨。雨丝在街灯里发出的光亮是一种凄惶的色彩，这让我的兴致减弱了不少。我站在一块广告牌下等车的时候还盘算，去还是不去。其实我不是一个优柔寡断的人，主要是明天早晨的飞机让我牵挂。大不了，明天不睡懒觉了。我这么想着的时候，脚边停下来一辆出租车。我立即就钻了进去。街上只有零星的打伞走路的人，下雨使人变懒了。

司机的雨刮器呼哧呼哧地刮着，挡风玻璃上的水流像鼻涕一样混浊。司机似乎知道路线，七拐八绕的不到一刻钟就到了京民大厦的门口。穿红衣戴红帽的门童立即过来开了车门。

门童领着我穿过眩目而辉煌的底厅，那是一个英俊的小伙子，下巴光滑得要命，有一双贼亮的黑眼睛。他笑着把我送到了电梯跟前，并且替我按下了按钮。我报之一笑以示感激。我刚踩上了电梯的轿厢，那两片白闪的铁皮就很快在眼前合上了，那个英俊的门童身影瞬间消失了。电梯在呼呼上升，我的心忽然间怦怦乱跳起来，这个多少出乎我的意料，以前无论什么局，见什么级别的腕儿，似乎都是泰然自若。从这点看出来，这个即将见面的范作家在我内心的位置。这让我有点面红耳热。我下意识地揪了揪自己的耳朵。

电梯一打开，我就看见了刘侃，他像是算准了时间一样。刘侃比我高，他很自然地把着我的肩把我送到了台球室。在台球室里我终于见到了作家范明，他比我在杂志和电视上看到的要精神些，只是头发没有像现在这么少，或许是因为台球室灯光的缘故，他看上去就像一个来自郊区的秃子。在旁边的一条长凳上坐着两个美女，一个是北青报的记者，另一个则是作家老婆。刘侃把我介绍给了他们之后就又去电梯门口了，他说他要等一个姓林的小说家来，我得多照顾一下他，他基本是一个路盲。他这么说着，然后又补充说道："他是我的老乡。"之后就出了台球室。作家范明正在跟一个戏剧导演对球。我站在那看了一会儿，可以看出他们的球技不分伯仲。看得出来他们经常打球。后来我知道，他们起码一个月总有那么几次。作家说，大概有四次吧，他边说边低身折腰，将杆子向后一拽复向前一捅，只见那个花色球 8 闪着亮光直入对面的那个右下袋。坐着的美女开始鼓掌。

我站的位置在球盘边上，这个角度可以看球进洞，还可以方便瞄上作家的老婆几眼。说实话，她谈不上很美，甚至因为额角微微爆起的一个疙瘩使她看上去是一个脾气不那么好的女人。我对于女人的脾气多少还能判断个大概，一般看嘴角。她的嘴唇很厚，除了使她稍显性感之外，我似乎找不到其他的让我为之一震的优点。更要命的是，她还有一个眼袋，很深。就在我猜测她是否是一个母夜叉似的女人的时候，她站起身来向门口走去了。范作家正低头瞄准，然后把视线从球杆上转移到他老婆的后背上来，他的眼神显得淡然，像是看一面墙或者一块石头那样。

美女记者坐在凳子上说："要不要我陪你？"

作家老婆并不回头，只是将手举起摇了摇，然后她就拐弯了。她知道卫生间在哪里。范作家的眼神似乎在说这句话，然后他用力向前一戳，由于战线长，那个目标和底袋显得很遥远。但是他还是不负所望，将那个球顺利送到了。力量是很大的，至少我都能听见底袋里两个球的撞击声。这使我想起了他的小说，他的小说的每一个字都像这个球一样，每个球都能和另一个球发出声音。

记者要见缝插针地采访作家，作家屏住呼吸，像是要听一听台盘里的那个球怎么个意见似的。事实上到最后记者似乎也没有顺利地完成采访任务，或许那不过只是她来见自己心仪的男作家的一个合适而巧妙的借口罢了。那个戏剧导演很快就承认了，他说凭耐力和爆发力我甘拜下风。就在这话未了之际，刘侃领着两个人进了台球室，台球室因为是刘侃包下来的，因此没有外人。刘侃大声地宣布："来了，来了。"大家都起身一看，在刘侃的左右两边各一人，一个是姓林的小说家，也是刘侃的老乡。他有点羞涩，似乎为自己迟到感到歉意。他故作镇定地和大家打招呼，把手在空中抓了抓。

因为没有人上前和他握手，使得他的动作显得有点滑稽，好在这个时间非常短暂，且大家的目光聚焦在了另外一个人的身上。他就是托马斯。

火车头是托马斯的绰号，据说是当年他在南京学习的时候拜一个艺术系教授家的女生所赐。至于个中细节，当时在场的人几乎并无心思提及，当然我后来知道了大概。托马斯是德国人，他和作家范明似乎很熟，和那个陪杆练球的戏剧导演似乎第一次见面。托马斯很有礼貌地对此时从卫生间来到面前的作家老婆点了点头，并且咧脸一笑。托马斯对女人笑的时候，才独具魅力。女记者主动和他握手，这个细微的动作反而弄得托马斯很不好意思。

从这个见面的场景可以看出来，托马斯和这伙人不陌生。我站在旁边，看着他们。

刘侃他们开始张罗摆开了另外一个球局。他邀我参加，我根本就不会，因此我还是乐于静得其观。作家范明在驻杆休息的间隙，回答了我几个好奇的问题，诸如现在在忙什么？那会儿我紧张得差点问他最近在忙什么项目了。要知道这些日子里我说的最多的一个词汇就是项目。我还问及他母亲身体如何了？作家范明投来了感激而忧郁的一瞥。他显然知道我是在访谈文字上读到他母亲病重的，他停下杆子来，眼睛像是看着球又像是看着台盘里的绒布，他的声音很低，但足以让全场的人都能听见："她老人家走了。"

然后一阵沉默，我很想说声抱歉，可是到最后我也没有说出来，我绞着手不知所措的样子，作家看在了眼里。他忽地提议说："跟托马斯聊聊。"我赶紧说："我外语很烂。""No，chinese。"作家笑着说道。之后还没有等我反应过来，托马斯已经停靠在我身边了。我们之间的距离相差不到十厘米。托马斯是一个好干净的人，他身上没有常见的外国人特有的那种异味。可以说，这平添了几分好感。我没有拒绝他的提议，我们坐到了墙那边的一条长凳上。

托马斯的中文说得出乎我的意料，如果听声音，你无法想象他是一个德国人。"说实话，我是一个中国通。"他这么说道。他告诉我他已经在中国将近十年。先是在上海读书，后来又在南京读书，之后在北京做生意，期间回国只有两三次。

"那么，你不想家吗？"我问他。

托马斯的回答是当然，一个游子永远怀念故乡，这不是一个生活的悖论，是常识。

我还记得当天晚上在台球室，托马斯还说过好几句精彩的话，譬如生活有时候是无奈的，每个人都可能被生活强奸。其中有一句，我到下楼乘电梯的时候还在嘴上呫摸好久，预备回家记下来。可是奇怪的是回家之后我就被一个电话打断，而忘记了这件事。这句话很快就在我的脑海里淹没了。后来我还向托马斯求证过，可是他自己也想不起来那句话了。

我那天并没有待到台球局结束，我是提前告退的。他们停下杆来和我挥手，并且希望下次见的时候，我内心里有一股说不出来的滋味，那种感受就像雪后一个人走在路上的感觉。我下电梯重新出了底厅，底厅还是那么光芒四射，门童还是那个门童，英俊灿烂，但是我似乎已经没有了起初的兴致，甚至一个表示感谢的微笑也没有给他。他或许会觉得很奇怪，我为何那么快地像是要逃跑一样上了一辆他叫过来的出租车。

我也管不了那么多了，我只是想尽快回家而已。到家后洗漱完毕，开始修指甲的时候我的脑海里还盘旋着作家老婆的眼袋，她的确长得不怎么样。原来闺蜜说她长得像仙女完全是一个反话。至于作家的秃顶带给我的感受，好像好多了。我想是人总要老的。话说人生只若初相见，应该改为，人生只若初不见呢。我就是这么想的。有一些东西要它始终活着的话，就把它养在记忆里。

我这么想着又把行李箱打开，看看还差什么。电话就是这个时候打来的。打电话的是托马斯。他告诉我，他明天也去山西。这让我倍感意外。

我是早晨十点钟飞往太原的航班。就在我临出门的时候，托马斯打电话来问是否要帮忙，我礼貌地说不用。事实上，就是一个小行李箱，犯不着人家打车过来，我一个人足可以搞定。我拽着行李箱上了大道。一辆出租车在一个小时后把我送到了首都机场。从进机场到候机，我注意留意了一下并没有发现托马斯从人群里向我走过来。或者这么说，没有一个外国人有向我这边走过来的意思。有人曾经说过，对一个人面孔的记忆必须见面次数达三次以上，而我和托马斯仅仅才一面之缘。说实话，我的记忆只记得托马斯的笑，对于脸部的其他器官竟无从查证，因此每看见一个外国人，我都无端要多看几眼，开始的时候要从容得多，到最后搞得我由紧张变得警觉。好在托马斯并没有走过来。我在怀疑他在昨天晚上即兴跟我开了一个玩笑而已。我决定从座位上起身，向检票口走去。

安检的人竟然排成了一个很长的队，这个出乎我的意料，既不是黄金周又不是节假日，这么多人出行，那个气氛让我忽然间有好像要过年的感觉，这个感觉没有来头。很多人挪着箱子还有身体，往前一寸寸地行进。我低头正在给一个朋友回一条短信，一个词汇的拼音使我的思维突然阻塞。我就是在这个时候看见托马斯的，我抬眼是为了回忆一个词的拼法。托马斯出现在我的视线里。他正站在那个拱门内，一个穿制服的面皮白净的女孩拿着扫描仪在他身上上上下下地扫着。其间有一个非常小的间隙，就是那个女孩肯定说了一句什么之后，托马斯的手臂缓缓地上升，举到了空中。他的样子使我无端想象到了一个举手投降的大猩猩。

后来我还将这个动作模仿给他看，他一阵大笑之后，一脸故作神秘地说，是那个小妞将扫描仪朝他的胸部一敲示意他打开双臂的。

上了飞机后，托马斯立即看见了我，他已经找到了座位，正站在那儿张望着呢。我向他挥了挥手。

托马斯的座位和我相隔两排，他也在 E 座，他用很熟练的中文恳请我旁边的一位三十岁上下的男士能否调换位置，可是对方摇头说了两个 NO。从他的目光可以看出，除了对托马斯一口流利的中文感到意外，他似乎还对托马斯要调动座位也倍感意外似的。这一幕，令我哑然失笑。托马斯笑着只得重新回到位置上。他向我耸了耸肩。

下了飞机后发现太原下着小雨，我们站在航站大门外等着出租，一边说着返航的日期。托马斯告诉我他是为一个广告项目来的，他是临时上阵替代一个生病的同事。他说如果顺利的话，他一个下午就可以将事情搞定。他说如果可能的话，他想去平遥，问我是否有兴趣。其实对于平遥古城，我早有耳闻，我不假思索地点了点头。出租车来了他让我先上，我说我要等接站的人，他才乘车而去。我站在那继续等待。我生怕自己错过了当时的接站人，又转身回头看。接站人群已经散去，那里只留下一块空荡荡的巨大光滑的凉斑。

我正准备给对方电话，就听见身后有人叫我的名字，才发现一个手拿一张写有"黄芪"硬纸板的红衣女子笑盈盈地走过来。她拉着我的手一个劲表示歉意说往机场的路堵住了，她还说到她儿子尿床直接导致了她的迟到。说罢，拿出她的皮夹让我看照片，她说："喏，就是这个小家伙。"照片里的小孩冲着我笑着，脸红扑扑的。他穿着开裆裤，站在一个北京天安门的布景前，他的小麻雀像一个小茨菰那样嫩挺。来接站的女子穿着一件红色双排钮的风衣，如果不是有照为证我几乎想不起来了。我这些日子记忆力衰退得惊人，令人恐惧，后来我在网上查到我的这种情况属于一种"白领经期综合征"。我只依稀记得那个红衣女子姓刘，是山西文联的一个办事员。她把我送到南华门宾馆之后就回家了，她的那个五岁的小家伙需要她照料，她说她暂时托付给她家楼下烟酒杂货店的老板照看着。

开车司机是一个沉着脸不太说话的中年男子，络腮胡，一开口声音异常洪亮，此后就是他在送我去平遥的路上无意间谈起了那个姓刘的女子，他当时不无感慨和同情地说："刘虹一人带个孩子，真的不容易。"后来若干时日后我在和那闻名遐迩的作家通话的时候，提到了当初接站的刘虹和那个司机，闻名遐迩的作家在电话里喜滋滋地告诉我说，人家现在是小两口了。放下电话后，我久久地感叹：这就是时间的造化。

我在南华门宾馆放好了行李，并且迫不及待地洗了一个热水澡。太原的小雨显得很缠绵，甚至黏糊糊的。我似乎没有出去溜达的欲望，站在窗前看着空旷静寂的宾馆小院，除了等待和闻名遐迩的作家见面之外，我似乎还另有所期待，或者准确地说，我似乎感觉到有事儿要发生，至于什么事情我也一时弄不明白，只知道心里有一种莫名的虚弱感，似乎等待一种坚实的物质入侵和占领。

热水澡冲去了我的疲乏，使自己浑身完全松弛了，我像一张舒展的弓一样弯在宾馆靠窗的沙发上。雨丝的声音很细微地剥蚀着窗玻璃和窗户的大理石台面。

我第一次见到这个闻名遐迩的作家，难免有点紧张，好在对作家的访谈进行得还算顺利。作家有两撇和书封上照片相对应的小胡子，使他的脸部显得既沉稳又俏皮。需要说明的是，他和起先认识的作家范明完全不同，他们属于两个不同的阵营。或许他们还有着不一样的写作理念，或者写作习惯。反正，他们个头、作品风格，和个人气质大相径庭。

闻名遐迩的作家脸上是那种对外界的传闻似乎漠然不知，又似乎完全掌握的矛盾表情。他到南华门宾馆的时候我竟然歪在沙发上睡着了，是他的敲门声使我从短暂的睡梦中惊醒的。他为人很随和，执意要坐在床沿上，坚持让我继续坐沙发。因为时间已是午饭时辰，我们寒暄了几句之后他邀请我往楼下就餐。中午一餐算是工作餐，和任何一个宾馆里的餐室并无二致，饮食花色品种也差不多，总之是一种简单快捷的用餐风格。

　　午餐之后，我们就正式进入采访工作。我们的访谈围绕诺奖和他的新作《骑鲸过海》来展开。他坦承了拉美作家对他的影响，并且就刚出版不久的新作再次重申了他的写作理念。他还谈到即将开笔的新作是一个历史题材小说，讲述的是那个具有无穷魅力的魏晋时代。"我这次要避开人们从他那里得来的常规性认识，说实在的，那遮蔽了那个时代其他值得细究的东西。"闻名遐迩的作家挥动着一只手说道，他细长的手指像空中绽开的秋菊。他说的那个"他"和所谓"常规性认识"，显然是指鲁迅和他那篇著名的《魏晋风度及文章与药及酒之关系》。

　　此外他还稍微谈到了计划明年要写的一部作品，只是简略地说了一下："至于具体内容倒不是不便透露，而是我现在还不知道，就像一个在妈妈肚子里的孩子，无法想象什么模样的。只是，只是一个计划罢了。"下午访谈在三点左右结束了。采访任务完成后，他和我还聊了一会家常，无外乎情感和家庭之类的话题，此外他对我还没有婚嫁感到意外似的："你这么漂亮，肯定是挑花了眼吧。"看着我羞红的脸，闻名遐迩的作家随即哈哈大笑起来。他很快就起身告辞了。

　　晚上的用餐是在一家极具山西特色的筱面大王餐馆，闻名遐迩的作家告诉我有什么客人来他都带他们到那里去。事实上，我早就读到过闻名遐迩的作家关于山西面食的文章，可以说垂涎已久了。什么栲栳栳、面鱼鱼之类的，我坐在宾馆桌前一边整理采访稿一边想着晚上的特色美食，不禁心情大好，小雨天气带来的抑郁气息一扫而光。当然，托马斯的到来更使我心情明亮到无以复加的地步，我对他在太原街头认路的水平夸奖不已，相较之我这个路盲，这的确令人惊叹。在一个从没有到过的城市，他始终没有被路况和街角以及凌乱的山西口音弄得晕头转向的确是一个本事。

　　当然，托马斯晚上也出席了这次晚宴，如果他没有在下午四点左右找到了南华门宾馆，或许我们的故事仅限于机场的一瞥。但是，宿命的是，他找到了，而且是那么顺畅滑溜地找到，似乎他对此的熟悉程度不亚于一个本地人。尽管他一再说明这是他出发前花一个晚上细致研究地图的结果，事实上一个在异乡他国的人到了这个地步，除了天赋还是天赋。

　　托马斯不仅顺利找到了南华门宾馆，还很顺利地敲开了我的门。

　　托马斯和我缠绵到了下午快六点的时候，先是催叫电话在桌上跳，之后是闻名遐迩的作家亲自进入房间邀请。他们敲门进来的时候我和托马斯正坐着聊他的绰号为何叫火车头的话题。这个显然是我蓄谋已久，我就想看看托马斯到底会如何应对。虽然我也明了男欢女爱就那么回事，但还是遏制不住我的好奇心和探求欲望。果然托马斯挠着头似乎陷入尴尬，因此他对司机和闻名遐迩的作家及时到来充满了感激。

在我将托马斯介绍给闻名遐迩的作家之后，闻名遐迩的作家很快就说："托马斯一起去吧，尝尝俺们山西的面食。"继而就开始将托马斯的中文水平一顿猛夸。

我们前往的餐馆叫筱面大王，具体的路段我已经忘却了，但是那个路段临台阶的位置有一个凸出的砖块我至今记忆犹新，它凸出地表，姿态独立，它其实已经靠近路侧。由于几人并排走，托马斯几乎被挤在路侧，他似乎又不愿意错过闻名遐迩的作家和我之间的任何一个话题。正在走着，忽的我的眼睛余光里看见托马斯像一根粗大木头一样摇晃着。他打了一个趔趄，被那个路侧的不合时宜的砖块绊了一下。当时台阶上的那个穿着蓝布围裙头戴特色蓝斑纹头巾的女服务员张大了嘴巴，还有玻璃橱窗里的一桌客人也目睹了这一幕——一个外国人差点摔了一个跟头。

就在托马斯红着脸，幽默地说着俏皮话的时候，店里很快安排人去铲除了那个砖块。"它是无辜的，是我的路线走得不对。"托马斯自我解嘲道。而那会儿我却无来由地心神不宁，看着一个从厨房里奔出去的胖伙计撸起了袖子用力挥动着一把大铁锹。那个起初发红的砖疙瘩开始发白，继而变成了和地面一样的颜色。那个伙计看了看，又用铁锹用力地将地面拍打了几下。

整个晚宴心猿意马，即便满桌子好吃的面食也总阻挡不了我的走神。我说不清楚当时到底怎么了。托马斯坐在我旁边，我的右手边是一个当地的媒体记者。那是一个二十出头的年轻男子，一个劲地说着我的采访文字风格。"语言犀利，富有激情，典型的黄苡风格。"他说他在大学时代就拜读过我的采访文章，他还站起来敬我啤酒。托马斯总是适时地替我挡驾。

托马斯果然是在中国那么多年的中国通，酒桌上的那一套他应付自如，似乎很快就变成了这桌上的中心。桌上的我认识的不认识的一致地对这个大鼻子高个子的外国人表示好感，并且一个劲儿地和他碰杯。托马斯总是来者不拒。我暗下数过，他大概喝了有足足的十六杯。除了啤酒，他还和闻名遐迩的作家喝了山西老白干。总之那个晚上的餐桌上，我被冷落在一旁。托马斯在临散桌的时候，几乎和闻名遐迩的作家成了互拍肩膀的哥们，他满口酒气地说着地道的笑话，逗得全桌人哈哈大笑，甚至引得了邻桌的好奇，在厨房里的厨师还特地跑出来看稀奇。

"你习惯被围观吗？"事后，我揶揄他。他对我的话置之不理，甚至我说他那天像被乡下人看猴子一样被人围观，他也不气恼，只是呵呵地笑个不停。

与其说我们的故事结束于那个晚上，还不如说是结束于那天面食大会餐。你已经注意到了，那天的特色面馆固然很好，甚至闻名遐迩的作家的邀请和开始的气氛都堪称一定的级别，但是由于托马斯的缘故，我对那天的印象变成了一次乱糟糟的大会餐，里面充斥着嘻嘻哈哈和酒气，总之他在那天冲淡了我山西之行的美好感觉。更为重要的是，当晚所有人的印象是，托马斯俨然是我的男朋友。这个让我隐隐有点不快。

如果不是托马斯及时认错，承认自己喧宾夺主的话，我恐怕不会答应和他一起同行去平遥古城。闻名遐迩的作家，还有司机照例客气地将我们送回了南华门宾馆，然后客气地离开了。作家起身向门外走的时候，一再强调去平遥古城的事情他们已经安排了。

"你们就等明天早晨的催床电话吧。"我已经注意到了，作家在说这句话的时候向托马斯调皮地眨了眨眼睛。

平遥古城的景致古朴动人，经典名胜更是名不虚传。它们的一切存在似乎比那些明信片、门票上来的更为真实亲近。我相信，我们肯定拍了不少照片。人景俱在，向来是回忆的佐料。可令我惊讶的是，我竟然找不到一张在平遥古城的照片。即便是我写这些文字的此刻之五分钟前我还在一些书本里翻检查阅，以期望能从哪一本书里掉出来一张照片来。我的寻找劳而无获。或许是对那段时日的追忆之需迫使我坐到书桌前来开始写这些文字的，也或许是出于对托马斯那个火车头具体来由的一种再度复述的欲望。

即便如此，我敢肯定，我们会在一些景点前驻足观望、拍照留影的，甚至会对某个建筑的细部如画梁雕栋、筑脚瓦当、门邸泰山石等，无论文字和图案凑前细琢一下。后来我的邮箱里塞满了托马斯寄来的照片，到那刻我才醒悟过来，照片是拍了，只不过是托马斯拍的，当时我根本就没有带什么相机。

那些照片上的景点，那些古朴的东西，使托马斯很是惊讶，他屡次或诵读或默言，眼神灼灼。或许这些对我们来说，是稀松平常不过的事情，但是对托马斯来说，肯定是非同寻常的经历与体验。

我记得从平遥返回太原的时候，他一见那闻名遐迩的作家就连竖大拇指的情形，他一连"古德古德"地说个不停。"这太令人惊讶了，这太好了，这太了不起了。"闻名遐迩的作家笑着说："那玩意多得是，你不知道在乡下，家门口随处就有几个宝贝，有人走路脚一踢也能踢出个不是秦代就是明清的玩意出来。"

当然托马斯的惊讶是真实的，他甚至夸张地拥抱了闻名遐迩的作家以示感激。

我所要说的倒不是这些，而是在平遥古城的那个晚上。我们白天在遗迹名胜之间穿梭来往，兴致勃勃，晚上却一点也不疲累，还乘着月色在古城里转悠。那个一路送我们来的司机自然一刻不离地陪同，除了他之外，还有一个平遥县文联的人，恕我已经想不起来他的名字。只是记得他有三十不到的样子，显得精明能干，脸上始终是谦和温恭的表情。他们对白天我们游历的地方，可谓耳熟能详，据他们说，他们一年之中要陪客人来上三五回，有时候还不止。他们俨然已经是再合适不过的导游了。他们提醒我们哪些工艺品是赝品，哪些地方能买到既便宜又值得收藏甚至当作礼品送人的好货。有时候我们眼里差不多的货色，价格却有天壤之别。至于古城景致的历史他们也能道出一二。

托马斯曾当面说："你们是这个，厉害。"说着将竖起的大拇指在他们眼前晃动。他们总是憨憨而笑。我们东游西逛，他们则会在一旁凑在一起抽根烟，低低地说说话，一待我们有什么疑惑，他们总会应声而来，及时解惑。

在一处老宅里，托马斯竟然拦腰要吻我，这大大出乎我的意料，他动作之快，之奇，令人防不胜防，我还正在看墙上的那幅明清之际的仕女古画呢。我立马拒绝，尽管司机和平遥文联的人没有进来，在整个古城游历中，他们有好些地方，都是在大门外等我们。出了那个古宅之后我的脸肯定是羞红的，幸亏是暮色低垂之时，否则那两个候在门外的人肯定瞧出端倪。

后来我择机问托马斯当时怎么会有如此冲动，要在一个古宅里吻我。托马斯说他也不知道，我忽然感觉到我回到了古代，要是身在那个时候多好，你就是那个仕女。他自己也承认这很古怪。"你这个大概就是我们所说的游览古迹发思古之幽情吧。"我这么对他说道。

我们此后在不远处的一个貌似古代客栈，歪打着旗幌的饭店里吃了点东西，当然也多是面食。客栈和景点一样人客稀少，只有少数的几个外地游客端坐在一角稀拉拉地吃面。吃完之后我们本打算去另外一个地方，只是到达那里景点已经闭馆谢客了。我们在大街上盘桓了一阵就回到了住处。

住的地方从格局上来说，本身就是一个不错的景点，有苍遒古树，有皂井围栏，有琉璃瓦当，有亭阁楼榭，还有曲水流觞。每间房按照时下旅店的布局，卫生间、电灯、电视等一应俱全。总之这个不大的庭院，巧妙地将现代设施和古代流韵融为一体。曲折回廊的灯火照着幽深的假山和竹篁，使人无端地会有恍惚之感。有那么一瞬，我感觉回到了老家。事实上，这里的景象和我家那边的确很像，只是云南和山西是两种不同的韵致，前者披着云彩，后者蒙着灰尘。

那会儿，我正歪在床上看《一弹解千愁》，电视虽然打开着，但是由于信号较差，画面并不清晰，荧屏上时有重影，雪花纷飞。

　　有人敲门，我当然知道是托马斯，但是我佯装没有听见。后来他返回房间拨打电话不成，又开始拨打我的手机。我盯着在掌心跳动的手机最后还是接听了起来。一分钟后他溜进了我的房间。他坐在靠近窗帘的圈椅里，较之他高大的身材，圈椅显得很小，小得让人担心几分钟后会坍塌。

　　他开口了："你在生我的气？"

　　我说："没有。我当时正在卫生间。"

　　之后一阵难堪的沉默，我拨弄着手机上的小小挂件。就在这个时候我又再次提起那个关于他为何叫火车头的话题。"为什么叫火车头？"我之所以这个时候提出或许是来自我的潜意识，也或许是为了打破沉默调节气氛的需要。

　　我们的房间在二楼，窗户外有黑漆的树影，窗帘在浮动，就在他的颈窝后面。

　　托马斯挠了挠头，说："你还真能那个那个什么？"他在脑海里搜索一个词汇。

　　我笑着告诉他："那个那个什么叫打破砂锅问到底。"

　　托马斯舔了舔嘴唇开始了自己的讲述："其实说实话，这是过去的事情了，我很少提是因为我不想提。那就像腿上的伤疤，按照你们的说法是，好了伤疤忘了痛，我一直在学会遗忘。"果然这是一个沉痛的爱情故事，我盯着他看等他继续说下去，他的鼻翼在灯影里向面颊上有一个宁静的投射。

"她是南艺的一个高才生，父亲是国画系教授，我那个时候痴迷国画，其实我学的商贸，去南艺纯属意外。我常去旁听叶恭田的国画课程，开始叶先生并不以为意，认为一个外国人何以能了解国画的精粹。后来我写过一篇《石涛和齐白石渊源小议》，他看后可以说是大为惊讶。后来不仅邀我去他家畅谈，还赠我很多他的大作。总之，我的中文功底和对绘画的理解博得了他的赏识。

"那是中秋节，他电话我去吃月饼，到他家后发现他的女儿叶郦从北京回来了，此前我只在先生家的案几上见过照片。她正在厨房里忙碌，我一见她的背影就喜欢上了。她身材高挑，并不显瘦，体格上很匀称，转过脸朝我一笑。我坐在他家客厅的沙发上，吃着月饼，莫名的心虚肉跳，还脸发烧。这种感觉前所未有。"

"叶老师是不是为你们创造条件呢？想找个洋女婿？"我承认我是故意这么问他的。

可是托马斯一口否决了，他说绝不是如此，以他对叶恭田的了解，完全没有这个意思，他后来思忖叶邀请他去吃月饼，并无刻意，只是让身在异地的托马斯了解点中国民风民俗而已。的确吃月饼是蛮有趣的，叶先生是如皋人，他几乎把那边小时候的风俗一应照搬，因为没有庭院，他就把小茶几放在阳台上，阳台上的月亮照着碗盏，碗盏里有月饼，有苹果，有柿子，总是好几样。再说，叶郦也不是一开始就喜欢上他的。他和她是逐渐升温的，而且还是他点着火。是的，自己煽风点火。托马斯补充道。

他的努力大概很快就见效了，叶恭田在北京读书的独女开始和托马斯出双入对，那是次年夏天的事情了。他们在叶家亲友圈内得

119

到了许可，加之托马斯的中文说得很地道，那些亲朋好友似乎并没有觉得有什么大的不妥。他们当中还有人开玩笑说："你肯定是投错了胎，生到了德意志，不过，所幸的是你又回来了，只不过眼睛是蓝的，鼻子比我们高些罢了。"

"总之我们的爱情在继续，一切顺风顺水。我们相处一年后，叶郦正好也大学毕业了。我们开始商量回德国去，她还可以继续读书，譬如到柏林大学或者法兰克福大学读个研究生什么的。再者，我要将叶郦带回家让她见见我的家人。我们已经开始准备，叶恭田也不反对，其他亲朋也很支持。就在叶郦大学毕业后的一个暑假，我们做了一个旅游计划。这个也是叶郦主动提出来的，事实上你知道叶郦是那种很喜欢读书的女孩子，她在大学里很少交游，记得她说过在大学四年，只去过颐和园和香山。其他的古迹名胜一概没有去过。

"开始我们是商讨着把她引以为憾的事情弥补一下，因此我们先去游了故宫、前门，还有什刹海、后海，还有远郊的大觉寺之类的地方。后来我们的计划愈来愈大，我们罗列出了很多城市，按照叶郦的说法，她要在去德国前，将祖国山河带在身上。当然她的这个说法比较浪漫。我同意了她的想法，决定利用一年时间，和她一起游山玩水。我们的确一起游玩了很多地方，但是我们不是那种你们说的那种'驴友'，我们不是属于探险那种，我们就是旅游，看看风景那种。我们去了西递、黄山、西安、成都、云南、武汉、苏州、杭州，还有扬州。我们大抵是遵照一张地图。或飞机，或火车，甚至还坐过拖拉机和马车。

"你知道吗？我们游了很多地方，唯独山西没有来。我对山西的名胜古迹也早就向往过，但是奇怪的是叶郦对山西却持有异议，我提说过几次，她都未置可否。我还算是一个知趣的人，当面不会再追下去，当然后来我才弄明白了怎么回事。"

托马斯接过我递上的一杯茶水喝了一口说："这个事情很奇妙的，我知道之后就从不提及了。我知道那个是她的秘密、她的隐私，我从不侵犯。她在大学二年级的时候相处的男友就是山西太原人，只知道姓柳。从时间上推，他们应该是在她大二下学期的时候分的手，也就是我刚刚开始旁听叶恭田绘画课程的那个时候吧。

"我想叶郦在她的旅游计划里剔除了山西这个地方，显然有她的道理，我也就不再过问。只是准备着上路去另外一个地方，对于我来说，山西只是一个代号而已。尽管对于叶郦来说意义非常，甚至是一个不能碰的隐痛。每个人都是有隐痛的，关键看日子久了，你那一块还疼不疼，大部分人年长日久之后，那儿就好了。

"我们当时避开山西去了西安，在咸阳机场我们还好好的，有说有笑，只是下午看完兵马俑之后，事情发生了变化，而且是突如其来，这个变化源自一个电话。这个电话使叶郦的脸色一变，并且她避开我走到了宾馆的阳台上去接。虽然我们互不干涉各自的隐私，但是我觉得这个变化是显而易见的，因为以前她从不避讳，甚至还会讲谁谁来电话之类。但是这次却奇怪得很，她不说，接完电话一直沉默不语，脸色很不好看，默默地整理着行李。"

"这个电话是不是那个姓柳的打来的呢？我这么问托马斯。"

托马斯沉吟了一下说："到现在我也不知道到底是怎么回事，我当时也是这么想的。我还问过她，是不是柳先生打的，她摇头说不是，并且说是另外一个人。她的神态显然是说了谎，但是我又不便道破。后来想想，我还是错怪了她。当时我只有一个念头，就是希望她尽快从那种状态里恢复过来。我在抓紧说我们的旅程，并且开始说着德国那边我家人的事情，比如我爸妈看见叶郦的照片夸说她漂亮希望早日见到之类的话。可是叶郦对我的说话，好像是隔着一层纱。似乎在听，似乎又充耳不闻的样子。"

　　"一个电话，就把她的大魂丢了一半。"托马斯这么说道。他的手有点抖动，以至于那个茶杯盖从杯口滑到桌面上，我们的视线一起聚焦看那个蓝底竹纹的瓷杯盖在桌面上激烈地转动了一阵。

　　"晚上本来我们准备去逛逛的，可是叶郦好像没有心思，我自己一个人独自出去走了走。我自己在外面的小摊上吃了点拉面，她是在宾馆餐厅吃的。我回来的时候她已经洗后上床睡了。晚上她抱着我，紧紧地。我知道她又回来了，她被一个电话勾去的大魂全部回来了。我也不多问，她也不多说，我们就抱着睡了。一直到天亮。"

　　"那么，这个和你叫火车头托马斯有什么关系呢？"我对他的故事似乎失去了耐心。

　　他耸了一下肩膀，抬了抬屁股，那个圈椅似乎箍住了他的屁股，以至于他换姿势的时候椅子也被带动了起来。好在这是一个短暂的一瞬。他显然换了一个姿势舒服多了。他眉目大展，鼻翼翕动。

　　"你真要听吗？"他脸上开始挂出一副不易觉察的坏笑。

"其实，这个开始源自我们之间私密的爱语，就是那种极私密极私密的那种，按照你们中国人的说法就是闺房密语之类。"

托马斯说话的间隙似乎听见我鼻子里哼出来的那似乎表示不屑的声音，随即笑了起来，然后换作一副很认真的表情说："真的。她说我们在做爱的时候，我给她的印象就像是一个冲过来的火车。她曾经写过两句诗。对，她曾经参加过大学里的文学社团，属于那种文学爱好者吧。但是写得又比一般的文学爱好者要高明些。我开始一点也不知道她这个爱好的。我认识作家范明和刘侃他们还是她介绍的呢。她和他们是南京旧友。"

"你能感觉到吗？"托马斯忽然问我。

"我感觉到什么？"坐在床沿上的我将手从大腿下抽出来问道。

"火车头啊？"托马斯说着，快速地从圈椅那站起身来，向这边走了过来。

他在此后的时间里，一直在问我："像不像啊？"

"像什么？像——什——么？"

"火车头啊，火车——头啊！"

叶郦和托马斯从西安回到了南京，当时调整两天后准备前往云南。可是出发前的当晚，叶郦从一栋居民楼跳了下来，当场身亡。为了配合调查，托马斯还被公安审问过，但这些托马斯都不在乎，他只是很费解，没有任何征兆，美丽的叶郦竟然弃世而去，这不仅是他，也是所有人，包括叶郦的父亲叶恭田都感到意外。托马斯告诉我，他其实不止一次来太原了，但是他又说不出来缘由。但是他隐约感觉到叶郦的死和那个姓柳的有关。后来托马斯去探访了叶郦就读的学校，问了很多人，也没问出一个究竟。

叶郦就像给所有的人设下了一个谜，谜底只抓在她的手上。

"后来我费了些周折还是得到了答案。"托马斯神色黯然地说道。

"那答案是什么呢？"我好奇地问托马斯。

"她其实还是爱着那个姓柳的，那年中秋节，叶郦是负气回南京的。如果我不出现，他们或许还会和好，可是我改变了他们的格局。我是乘隙而入，尽管我并不知情。后来姓柳的得知我们好了，他毕业以后回到太原，在工商局工作，郁郁不得志，还和人打架。写了万言书给叶郦，当然我都没有看见过，只是听说。后来姓柳的就跳楼了。叶郦那天在西安接到的就是关于他的噩耗的电话。"

"我其实当时隐约地感觉事出不妙，打算从云南回来之后，我们就动身去德国。这样对她身心会大有好处，我当时就这么想的。"托马斯沉吟了一会，继续说道："黄苌，知道吗？我没有想到这来得太快了。"

"那么她没有给你留下什么吗？"我问托马斯。

"一句话和一首诗。"托马斯的眼睛盯着天花板面无表情地说，旅馆的天花板上没有光斑，也没有水渍，看得出来是刚粉刷一新的。

托马斯当时向我叙述了那句话，大抵意思是，叶郦向他表明，她是爱他的，只是爱他的肉体多点，而他（指柳）和她相契得更多点。我现在一想，记起来那托马斯脸上的表情了，床头灯显得很黯淡，他的鼻翼侧影和他的睫毛一样显得很迷离。我们从平遥回来之后，就没有再联系过，但是我一直对那晚他的表情难以忘怀，这个面影屡次出现在我的日记里。托马斯告诉我他后来回国待了一段时间，当然他的父母自始至终只是见到了一张叶郦的照片。

就在从平遥古城返回太原的路上，我还是从托马斯那儿得到了叶郦写的那首名为《夏末记事》的诗，据托马斯说刘侃将此收入了年度的一个诗歌选集里。他是在叶郦遗留下来的一个本子里找到的。那是一个再普通不过的记事本，上面写的并不多，寥寥几首，托马斯将其中自认为和他有关的撕了下来一直保存着。这首诗，当然也被我一字不漏地摘抄进了我从太原回京后的日记里，我就是从这首诗回忆起我和托马斯的过往的。下面就是叶郦的那首诗：

夏末记事

老宅里一弯月影
无处逃遁，
那呼噜早在帐顶升起。

铁轨如床，
开始行进，
带着异域的体温，
火车头轰然而进，
我枕着情与爱，
他飞翔，而我陷入沉泥。

搔　首

　　在 5 月 18 日午后，我的朋友冯涛给我提出了一个严峻的问题，他问，一个人是不是每一个时刻都忠实于自己。然后他呷了一口咖啡，看着我处于面临难题而答不出的恐慌中。我的眼神的确有了一丝慌乱。常青藤酒家灰暗的光线替我掩盖了过去。愣了半天，本打算给他一个模棱两可的答案。可是这个问题的局限是很鲜明的，答案只能是一个，是或者不是。我只得给他一个答案，以示过关，我还故作姿态说："这个嘛，答案是否定的。一个人在每一个时刻里无法完完全全忠实于自己，因为每一个时刻无法完全属于自己。"说完，我们两个相视而笑。

　　生活是需要真知灼见的，可是我明显缺乏总结的才能。我想提出的问题严峻与否不是看它的果，而是因。这便是我的不同之处。因为我相信一个人开始发问，尤其是冯涛这样的人，表明他确实是遇到了难题。于是我端起咖啡杯问冯涛："你小子今天到底怎么了。从进屋看见你的第一眼就是有点掉了大魂的样子。"冯涛叹了一口气，放下杯子，将身体往椅背里瘫了瘫。身体放松了，他合住大拇指和无名指又捏了捏眼角以促使他的神经缓和下来。他说："中午我做了一个梦。"一个梦竟然使一个人像一个生活场中失败的斗士。这可以断定不是一个普通的梦，但是我仍感到疑惑不解，梦毕竟是梦，它尽管产生于生活的温床，但是它毕竟远离了现实。于是我对他说："梦无法伸出手掌打你一个嘴巴吧。"冯涛看了我一眼，将手指交叉放在腹部的前方，继续说道："我感觉梦境与现实互相推诿。而人们乐于被他们所麻木，而不是被启发。"

"哦。"我感到我的兴趣被吸引了，或许真的如人们所说，有的人生活的灵感来自于梦境，而不是现实，冯涛这个下午的灵感让我相信了这一种可能。我说："说说看。"

冯涛在这个下午于是断断续续地向我讲述了他如下的虚无而真实的梦境。

"我梦见我正跟我老婆在婚床上，或许出自阴暗的内心，其实这算不算阴暗呢，不知道，反正……（冯涛矜持了一下，我注意到他的视线快速地扫描了一下四周，四周的人或者在低低地交谈，或者玩着扑克游戏。）我们，你是我的好友，讲这一点其实也没有关系。我们有好长时间没有性生活了。没有性生活其实是很可怕的，我发现，真的。现实中，你要知道这可是她的杀手锏。她钳制着你，或许是这种原因，日有所思夜有所梦。

"我渴望这样吗？我真的不知道了，但是清清楚楚的梦境，我们正在口交。我感觉到自己像坠进云里一样舒服。为什么人们需要这个方式，或许这就是原因。我仿佛看见窗外的云朵来到墙面上，晃动着。忽然我看见在房间的西南角上，那有一张床。床上有一个人，他正在看着我们。那是一种窥视。我有点愤怒，可是当我站起身来时，发现我们不是在婚床上，而是在单身宿舍，梦中的场景转换是多么快啊。那一个人是谁，模模糊糊的，看不清楚。在我迟疑之间，她抛开了我向他走了过去。她将要满足他。她平静地向他移了过去，像是在空中飘过去一样，更像是某种无形的引力带动了她的理智，她平静的肉体。是的，我感觉到那一刻，她的肉体是无限平静的，是无欲望的。她和他挽着手，前所未有的亲密。到这一刻我才看清楚了是吴同。你看见自己的老婆和别人挽着手，前所未有的亲密时，毫无疑问是很痛苦的。我似乎头脑里还有点清醒，模模糊糊地意识到那一层痛苦，粘在自己的脑门上一样。这更加要命。我又无法走近他们。他们似乎已经处在了另一个纬度里。他们是独立于我的。我够不着他们，他们却能看见我。那是一层透明的痛苦。我在这边喊叫，他们没有听见，但是看得见，似乎在看一个无关的表演。然后他们牵着手走出了屋外。看不见了。

"我奔出来，他们已经消失进了黑夜。村庄里，是的，门内是城市的区域，门外却是乡村的黑暗。他们消失了。我感觉到每一个角落里都有他们的喘息，可是又寻他们不着。我只有去找。找了一个村又一个村。结果是令人失望的。在黑暗中，我看见了一个商店，正在做一种买卖，似乎类似于小杂货店的地方。像猜谜一样四周挂满了商品，并且发出亮光。

"我走了进去。萤火虫停在我的衣角上。人们慢慢地越来越少，地面上有些水鸡在跳跃，还有鼓鼓不停的叫声。有的人蹲在墙角，妈妈蹲在那里，使我感到有一点意外。她手里擎着几个透明的小玻璃杯子。相当小。她为什么拿着这些玩意呢？不知道，她看见我，说舅舅去上厕所了，让我代他看一会摊。我们等舅舅回来，可他很久都没有来。我们有点急不可耐了。妈妈将手指一用力，手中的小酒杯一个个地爆炸了，很响的。那些玲珑剔透的东西在她的手指肚上一裂，变成碎片。其他几个蹲在墙角的人手上也响起了这种声音。我们站起身来，离开了这里。（我没有打断他，他完全沉浸在他的梦中。我看见他叙述时的目光时是迷离不定的。）我们走着，大河堤上老远就看见了他家的灯光，愈来愈近。我看见了他，却是另一个人，黄屏岩，我们家的邻居，我小时候一起玩大的伙伴，怎么会换了一个人？我盯住看，她正将他的手从她的肩膀上挪开。我看在眼里了。内心里轻蔑大于愤怒。我一边走一边眼睛喷火地看着他们。他还没有看见我，她正要拐过墙角，向后排的房子里走去，他安排她去睡那儿的。你知道吗。我几乎就到了乡下，一模一样。当然是十年前的，现在的情形根本看不出过去的建筑的影子了，只有一道桥还可以判断出大致的方位。她看见了我，盯着我的眼睛，眼睛里充满要我原谅她的那个样子。我很怀疑她是不是真诚的。

"一个人就这么容易开始转变过来吗？我不说话，依然盯着她，她可能感觉到了我眼睛里的内容。她有点害怕。然后她走了过来，慢慢的速度。我把她领到了南屋，可是南屋的结构使我打消了这个

129

主意。因为南屋的南窗面向街道，对，又到了街道。梦就是这么荒诞不经。在南屋可以看见所有的街道，透过南窗，所有的街道上的光亮都可以照见我的脸庞，我自然不能在这个不安全的地方对她有所要求。因此我将她拽向了西屋。西屋封闭得很好，有门扣，窗户黑暗，另一间小屋的墙挡住了它的光线。我关好了门。一切就绪。我们开始了撕打。我们从未这么紧密过。我将手伸向了她的喉咙，紧紧地卡住她，她的颈动脉在我的手心里跳动着，她弓起了腿，顶住了我的睾丸。疼痛使我们分开。我们的脸已经紫红，还咬牙切齿，我听见自己的牙齿咯咯作响。是的，那一刻，我是绝望的，因为在梦中你无法知道是梦，这就足够使你难过了。你始终觉得那是真的，那就是现实的，使你感到生活的噩梦在开始。灰沉沉地确实无疑地压住你。你无法相信我和安虹竟在梦中那么仇恨对方。她终于挣脱了我的大手，她拉开门，奔进了黑暗。消失了。就这么消失了。似乎就没有再回来过。我瘫倒在地。浑身冒汗。直到醒来，我浑身还汗涔涔的。

"当我置身现实的光亮中，我又无端地怀疑起来。我想我是愚蠢的。我望着安详睡着的女人，我的老婆，法律命定的终身伴侣，我感到了陌生。你对你爱人有过这种感觉吗？（我立即回说：没有，我从见第一面开始就觉得异常熟悉。冯涛似乎满意我的回答，但是嘴角上的笑却让人摸不到头脑。）哎，苑中，一个人的时刻有那么多，就像一瓶满了的油，总有流溢出来的时候。谁还不清楚自己吗？哎，或许，我大概是病了。你知道我当时看着老婆睡着的甜蜜样，我想到了什么吗？我想，他，那个梦境中出现的，来到她的枕边。

我一点也不会反对了。我倒希望如此，让她和他一起生活，吃饭，做爱，幸福地老去。而我则如杳鹤一去不返，死在路上。"

　　这个梦境讲完后，我又煞有介事地套用了弗洛伊德理论，给他分析了一番。事后我才知道自己简直愚不可及。这一次经验使我懂得以后的生活应该少点自以为是。当时我们喝完茶，就离开了常青藤，到了冯涛的家。冯涛一定要我去坐坐。盛情难却，就去了。一路上我还回味着他的梦，觉得很有意思，一个梦的力量发挥出来还是蛮大的。而冯涛在讲着另外一件事情。他的注意力似乎转移到一个具体的事物上，他饶有兴趣。因此在说话的时候还有点手舞足蹈，状态与讲述梦境的他判若两人。他是在讲一个叫李峥的人，看情形是一个女的。他说了一些和她相关的日常笑话。司机偶尔被这个打车的老兄逗笑了。在这种情景下去判断冯涛是一个怎么样的人，百分之百的人会认为他是一个活泼开朗的男士。而我，人们则必定认为多愁善感，也是百分之百。我低着头沉默不语。我们下了车，朋友的表演结束了，他又恢复到另外一种状态：严肃，不苟言笑。我们步行过一条街巷向鹿口新村而去，冯涛住在 12 层。我们坐电梯，电梯是我们的唯一途径，电梯内除了电梯工只有我们两个人，我们始终没有说一句话，直到冯涛打开防盗门"啊"地吁着气开空调的那一刻。我们第一句话是站在他家宽敞的客厅里说的一声"天真热"。几乎异口同声。这是我第二次来冯涛家，与第一次来没有什么不同。我们来到了他的书房，书房里的书几乎填满了墙壁，使我这个没有读过多少书的人汗颜。（天哪，我还跟他讲什么弗洛伊德。）他打开南边的百叶窗。可以看见更远处的高楼被均匀地隔成无数的片断。城市上空的鸽子在飞翔，鸽哨声像钟摆一会儿荡过来一会儿荡过去。冯涛的气质与那些书籍在一起是那么协调，他坐在那儿。一时间我们还没有找到话题，暂时处于一种空白状态。我想起有一次去他的办公室的情形，那时候我好像急需一笔钱。我自然而然地想到了冯涛。于是我就直截了当地上了门。有一个年轻女人领着我走向了经理室。他当时的情形像所有的老板一样坐在偌大的老板桌前享受着生活的胜利。他看见我来了，立即将烟头掐灭，站起身，迎接我。他的热情使我感到陌生，多余。或许他必须这样，这是一种环境人——他在什么样的环境里就会有什么样的待人接物。我收敛了我的不舒服感，开始向他借钱。他眉毛没有打一个结就答应了。一个人在那一个时空里是一个老板，在这个时空里却是另外一种人。冯涛忽然说："我给你来一首怎么样？"我一下子没有反应过来。他一边揩干潮了的手，一边向我眨了眨他细亮的眼睛。

　　冯涛将倚在书橱一角上的一件长长的东西抱了出来，他慢慢地抽去布丝外套，一阵清幽的光芒随着布套的褪去愈来愈明亮。"这是我们家祖传的古琴。"他说，"我时常偷偷地回来过上一把瘾。"到这个时候为止，我觉得我在改变一种观念，这个观念使我有点感伤。一个朋友对于对方来说，可能意味着自始至终的陌生。我从来就没有听说过这个家伙还会弹古琴。他开始坐下弹起琴来，琴声祥和。弹完后，他告诉我这一首叫《酒狂》，是先秦时期的曲子。然后他说："你来听这一首。"说着他便将手在弦上一拂，琴声便立

132

即在空气中飘荡起来。一直到最后，他才告诉我这首曲子的名字叫《搔首》。

这一首曲子一直萦绕在我的脑海里。直到5月22日上午我听见冯涛自杀的消息后，这一丝无休无止的东西才变成一声空中爆炸。事过一个星期，那个下午冯涛在出租车里提及的叫李峥的女人找到了我的家门。我正在写作，听见门铃响了，便去开了门。门口站着一个漂亮的陌生女人，还没有等我开口说话，她便做了自我介绍。她说叫李峥，冯涛的朋友。我开门让她进屋。她坐在我的对面，先微微一笑，说："你家还真不好找，我差一点跑错了。"我说："是吗？"说着递茶给她。她向我说起了冯涛，眼睛有点湿润起来。不过还好她自控住没有让泪水流下来。对于冯涛的死，我感到无言。说什么呢，所有的劝慰之词都是无力的。我们聊了一会儿关于冯涛的旧事，这个下午小客厅里的怀念到现在我都有点唏嘘不已。在我家逗留了大概一刻钟，李峥便离开了。临走前她将她的坤包打开，搜出一个大信封放在我的茶几上。她走后我开始拆开信封。我没有想到冯涛将他的生活真相和盘托出。首先掉出来的是两三张照片，照片显然是偷拍的，那是他的老婆安虹。她先后跟一个男人在一起，或者挽手，或者并肩，样子毫无疑问，亲密无间。有两张照片上的地点一眼就可以看出是在本市一条繁华的商业街上。另外一张地点则难以判断。我凝视着安虹，她正侧脸跟那个男的说着什么，脸上挂着笑容。我立即想起在常青藤冯涛对他的梦境的叙述。我开始看信。冯涛的字异常漂亮，让人赏心悦目。下面便是他写给我的信：

　　我以往的对生活和爱情的认识是肤浅的。那是错的。爱情，难道就仅仅是一个男人和一个女人相爱吗？一点不是。说实话，一个快死的人应该说点实话了。是的，我写完这封信，就与你告别。我是很爱安虹的。可是她却背叛了我。当然她是有理由这么做，谁也没有权利阻止她。谁规定一个女人每时每刻就只爱着丈夫，一个男人？其实谁也没有规定如此。正如歌中所唱，伤心总是难免的。我也寻找。同样她也没有理由阻止我。我发现我也爱李峥，这使我痛苦。是的，她刚离开，现在大概已经到家了。我在生活中貌似一个成功者，其实我是失败者。我每一次在办公室消失出现在我的书房，我才知道唯有物质才不会背叛感情。譬如古琴，它自始至终都忠实于我。我总能找到与它融为一体的时候。我热爱生活，可是我的良心却使我要抛弃它。我有时抚完琴，坐在那一动不动。我睁开眼睛一遍一遍地数落着生活，除了李峥的可爱还使我对尘世有所眷恋，其余真是不堪一击。你看过约翰·霍布金斯的《本能反应》吗？这是一部多么好看的电影，他说在大猩猩的森林里才感到和谐自然，而到了人群中他只感觉到了厮杀、嫉妒，尘世间的愤怒和不安全。在他的内心里始终选择森林。最后他回归了自然。当你看到一个白发苍苍的老者融进绿色海洋的时候，你心里会莫名地涌出一种感动。对了，我在跟你讲述我的梦境的时候说过一句话，你还记得吗？让她和他一起生活，吃饭，做爱，幸福地老去。而我则如杳鹤一去不返，死在路上。是的，我多少次盯住敞开的窗户，设想自己飘然而下。也许第二天，人们便会发现了我，我已经从天而降，坠入死尘。尘归尘，土归土。一念了却百愁。几小时前，我还和你在常青藤探讨梦境。然后是和李峥做爱，飘飘欲仙。可是现在此刻，我却已下定了决心，无力回天。那醉人的时刻早已烟消云散，只剩下自己一副躯壳。是的，最后谁都是如此，我只是先行一步。再见了朋友。愿你快乐。

从信中的叙述和他的验尸报告看来，冯涛的老婆安虹中午时分还在他的身边，他们一起在12层的空间里沉入睡眠。然后冯涛由于噩梦先醒了过来，这时候冯涛已经决定了他的第一步。他们在床上将事情就此挑明了。安虹离开后，冯涛有可能再一次抚琴。他约我到老地方，也就是常青藤谈谈心，他在电话里说话还好像很快活，那显然是他强加掩饰。我们见了面，喝茶聊天。然后像以前一样他结完了账和我一起走出户外招手打的。在车里他邀请我去他家再坐一坐。我没有理由拒绝，就去了。现在看来，这一切都是他设计好的，而我基本上没有越出故事的轨道。没有想到这离他死去就是四五个小时的样子。我到家的时候他们在做爱，和李峥大汗淋漓。送走李峥，他便开始给我写信。写完信，有极大的可能最后一次弹琴。当然抚琴前浴身澡手，这是免不了的一个程序。他是不是再一次弹了《搔首》呢，我不得而知。但是我可以从那下午听后的经验判断，它有极大的可能被冯涛再一次弹奏。之后，他选择了煤

135

气自杀。他和日本一个叫川端康成的小说家一样将煤气管塞进了自己的口腔。死亡是多么单薄，方式是多么相似。然而人们是在一周后才发现了他，据说还是他的老婆安虹先发现的。有的人却持另一种说法，说是李峥先发现的，然后人们对这两个女人猜详起来。其实是很容易揣摩的，生活中类似的事件早就培养了人们的判断力。再说谁发现已经不重要了。无关的或者有关的发现者，她的眼里仅仅是一具尸体，还有一模一样的尖叫。

我们都是野蛮人

呵蚂蚁

爬上富士山去，但是

慢点，慢点

——金斯伯格

　　有关野人团的报道最初出现在 6 月 5 日晚报的不起眼的位置上，它和发生在我们身边的那些奇闻轶事混淆在一起，篇幅一点也不长，大概就八九百字。其内容也是浮光掠影式的，很显然是为了满足一下读者的猎奇心理。事实上，这个并不醒目的报道还是引起了一些人的注意，马上就有人将电话打进了编辑部，从他们在电话那头的语气看来，他们对之余味未尽。编辑部的人手一直紧缺，更多的人都去忙着发生在禺城南部的那宗连环杀人案了，据说这宗案件已经惊动了首都。当时接电话的是两个年轻人，他们都是编辑部临时找来的人员，其中一个是禺城大学某系的学生，是禺城本地人，据说和编辑部主任有点亲戚关系，但是谁也不能肯定，只是隐隐约约地听说而已；另一个是编辑大楼电梯工老黄的女儿，尽管来自禺

137

城远郊的乡下，但是皮肤白皙，稍显腼腆的样子使她看上去和大街上任何一个经过的少女没有什么不同。他们接电话很有耐心，并且将那些好奇者的电话号码记了下来。他们的细致和耐心赢得了主任们的一致好感，后来他们也有幸参加了那个考察团，可以说与此是分不开的。

组建野人跟踪考察团的建议是一个读者提出来的，很快这个建议在编辑委员会圆桌会议上全票通过，然后就是紧张而有序的组团工作。当然这一切是发生在关于野人团的第二次报道见报后不久，报道的位置从报屁股上移到了头版头条，篇幅也较上次近六倍之多，可谓长篇累牍。几乎所有的禺城人都注意到了这篇显要位置上的报道，它们也很快成为人们茶余饭后的另一谈资，事实上，这时候连环杀人案还在进一步侦查之中。人们对遇害者深表同情之余，也对那些搞侦破工作的人们深感失望，将近两三个星期了，案情似乎毫无进展，总之令人无可奈何。据悉，野人团的报道见报后，引起了各方人士的注意，甚至有人发现禺城的一两个疯子也看起了报纸，不知是真是假。不管怎么说，晚报的编辑们深深地感受到了人们平淡的生活中是多么需要一些兴奋点啊。

那个写报道的很快也因此成名了，人们之所以对报道的细节都记得清清楚楚，是因为报道的引人入胜，而报道之所以引人入胜也的确因为此人的文笔。而人们喟叹于此也仅仅是针对一个人名而已。要说人们记住一个给他们带来新兴奋的人名还是很容易的。其实这个人并不是晚报社的记者，也不是通讯员，他只是一名擅长新闻的热心人，至于他是科班出身，还是半路出家，人们都无从猜测。甚至他的性别开始的时候也不甚明了，人们知道他是一名男子还是后来的事情。事实上，他已经不止一次地给晚报社投过稿了，他所有的稿件无一例外都是在关注野人团。他最近的稿件后面附着一张真切清晰的照片，照片上有一个全身毛乎乎的人闪现在一树丛背后，眼睛黑亮，面部表情里渗出一股惊恐之色。这张照片也就是在6月26日的报纸上读报的人们都看见的那张。

　　大凡是建设性的意见，晚报社基本上都是予以采纳的，那位热心的读者是在他寄来的一封短信中陈述自己的观点的，他认为组建一个野人跟踪考察团利多弊少。至于有多少利，多少弊，并没有做具体的说明，只是说绝对利于报纸的发行，可以成为一个持久的热点。他还举例说明一家著名的报纸，之所以热销全国，他认为是在新奇上做足了文章。其实这点编辑部的所有人都知道，他们的"万象"栏目多少就是借鉴了他们的做法，效果的确不错。他还在信中敦促快快行动起来，否则别人开了头，就糟了。他的来信似乎完全是为报社提高知名度和发行量出点子来的，他关于组团的建议自然更是重中之重。

　　建议通过后的第二天，晚报便在抢眼位置上刊登了组团的启事。启事并不长，甚至过于简明扼要。在启事中先说明了有关野人团的报道引起了读者们莫大兴趣云云，然后说是为了对新奇事物和未知世界的深入探讨，而决定组建一个野人跟踪考察团的，并且着重说明了两点，一是团员是由读者自行报名组成，二是一切费用全部由报社负责。最后以"有意者请来电来函，报名时间截至7月13日"结尾。

通常下午四五点钟才可以在路边的报摊上买到报纸，而这一次为了让读者尽快看到刊登的重要启事，那些报刊零售点比以往提前了一个钟头开始了他们的忙碌。

六点多钟的样子，街上的人流便开始稠密起来，晚霞烧上了天空。就在这个时候，一个四十五岁左右的中年人来到了报社，他穿过底层大厅，直接乘电梯上了三楼。他对此轻车熟路得令人惊讶。事实上，他的确不止一次来过这里了，他是晚报副刊的专栏作者，他经常来送稿取稿费什么的，已经相当熟练了。按照他自己的话说，他对每一个楼道的每一条铁栅栏都了如指掌。只是这些年相对来说来的次数少多了。"要是前三四年，小伙子，你肯定和我一点也不陌生。"他说着开始坐了下来。看着对方开始接电话并且认真地做了记录，他嘴里暂时停了下来。对方确实是一个小伙子，圆脸，平头，架一副琅玕眼镜。他的眼睛盯着对面椅子上的中年人看，他的那个褪了很多毛的秃顶，亮晶晶的，有点显得突兀。他慢慢将视线移到了纸上。在那张表格上面，已经有四个人名。这四个人名在 7 月 13 日这一天的下午将会变成四个实实在在的人。一定会的。从此刻开始，他们就像小说的主人公一样被虚构了，然后他们会逐步靠近那一层现实。那个时候你看见，一个个鲜活的人站在你的面前，报出他们的名字的时候，你会是多么兴奋啊。而现在他们只在话筒的那边用着他们的声音，说着我很荣幸，我很高兴参加之类的话。他们的影子还很模糊。小伙子放下电话，中年人则站起身来，用手指摁住那一张有表格的纸，说道："给我报上，我来就

140

是为报名的事的。"小伙子笑着说:"您也有兴趣?"说着将笔递给对方。中年人很快在第五个空格上填上了自己的名字,徐峋。

徐峋和小伙子又聊了一会天,然后就离开了。徐峋走后,又有几个人来报名。其中有一个女的,给小伙子侯力留下了很深的印象。她是在一个叫胡澈的人身后进来的,胡澈身上挎着一个红色的污迹斑斑的背包,看样子不是很重。他执笔填表格的时候,包从他不太宽的肩上滑到了肘弯上,直到填写完,直起腰来竖了一下胳膊,包便重新回到了他肩上。他的络腮胡子包围着他的口腔,他说话的时候,胡子像惊动的草丛。

"现在干什么都要钱,你说说看,这样的好事到哪儿找去。"

他的声音很大,好像是在故意用力,用丹田的那一点上的力气。

就是在这个时候那个女的进来的,胡澈前脚进门,她后脚进门,她穿着时髦,头发微微发黄,皮肤白皙。站在那儿等着,起初侯力还以为是胡澈的女友呢。她的大眼睛看了一眼侯力。总之这一眼使侯力难以忘怀。胡澈走后,侯力看见张小蛮在表格的第八行填上了自己的名字,在年龄档上写着 23 岁,地址一栏则写着:慈航路 39 号 8 栋 605 室。

当然她也留下了她的电话。事实上,除了姓名,其余的都是她随便写上的。

然后隔了几分钟,侯力又接待了三五个人,他们是结伙来的,过后他们又结伙而去,像是一阵热风。按照主任的交代,要他将就着在一张钢丝床上度过一个夜晚。那伙人在办公室里待的时间还不短，他们吸烟，跷着二郎腿晃来晃去，没完没了地说话，问得侯力有点烦。但是他又毫无办法，因为这就是他的工作。很快房间里便乌烟瘴气的了。好在其中有个人，仿佛想起了什么似的，他们才一哄而散。他放开了折叠在一起的钢丝床之后，然后便又打开了窗户，外面竟然下雨了，这有点出乎他的意料。风鼓着雨丝，侯力感到脸颊上有一丝潮湿。从窗口可以看见远处的电视台高高地矗立在那里，街道上的人们行色匆匆。偶尔有车过去，留下了潮湿而巨大的疾驰声。

雨点在他的脸上愈来愈大了，他打了个寒战将窗户合上。

侯力没有怎么睡着，主要是钢丝床使他很不习惯，再加上其他的一些不眠的因素，诸如一两个蚊虫的叮咬，午夜时分还有人打来电话咨询报名，等等。总之他度过了一个难熬的夜晚。

7月13日终于到了，这时候基本上一切就绪了，就等那十三个人的集中，在大楼底厅东侧放着的一块墙板上，写着集中的时间地点。时间是定在8点钟左右，地点在三楼第二会议室。在另一块墙板上第一会议室正被编委会的会议用着，它的会议时间比第二会议室提前了整整一个小时。这几乎是史无前例，可见编委会的高度重视。从走廊上走过，可以听见门缝里漏出的严肃而热烈的谈论声，会议还在紧张地进行着。第二会议室里已经坐下了几个人，由于室内的光线不太亮堂，使他们看上去像一团模糊的影子。有几个人正在小声说着话，另几个兀自坐在座位上不语，也不动。直到有人将那层厚绒布窗帘哗啦一声拉开，早晨的阳光照在他们的脸上，他们才眨了眨眼睛醒了过来似的。事实上，有几个确实坐在那儿打了一会儿盹了。

张小蛮便是这几个瞌睡虫中的一个。她的住处毗邻禺城第一展览馆，早在几十年前，那地段还是城市的中心，而现在却几乎在禺城的东北角上，第一展览馆已少有人光顾，新的展览馆在府城路上，其实除了展览馆的新旧，事实上还有更多的事物无不反映着这个城市的变迁。世界就是这样，变化，再变化。

张小蛮出门的时候大街上的夜灯还没有熄，很多人还在睡梦中。张小蛮倚着巨幅广告在站台下等车，在她的另一侧有两个农民工，黑黑的脸膛，抽着烟，听不清楚他们在唧唧呱呱地说什么。他们的脚边是两个鼓鼓囊囊的白蛇皮口袋。公交车晃荡晃荡地从昏黄的灯影中开过来，张小蛮很快爬上了车。那两个农民工并没有上车，很显然他们在等待6路车的到来。张小蛮找了一个位置坐了下来，她轻轻吁了一口气。事实上，她也觉得自己的担心是多余的，但是她就总是将那两个不究其里的蛇皮口袋和连环杀人案联系起来。总之这一层或有或无的危险从车窗外远离了她，车晃荡荡地向前开着，大街上一切迷迷瞪瞪的，司机也像是睡着了一样。

张小蛮很难解释自己怎么又再次睡着了，就坐在座位上，就像在公交车上一样，斜着身子耷拉着头。或许是会议室里其他几个人和她一样，都是赶车带来的疲劳所致吧。

在张小蛮旁边的是徐峭，他和张小蛮中间隔着两个座位。徐峭的脸这时候亮了起来，可以说，早晨的第一束光线来到了他的脸上。他的秃顶也很快被阳光占领了。他睁开了眼睛，然后眨了眨，他的视线中厚重的窗帘正向东边撕开。他不得不偏了偏头，因为太阳已经十分刺眼了。

张小蛮能够闻到一股浓重的烟草味，毫无疑问，那是坐她旁边的那个秃顶的人身上散发出来的。她本能地用她的纤手扇了扇，这是我们经常看见的那些具有洁癖的女人的动作。她想换一个座位，那种味道使她难以忍受，张小蛮后悔自己一进来就贴着南墙坐了，事实上，那时候她像是没有醒一样，懵懵懂懂的，她对南墙的依靠同对公交车上的车厢的依靠如出一辙。徐峋很显然是在她之后来到的，那个时候这排座上只有张小蛮一人，现在徐峋那个秃顶的人堵住了她的退路。的确她不能忍受，那浓重的异味使她的腹部开始翻腾起来。她感到了一阵恶心。

就在她站起身来准备到另一个座位上去的时候，门口进来了一个人，然后又是一个。后面的那一个，张小蛮一眼认出来了，他便是那个报名处的小伙子。

先进来的那个人个子中等，胖胖的，他先用手指点了点人头。手指在空中点完后便开始讲话，他的话音明显地夹带着外地的风味。听得出来，他试图放慢语速，以求在座的都能一字不漏地听懂。事实上，他浓重的鼻音并没有弥补胸腔等共鸣的不济，反而使他的话语一片模糊。坐着的那些人只是听见了一些独立的词汇，什么考察，机遇，安全，难得，兴趣，等等。

如果不是侯力的声音，大家可能还是那么如一尊雕塑那样坐在原位上，侯力是在提醒他们，他们现在该往楼下的那块水泥地上去了。那块水泥地是编辑部大楼所有人的出发点，人们乘车出差或者

144

私下交谈都愿意在这儿开始。那儿有树影，有风，事实上，这块水泥地是一个相当不错的篮球场。每天傍晚时分总有人在篮球场上呼啸着，东西南北，来来去去。

早晨的阳光照在水泥地上愈发刺眼了。他们陆陆续续地穿过水泥球场，向那一簇簇树荫走去。有人在树下交谈，脸上闪着明媚的光斑。

其实我虚构的所有人物都已经出场了，他们排着队站在水泥场上，那些断断续续的树荫使他们的影子更加模糊了。这我没有办法，树荫它先于他们的脚步到来时已经存在了，被风吹着，在白白的地面上哗动。我向来对于已经固有的事实毫无办法，我只能眼睁睁地看着他们陆陆续续穿过水泥球场，站到了树荫中去。我只是看清楚其中的一部分人，事实上，我愿意看清楚他们中的每一个人的脸庞。

有人开始朝他们喊道："你们站得近一点，紧一点。"队伍很快收缩了起来。

那个人手上正端着照相机，他是晚报社的摄影记者，名字叫余德利，他也随着这个考察团一起出发了，他将为晚报的读者提供一张张真切可信的图片。也就是说，他不仅是一个参与者，而且也是一个不可或缺的见证人。今天的晚报上将刊登出野人跟踪考察团的整装待发的照片。事实上，就在他熟练地按下快门的时候，还有很多人打来电话，或者干脆亲自来到晚报社报名。

傍晚时分，人们同样在报纸的显眼位置上看见了那十三个人的面孔。从照片上看，在他们的身后有树，在树后，人们看见了晚报社的围墙。在这十三张面孔中，三个女的，年龄都不是太大，十个男的中有两三个岁数应该在五十岁左右。其中有一个个头最高的瘦老头说他已经年近七旬，似乎一点也不勉强。而在他的旁边的那些小伙子自然显得很有活力，他们的汗衫里显出了饱满的胸大肌的影子。他们或者曲臂抱在胸前，或者抄手在裤口袋里，看上去十分闲适和自信。比较而言，那几个脸有沧桑感的老者就显得僵硬多了。那几个站在一起的姑娘的脸上沾着树荫，她们听见对面的摄影师说："看着，我这边，这边。笑一点，笑一笑。"事实上，她们的表情没有一丝笑意，相反倒有一丝茫然。其实不光是她们，包括另外的那些男的，都是带着心事上路的。尽管这点我是多么不愿意，但是他们从某种意义上说终究得逞了。他们终于坐进了那辆由晚报社专门配置的车里。车子在报社门口的那个电轨门槽上颠跳了一下，然后就使劲地驶了出去，一驶出去很快就远了，车的影子消失进更多的车影人流中。

车子不知疲倦地行驶着，而胡澈已经在位置上睡醒了几回了。他第四次醒来的时候，车子已经行进到了一个陌生的地方，很显然，经过数小时的路程，车子来到了一个偏僻的地方。胡澈看了看窗外，城市的楼厦和人影、车流的喧嚣早已经没有了，只有一个静谧的山坡，上面有些不知名的野花摇着它们蓝色的影子。在山上的那些枝枝杈杈的树丛中，还有一些更为鬼魅的影子。谁也不知道在需抬头仰望的山顶上有些什么。坐在胡澈旁边的是黄萍，报社大楼电梯工老黄的女儿，她正歪着头睡着了，她白白的脖子露在他的视线里，在接近锁骨这里有一枚小小的红痣，胡澈认为这枚小小的红痣使得这么一截白皙有点迷人，有点性感。车子行进着，由于偶尔的颠簸，那枚醒目的小痣也跟着跳动，让人心跳的是黄萍高挺的胸部在不断地起伏。胡澈在他的观望中，感到了自己的心尖在收缩，在跳动。从弯曲的衣边缝隙里他还看见了她的那个淡粉色的乳罩，姑娘在均匀地呼吸，她的整个身体似乎轻轻地抬动着。

胡澈看了看旁边的座位上，那位报名处的小伙子也睡着了，他的嘴角流下了长长的口水，亮亮的，犹如鱼涎一样。而和他同座的是一名瘦高个的老头，看样子，他的精神很好，他正偏着头看着窗外。那边的窗外景色一览无余，可以看见很多的田地，以及稀稀朗朗的屋舍。更多的路边杂树挡住了他的视线，有的树枝甚至向他的脸部扫了过来，尽管隔着窗户玻璃，胡澈看见他本能地将头避了避。他看见前面的人大概也陷入了睡眠，大张着腿，支在过道上，那显然是一个舒服的睡姿。在他的视线里前面的人只有一些黑色的发丛露在椅背上，他相信他们无一例外地进入了梦乡。而后面的人，他更是无须站起身去回头看了，那里正响着此起彼伏的鼾声，在经过一座桥梁的时候，胡澈听见后面的人说起了很响的梦话。

桥梁过后，紧接着又进入到了更为深入的地方，莽莽的丛林，山石，向道路两边分开而去。

车子的引擎低低地响着，胡澈感觉到仿佛就在自己的屁股下面，他能感受到那种轻微的振幅。就在这种轻微而舒服的起伏中他也合上了眼睛。车子拖着它的尾气稳稳当当地行进着，经过山坡，丛林，桥梁，不知名的地点，一个个地逝去。他不知道，在他的前面究竟是什么，那是一个什么样的地点，总之车子将会把他们带到他们所关注的野人出没的地方。他只有等昏昏欲睡醒来后，所有的一切只有等到那一刻再说。他对渐渐而至的倦意有点抵挡不住了。

当他被一声尖叫声惊醒的时候，天已经临近傍晚了。

好几个人围坐在一起，听徐峋给他们讲解掌上的纹路和命运的关系。靠他很近的是那两个姑娘，她们将手交给徐峋，脸上是那种莫名的兴奋和紧张的表情。其实是徐峋自己透露自己会看手相的，他根本无须担心，他的话一出口，立即就有人将玉手伸过来，横躺在他的手心里。没有一个人不想自己的命运好一点，而女孩子尤其迷信于此，这毫无办法。徐峋将那个女孩子的手翻来覆去地研究着，或许在他的眼里确实有什么在上面显示着，但是旁边的人就是看不出来其中的玄奥，只是看见女孩的手被翻来翻过去。然后，徐峋开始说话了，而那个女孩子的手还在他的手里，她能感受到他的握力中含着一丝暧昧的东西。徐峋觉得他从《易经》《神算子》《麻衣相术》等杂书中学来的东西派上了用场，因此在他的所有出外的经历中他都能够很快地抓住别人的心，一举成为大家的中心。徐峋甚至觉得自己还从来没有让自己失望过，他所执的一只只玉手也从没有失望过。女孩子开始频频点头了。由于女孩子的首肯，好奇的人就更多了。在这个所谓的野人跟踪考察团中几乎所有的人都被他一一算过，包括司机小刘在内。他还变通着手法，譬如用草茎、硬币来进行占卜。这个相对来说应该要难得多，这是一种更为古老的占卜术，事实上，这出乎我的预料。我不知道他还会这些。看来我对他的了解，和对日常生活中真实的任何一个人的了解一样，显得局促而有限。

车子早已经停了下来，有人看见司机小刘手上拿着扳手或者其他什么工具跳下了车，有的人则认为他下车撒尿了。随后，陆续的有几个人下了车，车子几乎占据了整个道路的路面，旁边是斜斜的草坡，草坡上荆棘丛生，下车的几个人中有两个人几乎在枯叶上打了几个趔趄，差一点摔倒在危险的斜坡上。车上的几个人开始围过去听徐峋给他们算命，他们很清楚地听见了脚下打滑的声音，然后是一阵窸窸窣窣的尿水冲刷到草叶和树枝上的声音。侯力看见车窗外那些青黄的杂草和那些枝枝杈杈上挂满了亮晶晶的尿。他仿佛闻到了那股臊味，于是他不得不别过头去。

事实上，司机小刘确实是带着他的工具下了车，因为车上的人听见远处隐隐约约地传来铁器的敲打声，好几分钟后，小刘回到了车内，他的手上沾满了黑色的油污。他用车上的备用毛巾揩了很久仍没有揩净。他将手伸给徐峋的时候，他们都看见了上面顽固的油污，黑黑的，像是长进了他的肌肤。黄萍还闻见了他手上的那股难闻的汽油味。这个时候，黄萍无法知道，这只令她不由自主掩鼻的手，还将会在她的光滑如鱼的脊背上摸来摸去的。

小刘硬是要徐峋给他算一卦，徐峋笑着从黄萍的手上抬起脸来说："今天算得够多了，明天吧。算多了，就不灵了。这样算下去，会不准的。"司机小刘偏偏不答应，他要挟徐峋说："如果不算，我就不开了，大家就在山腰这路上过宿了。"这一招显然就灵了，徐峋不答应的话，旁边的摄影记者余德利他们也是不会答应的。按照规定，他们必须今晚赶到目的地。那是一个前站，在那休息安扎下来，然后伺机由那个地点步行出发前往野人出没的地点。前站确切地说是一个招待所，在它的附近是一个很生态的自然区域，还没有怎么开发，不知什么原因生态保护区的开发没有进一步进行下去。同样也是据说，那个写报道的人就住在那个招待所里，他们赶到目的地后迎接他们的肯定会有他。

余德利事实上成了这个考察团的团长，晚报社一共来了三个人，司机小刘除外，其中他的年龄和经验要远远超过侯力和黄萍。他自然义不容辞，理所当然。他边笑边带有不可商量的语气对徐岣说：

"你给他算一卦，算完我们就开路了。"

徐岣不得不答应他，给小刘算完命后，车子并没有立即前行。车子并没有因为小刘用扳手敲打两下就好了，就像徐岣的两句关于命运的论断仅仅是安慰而已，事实上他的内心还是忐忑不安的，他从驾驶室跳下车后心里仿佛还悬着一块石头。车子上的人还围在徐岣的身边，似乎每个人的命运都揣他的手中。

冯岫开始将头靠在窗玻璃上，他对那点江湖术道毫无兴趣，困倦如风在他的体内上下刮动着，随之而来的是一阵难于抑制的自我谴责。他问自己，我来遭这个罪干什么呢？我可以到张家园公园湖去遛遛鸟，下下棋，看看报纸，或者还可以和几个谈得拢的老太聊聊天。至退休以来，他已经养成了几个不错的习惯。要不，他会去禹城大学的，那几乎是他一生相关联的地方。他喜欢校园里的一草一木，喜欢一草一木后面的那朗朗的读书声，甚至是男女生草地上的窃窃私语，他也喜欢。他喜欢校园那条红砖石甬道上走来走去的那群鲜活富有青春气息的身体，他们腋下夹书，或说或笑。夏天的时候，那些花花绿绿的裙子从他身边飘过。与他们相逢在路上，湖边，教室，他感到那前所未有的喜悦，那是他一辈子也无法忘怀的东西。

现在的情形显然使他有点失望，从考察团的组成人员就看得出，这与他的想象大相径庭。他甚至觉得这十几个人简直就是乌合之众，包括那报社的三个人，他都认为嘻嘻哈哈失之严肃了。总的来说，这一支所谓的野人跟踪考察团并没有他所期望的那样，严肃且富有一定意义的学术性，相反倒像是一群人无趣的旅行。但无论怎么说，他已经上了贼船了，后悔谴责显然于事无补。活到今天的年纪，应该明了这一点。他对自己说，权当一次旅行有何妨呢，不较真也罢。车子动了两下，然后终于开动了。路旁的那些树杈枝条向着反方向而去了，它们击打着窗户玻璃的声音持续响着。车子依然行进得很平稳，即使在上坡下坡的时候也是如此。

夜色已经徐徐降临了，冯岫的视野里也随之慢慢模糊起来。但是那些不安稳的枝条还是噼里啪啦轻微地响着，尽管如此，冯岫还是睡着了。起初的时候，他还能东看西瞧的，后来几乎全是千篇一律，树，水，岩石。冯岫很快就厌倦了，这时候眼睛无事了就真的无事可做了，加之车子的平稳行进使他不得不产生昏昏欲睡的感觉。再说，几乎全车的人，除了司机小刘，都进入了梦乡。他的头歪在他身边的那个小伙子的肩上，小伙子浑然无觉，因为他也睡着了。直到那声尖叫声响起他们同时醒了过来为止。小伙子醒来后起初的表情是惊愕，他和车上所有的处在懵懵懂懂状态的人一样张着嘴巴，转眼找寻着那尖叫声的来源。然后待一切明了之后，冯岫看见小伙子向他发出歉意的微笑。他的嘴角明显还有两个小酒窝，但不是太深。小伙子的口水像一条黑线从他的肩膀斜了下去。冯岫感觉到了他的口水在自己衣领上的凉意。鉴于此，他又不好发作。但是他也不想说什么，只是自然地将头偏了过去，对肩上的那股液体的存在只好装聋作哑，假装不知。

车子这个时候已经停了下来，外面已经黑乎乎的了，有人将张小蛮围住，向她询问怎么了。猛然中听见那一声尖叫的确叫人不寒而栗。她肯定是做到什么噩梦了。冯岫听见后面有人这么说，还有更为细微的声音，好像是有人在用手抚她后背的声音。在这声音前面还有微微的叹息和低泣声。很显然，这个梦肯定非同寻常。它竟然使这个姑娘哭了起来。

张小蛮对她的梦支支吾吾，一直不肯说。她红着眼圈对他们说："没什么，没什么。"然后就开始收拾着下车了。车子停的地方像是一个废弃的校园里，事实上到处长着的荒草，放眼看去的确有点荒凉。有一两根小草很快将张小蛮白嫩的细腿拉了一个小口子，甚至沁出了红红的血点。车上的人全跳下了车，他们站在草地上，看着远处有鸟飞向黑下来的树林，草虫在他们的脚面上蹦蹦跳跳。那个废旧的招待所就蜷缩在那边浓重的树荫中，黄昏暗淡的光线使得它看上去一点也不真实。

四周都是黑下了的树木和山的影子，人说话的时候，还能够听得见很清晰的回音。有人已经爬上了车顶，他大声吆喝着每个人的名字，然后扔下了一个包又一个包。

下车后的第一件事情就是这样，寻找自己的行李。张小蛮看见他们绞成一团，就像那些混合的行李一样，不分彼此。好在她的包轻巧，易认，从所有的包堆上滚落下来，几乎就滚到了她的脚边。张小蛮迟迟疑疑着拎起她的包，她的内心里还回旋着那个噩梦。

这时候有一个人从招待所的门口走了出来，他先举起手向大家打招呼，事实上，这个时候只有张小蛮看清楚那个人的手势，其余的人正在埋头找自己的行李。这个人很快就到了他们的面前，这个时候张小蛮才真正看清楚此人赤裸着上身，一条看不出什么颜色的短裤，脚上一双拖鞋。他从张小蛮跟前走了过去，张小蛮闻见了一股浓重的劣质花露水的味道。

然后他好像没有费什么工夫就和余德利说上了话，仿佛是老熟人一般。然后便是余德利大着嗓门叫大家拎好行李的声音："陈所长已经安排好了，大家就进吧。"

"再说一遍，拿好你们的行李，不要拿错，拿错责任自负。"

天已经完全黑下来了，如水的黑暗淹没了车子，还有那两道长长的车辙。

张小蛮跟在他们的身后走向招待所的大门。余德利和那个陈所长在旁边还说着什么，他们嘴上燃着的烟头一闪一闪的，红红的，照亮了他们的一小部分脸。张小蛮看见了陈所长高挺的鼻子。而余德利的鼻子则又塌又平。这是两个截然不同的鼻子。

招待所的条件令所有的人都很失望，只有陈所长的房间里有一台破电扇，更谈不上什么空调了。房间里灰蒙蒙的，即使打开电灯后仍然感觉如此，外走廊上还长满了青苔。终究是因为久无人住的缘故。由于打扫清理房间，大家忙到很晚才睡下。尽管疲累，张小蛮仍然睡不着，那条被草划伤的腿还隐隐作痛，她在床上像一块烙饼一样翻来翻去。

天还没有亮，侯力就起床了，他必须在这一次活动中勤勉一点。他的父亲曾告诫过他，一个勤快的人在任何地方都会受欢迎，懒汉则令人嗤之以鼻。到目前为止，他觉得自己还不错。"天道酬勤"这句古训，他相信。

侯力是在走廊上碰见了张小蛮和黄萍的，她们说着话，声音在早晨的空气中显得有点甜美，她们抱怨着昨夜里蚊子多，和天气的闷热。她们的背影很匀称，好看，但是很快就从楼梯口消失了。他这个时候怎么也想不到，这两个身影带着她们美妙的嗓音从那个楼梯拐弯后就没有再升上来。其实这个时候并没有人需要帮助，有的房间的门还关着，他只得先去了一趟盥洗室，盥洗室在一楼，盥洗室里有一盏灯正亮着，他将水龙头哗哗地放下水来。水很清亮，绽在水池里。他将其他的几个水龙头也打开了，水哗哗地响着，并没有像他想象的那样流出黄水。很快他又不得不一个又一个地旋上。然后他就站在走廊上，对每一个手上拿着牙膏牙刷毛巾的人说："盥洗室在那边。对，就那间。"他似乎忘了昨天早上他也是这么说的。

车子在草地上的影子愈来愈亮了，那四边黑黝黝的树木山影也渐渐白了起来。

团员们三三两两地站在空地上开始刷牙，有一两只不知名的鸟从树丛低低地飞过来，然后又低低地飞走，愈飞愈高最后不见了影子。空中回响着它的清脆的叫声。

早晨的洗漱结束后，就是吃早饭。早饭显得过于简单，就是一锅稀粥，稀粥能照出那些来看的人的人影。彭小树说："就这些？"陈所长用那根黑黑的长柄勺子搅了一搅，对那低头看锅的彭小树说："没有办法，稀粥是我这里度夏的唯一的食粮了，我几乎将坛子里的米都倒光了。天热，喝这个包你凉快。"他继续搅动着，嘴里还说着，当然这里比不上城里，入乡随俗啊之类的话，又有几个人跑来看，他们的面影在稀汤中晃来晃去。

"天热，喝这个凉快，你们就——"

到了最后，只有为数不多几个人喝了几碗稀粥，尽管余德利再三动员，他们还是不为所动。他们看着余德利仰起脖子，喉结翻动着，嗓子眼那儿咕噜咕噜作响。稀粥并不像余德利夸得那样好喝，那股涩味几乎使侯力难以下咽。大概是用山水煮成的缘故吧，侯力喝完没有说话，他只是看着面前站着的那些人，他们正用眼睛看着他。

对面站着的彭小树忽然想起什么，她打开她随身的那个小小黑色坤包，从中翻出一两块饼干来，那还是她离开她的那个临时住所时塞进包里的。她清脆的咀嚼提醒了很多人，立即有很多人回到了自己的房间翻箱倒柜去了。

155

无论怎样，这顿早餐大家都想了各自的办法对付过去了。

到了这个田地，大家都想到下面就得这样凑合着过了。余德利在例行集体点名的时候（一般是在早饭过后的那一小段时间）发现少了两个人，他一个一个房间地去看，他甚至不顾一切地拉开了女厕所的挡板门，没有，却嗡嗡地惊飞起一层绿头苍蝇。起初他一时还想不起来是哪两个人，还是在一旁的侯力提醒了他。侯力告诉他那个在车上做了噩梦惊叫起来的叫张小蛮，另一个则是黄萍，老黄的女儿。侯力还告诉他早晨在走廊上还看见她们了。

这个时候故事真正地开始了，真是出师不利啊。余德利几乎动员了所有的人开始了寻找，没有人对他的指挥有异议，他们扔下了手中的纸牌，那会儿他们只有打牌，像昨天几乎就打了一整天，那个时候的情形好像是来到这里打牌来了。因为那位叫罗列的家伙仍然没有来，陈词告诉他们，他或许又观察到新的动静了，要在往常，他总是早早回来的。只有遇到新的情况，他才很晚回来，甚至在草地里观察一夜也是很正常的一件事情。陈词在说这些话之前就说明了自己对此毫无兴趣，但是他说，每次回来，我还总能耐住性子听他讲完。因为你们要知道，这里确实没有什么可娱乐的，我总是听着听着就睡着了。

他们打牌的乐趣因突如其来的事情消失了，他们的脸上布满了惊愕和意外之色。

和她们同居一室的彭小树说，她只听见她们说嫌那个厕所脏，然后就出门了。事实上，她们和她没有说过什么话，看样子，她们两个人倒像是老熟人。听得出来，彭小树的语气里还有一丝被冷落的埋怨。不过她很快平静了下来，对问她话的余德利说：

"好吧，走吧。我也去，赶紧去找。"

就这样，彭小树加入了他们寻找的队伍。因为他们初来乍到，对地形很不了解，因此余德利进行了细致的分工，彭小树和侯力、徐峋分了一组，他们负责向西，而他将胡澈归入自己的麾下，往东搜索。另外他恳请陈词，那位陈所长，带一个人前往另一个方向。这件事情的发生的确有点意外，陈词矜持了半天终于答应了他们。另外两个人则向南线而去。尽管冯岫迫切要求一同前往，随便和哪一组，最后他还是被要求待在招待所里。"万一她们要是回来的话，要她们待在原地不动，如果回来一看没有人的话，就更糟了。"余德利对他说，"或许最终是你先见到了两位失踪的姑娘也说不定呢。"冯岫不得不点头答应。

他看着他们走过一个山垛的崖口，消失在树丛的背后。

陈词则牵着他的那条一直拴在屋内的棕色的狗向北边的方向去了，狗腿很高，只见它一跃，便飞过那一片碎石堆。他看见陈所长的影子很快也消失了。他们走后，碎石堆上有两三块干白的石头簌簌地滚了下来。

事情就是这样突然，冯岫和所有的团员一样担心是不是那个传闻中的野人掳走了他们。如果是这样的话，他们的麻烦就更大了。冯岫一边这样想着，一边从他的屋里搬出一张方凳。他选了一个有利于观察的位置坐了下来。操场上的车子静静的，冯岫感觉到整个空气从那绿色的车身开始凝固了，然后慢慢弥漫到他的四周，他甚至听见了自己浓重的呼吸声。车尾后那两道长长的辙印，依旧在，浅浅的，连着南边的那个缓缓的斜坡。斜坡上他们的来路似乎更为模糊，被丛生的杂草所遮没了。

在茂盛的草木上方，西南方向有一座缥缈的山峰，冯岫似乎是在忽然间看到了它，他在想那是不是他们的禺城山呢。山脚下的小城，忙碌的人们，他们是不会知道今天早晨起来的意外的。他们或许还在对那十来个人组成的野人跟踪考察团津津乐道吧。

谁能预料到他们现在的境地呢。其实这个事情都出乎我的意料，我对她们前往的方向和境地，确实也无从把握。她们出于什么原因离开招待所我都无法明了。人物就是这样超出了我的想象力和虚构之地。我的视线里保存着和年轻的侯力一样的影子：她们扭着丰满的臀部和花裙子的下摆从楼梯拐弯口消失。

越过那个枝杈碎石堆积的崖口，余德利和胡澈的视线顺着地势向前延伸着，在他们的脚下是一处低低的斜坡，斜坡上均匀地有几块菜畦，已看不见什么菜的影子，但从一长溜的地里仍可以嗅见那么一丝自给自足的气息。菜畦下接湖水，大大的湖水清得发绿，可以看见水藻缠绕着沉枝和一些石块。沿着这湖可以跑很远下去，他们便往前走，注视着四周的动静，湖水是静静的，偶尔中心会有一两弯小鱼跃出水面，路边的荆棘里只有山石的潮绿的黑影。

他们越过菜畦继续向东而去，愈走愈远。余德利职业性地拽过胸前挂着的相机咔嚓咔嚓地拍着。他们边走着，也没有忘记交谈。而此时的湖里云的倒影，愈来愈多，愈来愈黑，也愈来愈厚。雷声轰隆的，不断从头顶的树梢上滚过。余德利的焦虑是显而易见的，他皱起了眉头，看着愈来愈黑的湖面，又抬头看看愈来愈黑的天空。"看样子，雨马上就要来了。"胡澈对他说道。此时的余德利不知说什么好，他停下了自己的步子。

胡澈还想说些什么，雨已经下了起来。湖面上开始有雨点，速度很快，不容你多想，似乎快过人的思维。雨点像鼓点敲击着湖面，开始有水雾升起，看上去湖水立刻被煮沸了一样。胡澈拉了一下余德利的衣角，然后两个人躲进了一棵榉树的树冠之下。

雨很凉，他们都禁不住打了一个寒战。身后的雨点落在草丛上的声音更响，顺着山岩上的流水急剧向下飞驰着。偶尔有一两滴雨点落下来，砸在温热的背或者肩上，使人全身随之一紧。余德利本能性地抱着双臂，微微弯着身子护着那台老式的海鸥相机。而胡澈的那动人的胡子由干燥变得潮湿。

他们觉得自己说话的声音倒有点凉了。

余德利嘴里一个劲地重复着一句话："不知道他们怎么样了。"

不知道他们怎么样了？

胡澈对此觉得无话可说，唯一的希望是雨尽快停下来，他们才能够继续他们的寻找。但是雨似乎一点停的意思也没有，湖面的水雾腾得更高了，水里的声音也更响了。

实际上这里离招待所还不是很远，如果踮起脚尖还能看见它的乌黑色的半蓬形屋顶和一扇圆口窗。但是他们不可能返回了，因为刚才路过的斜坡现在变得很滑，更为重要的是斜坡过后，他们还要爬过那道崖口，雨后的崖口更加难以逾越。显然他们有点进退两难。"聊点其他的事情吧。"余德利这样提议道,因为这实在无法可想,只能说点什么,也总要说点什么将时间打发过去,将雨打发过去吧。余德利的提议他自己也觉得很滑稽,其实在他观念中,聊天应该是件自然而然的事情,而不需要什么提示或者提议的。他觉得自己的话多少有点荒唐,可是话已经出口,他只能等待对方的回应。胡澈的回话则十分干脆,他说:"好吧。"

就是在这等待雨歇的间隙,胡澈跟余德利讲了一个故事,余德利听后没有为之感到惊讶。(他似乎有点印象,仿佛在什么地方模糊地听过,又好像没有,听胡澈这么一说又像是确实是听过了的。)总之他觉得这个故事其实也并不新鲜到哪儿去,只不过,他没有办法,因为总要说点什么。他不说的话,胡澈也会说些什么的。

下面就是胡澈讲的故事。

这个故事发生在一个星期前,地点我就不说了,因为这种事在哪儿都可以。说起来其实也不稀奇。一个乡下的菜农在赶晚路的时候捡到了一个皮夹,他起初以为是一个土坷垃,用脚踢了踢。他捡起皮夹后,里面有一张照片,借助星月的光可以看到那是一个很标致的女人,正冲着他笑。那些发票,由于这个老实巴交的菜农并不识字,他不知道那是一些什么东西,但是里面的钱他是点了点的,总共五百六十五元零四角。他坐在路牙上等了很长时间,没有等到人来,就挑着他的菜筐走了。几天之后,这个皮夹开始放在他的菜筐里,他开始不再用一个红塑料袋来装菜钱了。这果真是一个体面又实用的东西。皮夹里本来的东西原封不动,他其实只用其中的一

160

个夹层而已，一个夹层装他的那点小钱显然足够了。

次日他和往常一样在街头开始了他早晨的忙碌。皮夹是淡蓝色的，看上去很惹眼。马上就有一个人注意到了，他在菜农的菜筐附近转来转去，最后将皮夹一把从菜农的手上夺了过来，他看清楚了那确实是他的皮夹子。菜农打开皮夹给一个白净高挑的少妇找零钱的时候，那张照片他认出来了。那个白净高挑的少妇掩了掩鼻子，因为旁边的那个探头探脑的人脏兮兮的身上冒出一股难闻的酸臭味，她脸露惊讶：大白天竟然有人抢东西。菜农的脸色更为难看，他看着那个皮夹被那个叫花子抓在手中。旁边就有人开始打抱不平，说："一个臭叫花子，胆掉了，光天化日抢人家的钱包。"边说，边就过来夺。菜农却愣了大半天不知所措。又有旁边的几个买蔬菜的过来了，总之大家臭骂那个叫花子，并且有一个小孩还狠狠地踢了他。他们认为这个叫花子太过分了，欺负乡下的一个菜农。

"人家起早贪黑的，不容易。你一把夺了过去，什么道理嘛。"

叫花子似乎并没有听见他们的话，他喃喃自语，翻看着钱包。

他始终拽得紧紧的，那些打抱不平的人和他扭成了一团。直到菜农说，不要打了，那是他的。菜农的声音很大，像一个空中炸雷。大家把叫花子松了下来。叫花子蓬头垢面，坐在地上，衣服本就破烂，再加上撕扯更破得不成样子了。

那些人像是炸蒙了，定着眼睛看菜农。菜农说："那是我捡来的，他来了就给他吧，反正我也没有存心要这个玩意。"菜农脸上显得很平静，他一屁股坐在了柳木扁担上。他又掉头对那个叫花子说："那个，你把我的菜钱给我。"叫花子从地上站起来，出人意料的是，他只要了里面的照片，皮夹又还给了挑扁担的菜农。

刚才那些摩拳擦掌的人已经散了，那个白净高挑的少妇也不见了。只看见叫花子在一条脏兮兮的菜市场甬道上走远了。他的破裤子上沾满了地上的污物，嘴里叽咕着"我的女人呀，是我的女人"之类的话。菜农从扁担上站起来半天没有回过神来，有人开始买菜，他才迟迟疑疑地拿起那杆碎花小秤。后来这个叫花子很少在这附近出没，谁会注意一个叫花子呢。

人们后来慢慢了解到了，那是他们在报纸上看见的，上了报纸的叫花子显然不是一个普通的叫花子。报纸上的压题照片正是叫花子，想不到他原来竟然是一个很有钱的人。压题的照片有两张，形成了今昔对比。过去的他珠光宝气，声色犬马，完全是富豪的派头，而另一张照片上，他目光呆滞，全身褴褛，在街头踯躅。

后来有人在府城路上的一家便民小吃店看见了他，因为报纸的缘故，大家都能一眼认得出来。或许那个小吃店的老板就是出于同情而收留他的吧，他戴着一顶白色小帽，在餐桌间来来回回地穿梭忙碌不停。几天之后，他不辞而别消失了，谁也不知道他究竟去了哪里。

花开两头，各表一枝。且说胡澈在跟余德利躲雨讲故事的时候，那边向西搜索的侯力、彭小树他们也被雨堵在了一块山石下面，他们像两三只动物那样蜷缩在一起。茅草湿漉漉的，像流水一样在电闪雷鸣中哗动。侯力在依稀之中仿佛看见了无数的虫豸在飞奔，飞奔呀飞奔呀，一阵飞奔过后，恍惚中看见了那两具尸体，变成了白骨横陈在石头上。虫豸们又奔向了另一个方向。彭小树显然是一个话多的姑娘，她的话打破了侯力的思绪。而旁边的徐峋一直锁着眉头，盯着外面的雨。又来了一阵风，他们不约而同地打了一个冷战。

彭小树几乎被他们夹在中间，尽管如此，她的身上已经淋湿了不少。衣领里的肌肤上面滚着水珠，从衣衫外面可以看见她内衣清晰的轮廓。她用手撸着手臂上的水珠说道：

"你们知道吗？昨天晚上，她们两人鬼鬼祟祟的。"

"哦？"侯力和徐峋的注意力被吸引了过来。

"大前天上车前，我就发现这点了，这其中肯定有些什么。她们在报社的走廊那儿说了好半天的话，我走过的时候，她们又不说了。后来拍照的时候，她们并没有站在一起，直到上车找座位，也是各找各的，好像并不认识一样。可是我看见过她们的交谈，她们的样子一点也不像是萍水相逢的陌生人。我就是弄不懂，她们为什么要佯装呢？为什么呢？"

说到这儿，彭小树思忖了一下，又继续往下说道。

"我和她们住在了一个房间，原以为我们会很快熟悉起来的。奇怪的是，刚到的那天她们一整晚几乎没有跟我说过一句话，好像我压根儿就不存在一样。我当时内心里窝着一团火，要知道房间的打扫工作几乎全是我干的，你知道她们在干什么吗？

"她们在嗑瓜子。我就说了，你们不能动手帮下忙吗，再说又不是我一个人住。

"她们似乎无动于衷，根本不和我搭腔，依旧嗑她们的瓜子。

"后来两天里她们仍然没有和我说什么话，我注意到她们出门时，总是一前一后出门，即使出门后，也保持着距离，一点也没有在屋内的那种亲热。你们没有看见，她们的亲热有点让我恶心，譬如给她解胸罩，她给她解。如果我正不在那屋的话，她们给对方洗屁股都有可能。"

"真的！"彭小树说，很显然她充满一肚子的怨气。

"今天早晨，我醒得早，我到陌生的地方睡不着。一个礼拜才能适应过来，我的适应能力差。我醒来后看见她们已经起来了，她们唧唧呱呱小声地说着什么，我假装睡着了，闭着眼睛，听了半天也没有听清楚她们究竟在说些什么。窗外有鸟叫，很好听。

"然后她们没有声音了，我在床上仄起身子，她们的身子光溜溜的，室内的光线很暗，看不清楚，总之身上穿得很少，然后我就看见她们给对方拉拉链。我听见了咕吱咕吱的拉链声。她们大概听见了我这边的动静。便说着这里的厕所太脏呀什么的。

"但是我能感觉到抱怨话是说给我听的。

"然后她们就出门了，鬼知道她们究竟是去哪里。"

彭小树的话分散了侯力的注意力，他的脑海里的那些凌乱的思绪一下子没有了，而徐岣默不作声，他似乎在想着其他的什么心思，当侯力问及时他又不愿道明。没有说话声，只有雨水的声音，浓重的呼吸的声音，沉默，持续的沉默。

也不知道他们这么沉默了多久，好在雨终于停了，草地湿意漫漫，彭小树的裙角很快就被打湿了。泥沙小碎石钻进了他们的鞋子里，走两步，他们总要弯腰将它们抠出来。

他们通过一片茅草地的时候，看见西北方向的丛林里有一个人影奔了出来。

来人显得惊慌失措，摇摇晃晃，她所经过的树木和荆棘跟着摇晃着，她边奔跑边大声哭泣着，一直到了他们的身边，仍然没有停止她的哭泣。是彭小树认出来了那边过来的影子，是的，她的确是黄萍。黄萍的头发显得蓬乱不堪，上面还挂着枯枝败叶，裙子上面沾有污泥，甚至她的一个指头开始往下滴血，她都全然不知。可见她刚刚经历了什么。

她的脸色惨白，惊喘未定。过了好一会儿，她才慢慢地从惊恐中恢复了过来。在叙述事情的整个过程中，她始终都没有搭理彭小树，即便彭小树向她问了好几个问题。侯力和徐峋无暇顾及这里面的关联，他们只想黄萍的叙述清晰一点，以便他们尽快搞清楚究竟是怎么回事而及时地采取对策。黄萍一边抽泣着一边开始了她的讲述。

"我和张小蛮认识的时间其实不是很长，但是我们很投缘，好得像姐妹一样。从她在车上做了个噩梦开始，我就觉得自己和她联系在一起了。我知道我是一个好奇心很强的人，我想知道她到底做了一个什么梦，这个梦对于一个女孩子意味着什么。我经常被此困扰，开始的时候，她一直守口如瓶，不肯说，我也没有办法。但是我还是充满了好奇，那种好奇心就像我们对野人感兴趣差不多。今天早上，我没有想到她要揭开这个谜。

"我们出门后，一边走一边讲，我们愈走愈远了。张小蛮说她梦见了她的父亲，那是她的继父，她的父亲在她八岁半的那年冬天

165

死于一场车祸，她很爱她的父亲，她说到她父亲的时候，眼睛闪着光亮，她父亲的脸几乎被撞碎了。张小蛮说她以后做梦开始的时候还能梦见父亲长什么样子，跟生前一样，后来就总是看见一个头部血淋淋的人在她的梦中出现，那个血肉模糊的人呼着她的名字，给她带来好吃的，好玩的，还会她俯下身来亲她。和以前一样，就是血肉模糊看不见脸。张小蛮说她的父亲是很好看的一个人，最后竟然没有了脸。

"后来她的妈妈和供销社的一个售货员好上了，并且很快张小蛮多了一个弟弟。张小蛮弄不懂她的妈妈怎么会和那个人好上的，那个人一点也不好看，脸上还有麻子，还经常打她。"

侯力显得很着急，他大声打断了黄萍的叙述："你说这些干什么呢？我们想知道她现在人在哪儿！"

黄萍被侯力的突然打断惊醒了似的，她马上变得有点支支吾吾的了，脸上忽地漫上惊恐之色。

她用手指着那边的丛林深处，说："在那儿——她掉进去了。"

她继续说道："张小蛮和我说了很多，我刚才说了嘛。我们很谈得来……"她的梦讲完后，又说了些其他的事情，侯力注意到，黄萍说到这儿的时候，她的眼神瞥了一下旁边的彭小树，而彭小树并没有觉察到对方的眼神，黄萍的眼神里含着一丝鄙夷。

"然后我们发现我们迷了路。我们记得好像是往回走，可是就是走不出去，好像进了迷宫一样，就像去年我在植物园里迷了路一样。我们急坏了。张小蛮和我一样紧张，她的嘴唇和我的嘴唇都发了紫。

"我们坐在地上哭了起来，也不知道过了多长时间，反正后来又下了大雨，我们窝在一块大石头下面。其实旁边有一个山洞，洞口长满了荒草，还有些野果。但是我们谁也没有想到要到里面避雨。总之，荒草之后黑洞洞的，看上去很危险的。我们就窝在那儿，团在一起。张小蛮向我打听着乡下的事情，我从小在乡下长大。乡下的事对于张小蛮来说很新鲜。过了很久的工夫，雨停了。到处湿漉漉。

"然后我们就努力地往外走，我们喊了半天，四周什么声音也没有，死寂寂的。

"如果不是一只野兔子，也许是野兔子，也许不是，反正是一个什么东西，我们也没有看清楚，它一蹿，把我们吓坏了，我们便飞跑起来，如果不是它，我们可能还在原地打着转转，也不至于发生这种事情。我跑起来还是很快的，我初中的时候参加过田径运动会拿过奖的。或许是过于紧张了，但是我听见后面扑通一声。我回头看时，张小蛮不见了。我只看见草丛藤条的影子。

"她就这样掉进去了。"

黄萍说完，又禁不住哭了起来。

到傍晚的时候，人们一无所获，他们各自从原地返回到了招待所。每一个人都显得疲惫不堪，但是谁也没有抱怨什么。张小蛮的突然失踪令他们多少有点紧张之感，因为这其中不排除张小蛮被野人掳走的可能。而对野人的了解，每一个人对此掌握的依据都是来自报道，作为真正的知情人罗列三天来一直没有露面，按照陈词的说法，极有可能是野人再次出没了。余德利自作主张地召集了大家碰了一下头，研究一下对策。

　　他先汇报了一下自己和胡澈的搜寻，他们的搜寻因为一片湖水的存在，而难度小了许多。事实上确实如此，譬如往西方向去的侯力和彭小树、徐峋他们的经历要坎坷得多，因为遍地草丛，可谓披荆斩棘。"我们围绕湖几乎走了一遍，因为这是一条唯一的道路，如果她们要往这边走的话，也肯定是这条路。当然，我们一点也没有放松对旁边的警惕，生怕疏忽了哪怕一寸的地方。湖很大，我们绕着走了很久，中途又躲雨。就这样，然后就碰见了你们。"余德利说的你们，指的是往西搜索的小分队。他和胡澈看见他们的时候，黄萍正蹲在地上大声哭着。手指在她的奔跑中被什么东西划伤了，正淌血。侯力给她包扎的。然后他们就跟在黄萍的后面，去寻找那个陷阱。最后陷阱找是找到了，所谓的陷阱就是一个坑而已，但是里面根本没有人，里面有些碎泥和杂草。陈词和另一个人回来得最早，他们回来的时候，老头他已经歪在椅子上睡着了，嘴里流下了口水。因为陈词对向北的方向轻车熟路，很快回来也在情理之中。他听见侯力问他那些陷阱的时候，他立即矢口否认了。从他的脸上的表情看得出来，好像对此确实一无所知的样子。可是谁知道呢？胡澈心里就这么想的，他认为陈词在此生活了这么多年，至少要比他们了解得多。往南去的三个人，他们的行程更加简单了一些，他们谁也不愿先开口，推来推去，最后还是那个方脸的说话了，他说他们几乎沿着他们来的路线走了一遍。他们经过了几座桥梁、丛林，直到走得腿酸为止，然后他们就返回了。

"在返回的路上，我们还是有收获的。"他喝了一口水继续说道，"我们看见了好几个村庄，使我们相信我们这地方（他是指招待所）并不是那么……"他想表达与世隔绝的意思，想了半天才道出了一个词汇：人迹罕至。"我们几乎走遍了那些个村庄，他们说着难懂的方言，不过最后我们还是通过手势了解到了他们根本没有看见什么姑娘，一个也没有看见。然后我们就回来了，回来的时候，看见他（陈词）正和老头说话呢，就这个情况，然后我们坐在走廊上聊着聊着，你们就回来了。"

　　各自叙述完后，整个空气中一下子忽然又凝固了，有人开始抽烟，有人咳嗽，有人低语，有人数指头。黄萍在旁边低低地哭泣着，声音很小，肩膀在一耸一耸的，过了好大一会儿，彭小树说话了，她的声音几乎吓了大家一跳。

　　"如果那个家伙回来就好办了。"

　　大家都知道她所说的这个家伙就是罗列。可是到现在为止，罗列仍然没有出现，陈词也不知道为什么。他说："这种情况比较少见，我是指他三天不回来，的确比较麻烦。"然后大家看见陈词锁紧了眉头。坐在一旁的冯岫沉默了半天，他对侯力说："我看啊，你们应该将这件事情及时地汇报给报社领导。"侯力看了看余德利，余德利的脸紧绷着。

　　"报社领导会想到办法的，我们这几个人要办法没办法啊。再这么找，也没辙。"

　　冯岫的话马上引起一部分人的附和，大家七嘴八舌的："报社那边知道的话，他们会联系有关部门的，这毕竟是你报社组织的一

169

次活动啊，现在人丢了，责任是免不了的。只要他们联系了，就好办了，说不定还出动警力呢。有了部队，事情不就好办了嘛。从现在情况分析看，姑娘有百分之八十的可能还活着。"

就有人问："那百分之二十的可能呢？"

"是或许被什么东西吃了。"

大家都打了一个激灵。在一旁的黄萍的哭声立即大了起来，而侯力仿佛又看见了那堆白骨。胡澈和徐峋在一旁抽烟，烟缕在空中转了很多圈圈。有人推了一下余德利："你还不赶快联系，这事情当然宜早不宜迟了。"余德利站起身来，他胸前的相机晃荡着。

他开始打手机，可是手机里什么声音也没有。

在一旁的胡澈忽然开口告诉他说："你不用打了，这种地方是收不到信号的。"

他看了看，手机上果然没有一点信号。

侯力是在忽然间想起了昨天看见的那部老式电话机的，昨天午后他一个人在房间里看了一会书，觉得很闷就出来走走，走廊上他们几个人正赤膊打牌，看上去兴致很高的样子。他掩上房间门，他的身后传来一阵一阵鼾声，鼾声很响。冯岫说这是他的习惯，每天一个午觉，一年四季雷打不动。侯力从他们光赤的身子边走了过去，经过张小蛮她们的房间的时候，他清晰地听见了黄萍和她的笑声，她们的笑声在侯力听来似乎显得放肆了点，或许的确是一件什么快活的事吧。侯力第一次感觉到女人间的秘密对他的吸引，那究竟是什么样的事使她们这么快活呢。他站在走廊上，看着远天的云彩想着。

他站在走廊上，过了一会儿他就离开了，与其说是他们那边的打牌声使他有点心烦意乱，还不如说他自己对现在的处境一时无所适从罢了。草坪上闪着一处又一处的水洼，无名的小鸟落在地上，快快地移了一阵，又忽地腾空而起。有一只狗过来了，狗高腿细身很健硕的样子，它脖套上的绳子在那个陈所长的手中。他和它向那边去了。车子还固定在远处，侯力似乎看见茅草包围并且攀缘上了那漆黑的轮胎。侯力仿佛又看见了他们下车的情形，那时候他们跳下地，显得莫名地兴奋，甚至还有一丝紧张感，譬如他自己就是这样，紧紧地抓着包带，手心还直发汗。然而，起初的兴奋也好，紧张也好，都已经消失了。

至少他是这样的。在出发前，他知道那个叫罗列的人会在招待所等他们的，然而他们来了，他却没有出现。他们有点像搁浅了船只。侯力在心里说，这是件荒唐的事情。他只在心里说，其实大家都明白了这一点，可是谁也不说它，他们只好用打牌来打发时光，心怀希冀。既来之则安之吧，这可能是大部分人的想法。侯力就这样想着，边开始他自由的晃荡。

他是无意间走进那间房间的，房间在走廊的另一侧，门几乎开着，里面的光线很暗淡，但是还能看得清楚里面简单的摆设：紧靠着里侧的是一张床，床上有蚊帐一顶，但已经发黑，东边有一张桌子，桌子上放着一些日常用品，譬如梳子呀什么的。侯力看见那部老式电话机就摆在桌子上，从机身沾满了灰尘看出很显然这里的人已经很少和外界联系了。

"不知道行不行？"

"我也不知道，什么时候用的我都忘了，你们就去试试看吧。"

陈词边往屋里走边对余德利说。侯力跟在身后。

电话几乎原封不动，他们看着陈词从旁边拽过来一块抹布，将它擦了擦。电话交到余德利手里的时候，看上去像新的一样亮了。随后陈词将凳子拽出来，并也用抹布擦了。他一边看着余德利拨电话，一边示意余德利坐下来。余德利并没有理会，他似乎想立即和电话里的人说上话。这个事情确实着人急。

电话终于通了，但是过了很久也没有人接。忙音很微弱地在余德利的耳朵里跳动着。他又重新拨了一遍，仍然如此。

"或许那些家伙睡着了。那是一个小邮局，在五十里外。小罗经常去那儿寄信。他和他们很熟。你想，这地方山高水远的，也没有多少屁事，记得小罗每次回来，总会带来些关于他们的笑料的。这个事情，看来急不起来，你看呢。要么，过一阵再打吧。"

陈词看着小伙子忙碌着的手说。

侯力白皙的手背上正暴露出一条条青筋，像蚯蚓一样在蠕动着。他垂下头，又拨了一遍，将话筒贴在耳边听了一阵，然后也不得不放下了手中的话机。

司机小刘正在安慰黄萍，他仿佛是忽然间出现的。他扶着黄萍的肩膀，黄萍的哭声开始小了下来。两三天来，小刘是怎么和黄萍好上的，简直是一个谜。侯力当然也感到奇怪，电话始终没有打通，他只得和余德利重新返回到走廊上。小刘正贴着黄萍的耳朵说着什么，声音很低，那样子显得很暧昧。随即侯力看见黄萍将小刘的手从肩上移开了，尽管如此，司机小刘依旧站在黄萍的身后，他的膝盖几乎贴着她的后背，看得出来，黄萍似乎对他的膝盖充满了温情。小刘垂手看着侯力和余德利走过来，其他的人也盯着他们两个人的脸，他们的表情有点木，侯力有点不习惯这么多人看着他，眼神里含着逼问的意思。其实从昨天晚上开始就有人发牢骚了。现在的情况竟然是这样的，同来的姑娘忽然间失踪了，而所谓的野人一点眉目也没有。现在的境地就像是泥沼，大家都深陷其中，难以自拔。其他几个人又开始打牌了，纸牌这几天还正是帮了他们的大忙。另外几个人像在聊着什么，看见侯力和余德利过来了便停止了低语。冯岫教授看上去似乎在打盹，身体斜靠在椅背上，胡澈坐在他的旁边，他座椅的椅腿毗邻司机小刘的脚。他们在刹那间静止了，看见余德利摇了摇手之后又恢复到叽叽喳喳的状态中去了。

大家就这样几乎在这种叽叽喳喳的状态中在此地度过了三个夜晚，两个白天。白天比夜晚更加漫长，更加令人不安。

白天的搜寻仍然一无所获，现在天又慢慢地晚了，大家似乎对天上绚丽的晚霞和这里独到的晚景厌倦了，他们耳朵里似乎只保留着能听得见的那长长的勺柄搅动的声音，长柄勺嗑动他们碗沿的脆音一响，意味着一天就宣告结束了。他们显然对此已经要求不多。只希望在夜色降临前，能看见有人从草坪的那头走过来，无论是谁。他们有的坐着，有的蹲着，有的站着，边很响地喝着稀粥边张望着草地的那一边。夜色像一层薄翼慢慢地披上了他们的肩头。走廊上的人影慢慢稀了，有人回到了自己的屋内，那边的灯亮了起来，然后听见门的吱呀声，还有碗盆的碰撞声，说话声有点模糊，但是仔细听能听得见是谁的声音。

草地上似乎星星点点地响了起来，那边的山阴树影些微地摇晃着，有人抱怨着天气无常就转身进了屋，拖鞋和凳腿移动的声音，显得十分清晰。

侯力仰首向天，他感觉到自己的脸上有两三点潮湿的雨点。整个走廊以及走廊外面忽然间只剩下侯力一个人了，他伸出手臂张开手掌，雨点大了起来，很有力地打了一下他的手心。屋内的灯光照过来了，侯力觉得雨点像一颗颗星星斜落下地。

就在他准备也转身进屋的时候，他禁不住叫了起来："大家快来看，谁回来啦？"

他的声音因为激动而显得有点不能自制，大家都听见了年轻人有点颤抖的声音。所有的门在侯力的身后打开了。

"谁？张小蛮？就是她。"

张小蛮走过来了，她的走路姿势和她愈来愈近的表情使大家从心里吁了一口气。在她的旁边还有一个人，陌生人比张小蛮稍微高一点，长脸，高鼻梁，浓眉大眼。还没有等大家问话，他就自报了家门。

"我是罗列。"人们似乎在一瞬间忘记了罗列是谁。他们的思维还定在张小蛮失踪所带来的危险与顾虑上，就像面前突然出现的墙垛挡住了本来的去路。事实上，这堵墙是虚妄的，它并不存在。

首先有人问张小蛮是不是被他从陷阱中救出来的。张小蛮被问得莫名其妙，她脸上充满诧异之色："什么陷阱？哪来的陷阱？"大家一下子迷糊了。余德利将情况讲了个大概之后，他问张小蛮究竟去什么地方了。他又说了诸如这地方人生地不熟，初来乍到的，理应不要乱跑，让人不好组织，不好交代，还害得大家提心吊胆的，云云。他的语气很显然有点严厉，大家都觉得这种口气对一个妙龄女子也不为过，然后大家都要求张小蛮说说她早上出门后究竟去了那里。"你不知道哦，我们倒担心死了！大家处处找你。"这是彭小树在人群里说。张小蛮说她的肚子实在饿了，等我们吃点东西再说吧。她说的我们自然还指罗列。罗列舔了舔他的嘴唇，还眨了眨眼睛。有人很快就将两碗可以照出人影来的稀饭端到了他们的面前。稀饭仍然有股涩味，张小蛮没有办法，她只有喝下去了，而罗列脸上是司空见惯毫不在乎的表情，看得出来，张小蛮很快亮出碗底是因为食物的难以下咽和自己的无奈，而罗列则是有点饥渴难耐。

张小蛮喝完后，有人问她还喝吗，她连忙摇手说不了。

原来情况是这样的：张小蛮和黄萍起初出门，的确是想找一个地方解手，她们想起了招待所厕所里那些绿头苍蝇和臭烘烘的味道，就感到恶心，然后她们就沿着屋后的一片灌木丛小道走远了，黄萍缠着张小蛮问，她在车上究竟做了一个什么梦。

"她的好奇心令人吃惊，真的。"其实好奇心谁没有呢。

张小蛮的眼光扫视了一下围着她的许多脸，那些脸上也同样充满了好奇的表情，他们期待着张小蛮继续往下说。

张小蛮被黄萍缠不过就跟她讲了那个噩梦，也就是她梦见自己的父亲死于车祸，实际上张小蛮是不想再提这些旧伤疤的事，因此脸上愁云满布，也是自然而然的。黄萍似乎因为触动了她的伤心事而感到了一丝歉意，她主动将话题引开，说她要告诉她一个秘密。张小蛮的注意力果然被引开了，她的表情生动起来。"她和小刘好上了。黄萍话音里有一种压抑不住的欢快，我完全能感觉到，但是我开始没有反应过来究竟谁是小刘。"张小蛮说。作为朋友，张小蛮当然为她感到高兴了。她们就这样一边谈，一边走，不知不觉，也不知道走多远下去了。她们谈得很投机，但是黄萍每每问起张小蛮有没有朋友（男朋友）的时候，张小蛮总是巧妙地避开这个话题，张小蛮很显然不想谈。她们一时竟然忘记了解手的事，后来如果不是一个人的出现，她们还会走下去，愈走愈远，她们都觉得她们之间的话题就像脚下的路一样漫长，遥无止境。

"那个人是谁？"

他就是小刘。

小刘的出现打断了她们的话题，小刘的样子显得很憨厚，站在那儿，身后是山石树木的影子，映衬着他固执的身影。小刘看着黄萍的眼神很软，很柔，这使得张小蛮心中怅然若失。他们没有注意到这一点，这个时候，他们的注意力只有天和地，还有他们自己，显然爱情使他同时疏忽了张小蛮。黄萍已经从张小蛮的身边向那棵树下的小刘走去，她甚至没有跟张小蛮打声招呼，就挽着司机小刘的胳膊继续向前。张小蛮看着两个人偎依的背影消失后，她便沿着来时的路返回了。

走在回头路上的张小蛮心情复杂，刚才两人的默契感消失了，只有突然而至的孤寂，和一丝难以抵御的恐慌。四周的树木山阴不再像刚才那样了，开始的时候，她们边谈边环顾四周，一切是那么宜人，赏心悦目，她在心里还为这个深山丛林里早晨漫步的氛围感动和喜欢呢。似乎是忽然间，一切发生了变化。偶尔不知什么地方传来的一两声鸟叫，也使她有点心惊。张小蛮第一次意识到自己的胆量原来是那么小，她甚至对她以前做的事情感到了不可思议。

"我是实实在在的一个胆小的人。用胆小如鼠一词形容恰如其分。"

张小蛮舔了舔她的嘴唇，她的嘴唇透出一点性感。

当时的张小蛮十分矛盾，她没有想到自己会陷入这两难境地。她不敢向前，因为她觉得眼下的路和她经验中的路愈来愈不符合，一个人只要经过一个地方，当他第二次经过的时候总有些标示会提醒他。她环顾四周，那些标示消失了。她如果向后的话，她自己都不敢保证自己是否和黄萍他们走的是同一条路。即使走对了，她似乎仍有点犹豫不决。她担心自己打搅了他们的好事，还有甚至他们会嘲笑她。是张小蛮的自尊使她左右为难。

她在心里甚至责怪起黄萍来，起初解手的提议就是她先提出的。她记得自己当时没有什么尿意，由于这地方的偏远和卫生状况，她要比以前大大减少了摄水量。她自控住了。到这一步，没有办法。张小蛮跟她出门，是碍于一种情面。更为重要的是，张小蛮慢慢感觉到黄萍和小刘的那个情形似乎是先就约好了的，她认为自己只是陪黄萍走了一段路而已。路走完了，她自然就离开了她。也许是小刘看见她们出门，然后从另一条路跟上来呢。男人会这样做的。张小蛮这样假设，是不想削弱在内心里保存的黄萍的那一个纯朴可爱的形象。事实上，她们确实互为吸引，各自都喜欢对方。

但无论怎么说，当时黄萍确实丢开了张小蛮向小刘走去，使胆小的张小蛮陷入一个进也不是退也不是的境地。"当时我正想骂她两句。她人呢？"张小蛮一直张望着，她的大眼睛显得十分迷人。"还没有回来？"她问道。

　　"他们？他们早回来了。"

　　黄萍为什么说张小蛮掉下陷阱呢？据黄萍自己讲她认为这样夸大事情的严重性，大家才可能倾巢而出。侯力将黄萍的房间门推开的时候，他看见小刘正和黄萍在一起。他们的样子一点也没有紧张感，张小蛮能回来似乎在他们的预料之中。事实上，他们起初的紧张和惊慌是真实，黄萍的哭泣也是真实的，他们确实也意识到了当时问题的严重性。只不过听见侯力在楼下走廊上有点激动的叫声，他们才真正地如释重负。黄萍之所以和他们讲子虚乌有的陷阱之类，除了引起大家一致重视之外，当然还有她的另一层考虑，她不想自己和小刘好的事让其他的人知道，她觉得当时自己还没有完全拿定主意。因此在她的叙述里是没有小刘的，只有两个姑娘的山里早晨，起初清新自然的散步、说话，后来的惊慌失乱。

　　我刚才说过，在人们的通路上有一堵墙的存在，挡住了人们的去路，现在原本就不存在的墙消失了，那条明朗的道路从荆棘中暴露出来。大家开始意识到罗列的存在，他们忽然间想起罗列是一个什么样的人了。毫无疑问他们意识到了罗列对于他们存在的重要性，他们的视线转移到了罗列身上。此时的罗列已经悄然离开了，他正和陈词坐在他的房间里。他的房间在最东边，人们一直以为那是一个废弃不用的房间，里面大抵装些杂乱的东西而已。事实上错了。罗列的房间虽谈不上什么整洁和十分的井井有条，但是还是一个房间，里面的空气还荡漾着人的气息。总之并不是如大家想象的那么糟糕。

墙上贴满了报纸，报纸上的图片已经模糊不堪，尤其是贴上北墙的那几张。就在那几张报纸上留有后背和头磨损的样子，看得出来罗列的一点习惯，譬如说睡前倚着墙想点心事什么的。临着北窗的一张桌子上放了一些书，还有卷了脚的纸张，种种迹象表明罗列是一个勤勉的人。在这种地方还能看见一些书，这让大家心生些许惊喜，他们都不清楚为什么各自心里因此而有了一种安全感。确切地说，关于野人的一些事实，人们乐于听一个知书达理的人来讲述，而不是一个无意中见闻的莽汉诸类。还有一点更为重要的，大概是人们目睹了曾经写出了一篇篇精彩的报道的人，几乎这些人中都深有印象，能从头至尾讲出关于发现野人行踪等相关的事来，那样子就像自己亲历了一样，这当然得归功于眼前这位略显瘦削的人准确而有效的描写。竖着的椅子背挡住了另外一些东西。罗列打开了窗户，夜色在窗外涌动着。有些枝叶很生动地探着头，似乎要伸进窗来，夜色在它们的背后继续涌动着。

大家有的站着，有的已经找了位置坐了下来，屋子里一下子显得有点拥挤。尽管如此，大家没有点声音，相互间都能听见呼吸声。罗列没有拿腔捏调，直接陈述了三天来他观察的过程和结果。在讲述中他再三表达了自己为三天来给大家带来的不便感到歉意，这让大家过意不去，有的人甚至感到了羞愧，因为那些牢骚话的缘故吧。

罗列讲述的这一次观察，跟在报道上写的任何一次都很类似，但是大家还是听了进去，事实证明，他们对此确实是兴趣盎然。虽说在罗列那儿每一天都很相像，甚至重复，但是毕竟日日不同，当然这表现在一些细节上。

譬如罗列讲到他用大草篮渡过河的时候，大家几乎都被这个场景迷住了，所有人的表情都说明了这一点，包括陈词在内。罗列所说的是一条河，他在报道上曾经对此描述过，河面很宽，很宁静。他曾经还引用了古人的一个词汇：环顾寂然。"这条河离这里（指招待所）很远的，在河这边，可以看见河那边的动静。明天带你们去看看，可以看得见他们出没的影子。"

"不过他们一直三三两两地出现，好像从来没一起出现过。这让我一度迷惑。因为据我从一些资料上看来，他们是很讲究协作精神的。

"事实上，我一直想过去看看，我以前报道和摄影都是基于隔着一条河的基础上，我想让一切再真切些。有时候河水上涨，我更加不知深浅。

"对不知深浅的地方，总要让人胆怯三分。"

罗列像是做了一个总结，之后，他又继续说道。

"我当然曾经也尝试过游过去，我每次游到了河心的时候总是半途而返，前功尽弃。我总感觉到自己与水的战斗是不理智的，水漫涣着，总是那么多，距离还是那么长。那边的岸地在我的眼睛里潮湿了。其实我再鼓一鼓气，或许就能到头了，我也知道这一点。

但我就是胆怯，像一层拂不去的障碍。多多少少，这是我的工作，报道也好，研究要好，带来了很多不利。"

罗列终于讲到他蹲在大草篮子里向那边过渡了。大草篮子从什么地方来的，他没有讲及，或许是山里人打草用的也说不定，大草篮子是他的一个灵感。他只是说明了为了使之不下沉，他用塑料皮包住了底部，这花费了他不少工夫。总之，他想办法使大草篮不再漏水。他一上去并不是很顺利，草篮子像船一样摇晃着，由于平衡的关系，罗列摆动双臂仍然没有掌握重心，而不得不几次翻身落水，好在他是一个会游泳的人。几次失败之后，他总算成功了。

大家听得很入神，如此一个有办法很诚恳的人，他们多少放下心来。后面的事情，是罗列并没有见到出没的野人，这让他好生奇怪，在对岸他们的影子他看得清清楚楚，拙笨地对望。他说："我想方设法接近了之后，他呢，反而藏匿起来了。"罗列说他在荒草荆棘里找了很久，也没有找到，最后不得不原路返回。"或许我们明天过去后，大家都来找，也许就不费什么劲了。毕竟一个人的力量有限嘛。"他说着，一笑。这一笑里含着对自己的嘲弄，侯力觉得还有其他的一点什么让人难以捉摸的东西。

年轻的侯力直到和大家一样像从电影院里走散那样回到了自己的屋里躺下，他还在回味着，他总感觉到一丝不对劲的地方，这种异样的感觉从昨天下午彭小树的叙说就开始了，他现在还记得彭小树的话，她说得很平静，一点也不是想要吓着谁，她看来早就拿定主意想告诉侯力真相了。"你知道吗？"她说。彭小树的眼睛尽管不大，但是在说话的时候十分有蛊惑力。她略作神秘的眼神和她说话的时候的表情显得天衣无缝，侯力当时正准备去招待所屋后的那一簇灌木丛跟前撒尿，他被她拦住，并且被拉到了一棵似乎是香樟树的背后，她那种故作神秘的样子使他感到不太舒服，其实他对这个人没有什么好感，他甚至想不起来在报名处有没有见过她，但是无论怎样她从站到水泥球场，然后跨进那辆车的车厢开始，她已经是其中的一员了。她说"你知道吗"的时候，她的声音告诉对方自己有了这个秘密已经好久了。

侯力说："你说吧。什么事？"

彭小树并不知道侯力憋着一泡尿，她以为他一定是闷了，出门散散心。他一点不像他们，也不打牌、也不抽烟，甚至也不怎么说话；而她作为三个女性成员之一，无疑她的境地是和侯力差不多，另外两人并不和她合群，她们有意无意地疏远她，不让她接近。彭小树的孤立使她自然而然地向侯力靠近了。侯力却显得有点不耐烦，他甚至对彭小树妩媚的眼波表示反感，他赶紧转过头去，眼睛盯住那边的一丛野花看。

然后他忽然转过头来，看着彭小树的脸，她的脸很平静，她也看着他，她似乎对自己内心的惶惶不安传达给对方表示满意。"什么？"

"怎么可能？"侯力觉得难以置信，这真是彭小树所想看到的，因为在她看来，所有的人对此都应该是这个表情，惊愕，不知所措，甚至还隐含着一丝自我嘲弄后的无奈感。

"怎么不可能？"彭小树继续说道，她的语气和语态都试图加强这点：这是铁的事实。

侯力微微地张开着嘴巴，他的确不相信。他记得清清楚楚，当初将冯岫吸收进这个所谓的野人跟踪考察团的情形，有人提出过异议，认为这无疑是让一个七老八十的人去冒险，去走钢丝。但是，后来有人说到这则事情的影响力应该是波及各个年龄段，各个阶层，这样的话才能准确全面反映出这个事实的魅力。侯力记不清楚这个狗屁理论是谁先说的，只记得最后人们通过了吸纳这个高龄团员的议决。他还记得自己是同意了的。

他怎么也难以将那个瘦高个的老头，一个禹城大学的教授和一个老年痴呆症患者联系在一起，按照彭小树的说法，他还有些许间歇性神经病。彭小树陈述了自己的观察，她以为冯岫经常那样呆坐着，目光像水抿住了头发。

"难道你没有注意到？"彭小树说。

重要的是，经过她不止一次的暗中观察，她证实了一个更为确凿的事实，那就是他（指冯岫）的确是她曾经护理过的那个人。

"你是说当过他的保姆？"侯力问道。他现在似乎被这一层关系遮住了眼睛。他想：或许，确实是这么个事实。谁说得清呢？大千世界，哪有那么简单。

彭小树"嗯"了一声，算是回应。

正由于他的间歇性是四五天的时间，所以还看不出来。

彭小树继续说道："其实，你不要看我岁数不大，我经历的事儿肯定比你多。"侯力当时没有作声，他在追忆着和那个老头有关的细节，他似乎觉得没有什么不正常。

彭小树似乎洞穿了年轻的侯力的心思，她说："你不知道他发作起来是什么样子。很骇人的。那年夏天，我很快就离开了他的家，老头的学问是没的说，但是或许是这学问多了吧。"她说着顿了顿："你知道怎么发作吗？"

"他来抓我的胸口。"侯力记得彭小树在叙述胸口的时候略显害羞的神情。

"把你身上的衣服撕得稀巴烂，把你的身体撕个稀巴烂，就是这样。据说好几个女大学生也被他抓过呢，那都是他教的学生呀。"

彭小树说她一辈子都忘不了那老头把手爪子伸过来的时候的表情，她告诉他说：

"像一个扭曲的老树根。"

晚饭后有一段时光像一个美丽的空白。侯力总能注意到张小蛮和黄萍的散步，她们总是时而低头，时而前行，时而笑了起来。她们的样子令他有点羡慕。确切地说是她们在不长的时间里建立的关系让他羡慕不已，他总想自己什么时候插到她们中间，闻着她们肌肤的味道，很方便地看见她们笑起来时胸脯像她们的笑一样跳动。侯力总找不到机会，由于胡澈不太会打牌，他还能经常跟胡澈聊些什么。招待所的四周，由于灌木丛、山势的缘故，现在想来，侯力觉得他们的聊天自始至终是绕着暗黑色的墙根进行的。当然这是他的一个粗略的印象而已。

这大概是他想在内心里削弱那段晚饭后的诗意而引起的不良的反应吧，总之，她们不怎么在乎他的神情让他有点莫名的难过。

事实上，在晚霞染红天边的那段绚丽的时间里，大部分是胡澈在讲，而侯力静静地听着，他边走，边感受到草茎摩擦着他的脚面、裤腿。他总希望张小蛮能回过头来，看他一两眼。他对她的楚楚动人的大眼睛难以忘怀。可是没有，甚至连和他在报社一起接过电话的黄萍似乎都不屑回头来看一眼。无论怎么说，他有点心猿意马，胡澈似乎津津有味，乐此不疲。他的故事其实一点也不精彩，侯力还记得它的大概，就是一个富翁沦为一个乞丐。他还猜度故事的主人公大概就是他胡澈本人，因为他说话的语气就像是要人相信那样。

床上的余德利睡得很香，他的鼾声说明了他的疲惫。事实上，他确实累了。他睡在床上，在依稀的暗影中能看见他的样子：就像一张松了弦的弓。

他翻来覆去，木板床吱吱呀呀，他在忽然间有一种冲动，他想应该告诉余德利，他觉得有这个责任，他不想在明天起来以后大家又陷入困境。彭小树说冯老头是间歇性发作，万一是明天怎么办呢。他甚至仿佛在黑漆的夜色中看见冯岫骑在彭小树、张小蛮、黄萍的身上，她们的衣服撕烂了，身上充满伤痕。老头显得歇斯底里，扭曲着脸。

他被自己的想象吓住了，他从床上一跃而起。余德利的确整个都放松了，身体还有面部。这样一个人在来不及关灯的情况下就酣然入睡，可以想象他的身心被这件意外所累的程度。侯力几乎靠近了他的床，最后还是缩回了头。他有点不忍心。

他拉开门，门令他胆战心惊，好在余德利睡得很死，对此毫无察觉。

侯力在走廊上的西侧看见两个人影，伏在栏柱上说话，声音很细小。侯力走近后才发现是胡澈和徐崤。他们刚才在小声地聊着什么，马上就停住了，身后的灯光很惨淡，他们的影子投在了下面的草地上。他们看见草地上另一个黑影来到了他们中间。

侯力说："你们也睡不着？"

他们笑了笑说："是呀。"

侯力感觉到他们的话题的终止显然是防备着他的，可是很快他们又开始小声说了，他想他们的防范显然不是针对他的。他们的确听出来是年轻人侯力的声音。

侯力没有说话，他也伏在水泥栏柱上，他的肘部感受到了那股凉意。他有点贪凉，随后整个的胳膊横在上面，他觉得的确舒坦了不少。

说者无意，听者有心。就是这样，侯力无意间给今晚又增添了烦恼。

"你说，她哪像做那个的。"徐崤继续说道，"不瞒你说，我是上次去外地开笔会碰见的，怎么碰见的，当然不是在车站碰见的，也不是在路边。我们这种人当然不会碰路边鸡的，那不安全。"

徐崤开始讲起他的艳遇，确切说是一次嫖妓的经历。

"她有个花名，叫野兰花。我当时已经睡下了，是单人房间，当然是大家胡吹神侃后的事情了。"刚躺下不久，徐崤就接到了一个电话，电话是一个女孩子打来的，声音十分甜嫩。

"我一听就知道是怎么回事了。还没有等我说些什么呢，她已经边拿着手机说着边开门进来了。说实话，这个事听过，没有见过。一见反而不知是兴奋还是莫名的恐慌，我愣了半天，才把电话返回原位。人就是这样，有了第一次后才了解自己原来是兴奋还来不及啊。"

"她让我叫她小兰，小兰，多亲切的名字。"

徐峋说那春宵一夜一生一世也忘不了的。他甚至忘记了在年轻人侯力面前的忌讳，大谈起小兰的床上功夫。他说她如何如何，总之是一个平时自己的老婆所不能达到的放浪境界。而这个让他津津乐道，回味无穷。徐峋的话使侯力有点不能自己，他感到自己下身的坚硬，抵住那水泥的栏柱。他觉得有点疼，然后不得不移远点，但是他总是感觉到下身坚硬，像一杆枪，暗暗地对准着茫茫的黑夜。

"后来我在禹城购物中心看到过她，那当然没有看错，绝对没错。"

说到这儿，胡澈插了一句："看来她也是在一个城市工作，在另一个城市生活啊。"他的插话似乎表明自己对此也是很在行的。

徐峋似乎沉浸在那次电梯上的巧遇，没有对胡澈的话做出及时的回应，他继续说道：

"就隔两三个人的肩膀，她的耳背后有一颗小红痣，我看得清清楚楚。说到这个红痣，你不知道那可是她的性感痣，是她亲口说的。只要吻吻她的那颗痣，她就像是通了电。她装作不认识我，我当时倒有点紧张，怕她先认出我来呢。事实上，她也许已经忘记我了。"

胡澈又插了一句："你又不是什么英俊少年，哪一点值得人家记一辈子吗？再说妓女是不应该记得嫖客的，这是游戏规则。"

徐峤仍然没有附和，或许暗中已经承认胡澈的话没错。

"你说这个世界小不小，谁想到在这里也碰上了，你说是不是缘分哪？"

他话一出口随即就笑了，胡澈也笑了起来，从他们笑声中判断出徐峤也自觉到自己玩笑了自己。侯力不知道这其中的三个女人中谁是他们叙述中的人。他觉得黄萍不可能，她的父亲是报社大楼电梯工，在报社的日子里他对她多多少少有点了解。而彭小树，他觉得也不像，他也说不清楚为什么自己这么肯定，完全是一种本能性的猜测。最后，那只有一个人。他越往下猜测越是痛苦，他不情愿自己的猜测接近那层事实，他不愿意自己破坏了那个美丽的影像。他坚决要参加这个所谓的野人跟踪考察团组织，起初就隐含着他不能忘怀她的大眼睛，和她高挑的身材下那段性感的脚踝。当然还有她的胸脯。

他的猜测就像一个鲁莽的人把他推到了难以相信的事实面前，而自己很快被自己漫上来的厌恶感所吞没。他甚至闻见了张小蛮身上的淫靡的气息，要知道，他还为她的失踪担心过，还试图接近她，闻见她的体香，为她的大眼睛着迷，甚至还做了和她有关的性梦。忽然间，他感到自己裤裆里那股坚硬软了下来，它垂下了头，就像他不得不承认诗意已被击破，浪漫已经飞走。

他们继续说着，但是侯力觉得他们的声音依稀小了下去，就像裤裆里的事实一样慢慢消失了。他那么空荡荡的，仿佛惊鸟飞后的树权。

　　他回到了房间，奇怪的是余德利却不见了，他无心去追究这些，他只感觉到自己快要消失了。他很响地倒在了床上。现在的事实越来越不妙，有人变成了老年痴呆和精神病，有人变成了保姆，有人变成了妓女，有人变成了嫖客。还有多少人在顷刻间要消失，冒出一批完全令他不熟悉的人来。还有小刘和黄萍的爱情，胡澈的富翁乞丐的故事，等等，侯力都感到了一种无助感。他觉得这问题要比一个人在深山丛林中消失要严重得多，也比那些个没有着落的野人要严重得多。他翻来覆去，夜晚似乎也有点诡秘起来。他甚至听见了黑漆漆的深处有笑声，那么清晰可闻，缠绕着他的神经。而我则似乎看见这个年轻人在异地的黑暗中，手执一杆长矛，面对诡异的夜色瑟瑟发抖。

　　侯力无法睡着，他眼睁睁地看着屋内的黑暗，偶尔有山风穿过，使得窗户咯咯吱吱地轻微作响，走廊上胡澈和徐岣还在小声地说着什么，时不时地传来一点笑声，笑声应和着山地的夜晚，那表明他们不失时机地消遣着自己的快意。

　　侯力再次从床上起身来到了外面，外面的山风更大些。在他的视野里，整个的山野树木像一块浓密的幔布，在一阵绝望的沉闷之后开始鼓动起来。

　　胡澈和徐岣却消失了，侯力似乎刚才还听见他们的笑声。走廊上空荡荡的，冰冷的水泥栏柱延伸向远处，侯力扶着它，它仿佛是这个夜晚唯一的可靠之物。他向前走，手的触感引领着他。他似乎听见了箫声，低低的，蜿蜒而至，不知何所从来。他不清楚这是不是自己的幻听。

忽然他吓了一跳，他本能地缩回了手，原来是另一双扶在水泥栏柱上的手吓坏了他，对方似乎很冷静，并没有像他那样惊慌失措。对方问他："谁呀，也没睡？"

侯力听出来了是张小蛮的声音，这使他吃惊不小。他不知道该怎么应付她的问话，还没有等他思考出什么，他的嘴已经说出："是我。"很显然，对方也听出来了，尽管侯力说得低。张小蛮说话了，她问侯力，经常失眠吗？

"不经常。偶尔。"

"哦。"

"偶尔有些想不通的时候，就会失眠。你呢？"

"差不多吧。告诉我你有什么想不通的吗？或许呀，我能帮助你呢。"

"你知道吗？"

"什么？"

尽管夜色弥漫，侯力还是能够感觉到自己开始有一副像当初彭小树那样的表情。

"那个姓冯的老头是一个老年痴呆。你知道吗？"

"谁说的，我看他蛮正常，挺好的一个老头。"

"彭小树说的，她还说她曾经伺候过他呢。她说他是间歇性发作那种，说不定是明天。"

"胡说八道。你知道障眼法吗？"

"什么意思？"

"她怕暴露自己是一个小偷，于是就这么说，别人越不是本来那样，她就越得逞了。其实她不知道，我曾经目睹过她在一家购物中心偷人家钱包，那时候，差一点就逮住了她，让她跑了。她以为我认不得她了，其实她烧成灰、涂上墙我也认得出来。世界也真是小。不过在这儿，她好像没有什么动机，如果一有的话，我就逮着她，揭穿她。"

"哦？"侯力觉得问题愈来愈复杂了，彭小树变成了小偷。"难怪。"他自言自语道。

"难怪什么？"

"难怪你们不和她啰唆。"

"嗯。"

侯力忽然间涌起了一股冲动，他想当面问问她究竟是谁。可是他踌躇了半天，不知如何下口。他总不能说，你做过鸡吗？很快，好奇的潮水在黑暗中退回到了深处。他不清楚他该相信谁，徐峋的话如果是假的呢？在这么一个偏僻的山地，一个人说一些无聊的话来排遣寂寞难道不可能吗？之所以涉及身边的一两个鲜活的人，旨在使它富有刺激性呢？或许是这样。如果是这样的话，那么张小蛮还是张小蛮，他还照样能够感受到那股奇异的吸引。

事实上，他宁愿相信张小蛮的话，张小蛮说彭小树是小偷，他一点也不在乎，因为他没有兴趣。他甚至有点厌恶那个有点咋咋呼呼的女人。

事情是在忽然间发生的，侯力感觉到自己的手被张小蛮捉住

191

了。张小蛮的手，有点冰凉，大概是水泥栏柱传给她的，她的手很绵软。她握紧了他。

"跟我来。"侯力闻见空气中泛起一股腥甜的气息，这使他有点晕，他只听见跟我来、跟我来，张小蛮的声音绵细悦耳。总之这突然而至的声音使他有点不知所措，他还没有准备好。他不知道自己是怎么跟上她的步子的。

经过一阵阶梯，他们来到了平坦的地方。这里的黑暗似乎淡薄一点，依稀可以看见对方。尽管很模糊，要比刚才的情形好得多，天上似乎有些星光，尽管远远的，但似乎有些热烈。山风似乎更大些了，向这边的屋顶平台传送过来，枯叶和潮湿一起细微地滚动着。他能感觉到。

"看来你对此很熟悉啊，我到现在也不知道，从这个楼梯口可以上到上面来。"侯力的话显得平静多了，但是还有些因为激动而产生的颤抖的喉音。

"是呀，我们经常上来，有时候我一个人上来，你不知道我经常失眠的。"

侯力开始感觉到她的话音里一丝撒娇的成分。

似乎是为了证实这一点，张小蛮指着地上那两块石头，那是我们的座位，她说着坐了下去。然后她要侯力也一块坐下。侯力就坐了下去。

先是沉默，谁也没有说话，宁静的夜色使他们获得了平静。下面依稀有人的说话声，像是很远的水声里传出的。有一盏灯亮起来了，光柱照耀着前方，无数的草在跃动。

"你知道吗？"奇怪的是张小蛮也用了这种开头方式，只不过，她话语里充满平静，和低回的感人力量。侯力说："我听着呢。"他的声音情不自禁地低了下去。他想这样可以和她沉潜到同一个水域里，他试图想和她分担点什么。他隐隐感觉到，张小蛮是在靠近自己，因为她向他敞开了秘密。

"你相信野人吗？"

"为什么这么说？"

"我觉得这里面有问题。"

"什么意思？"

"你知道今天下午和我回来的那个人吗？"

"知道，罗列，给报社写报道的那位，怎么了？"

"我当时和黄萍分开后，一下子迷了路，是他把我领出来的。你知道他跟我说了些什么吗？"

侯力当然不知道，他没有作声，只觉得他的内心里涌上一股玄虚。他不知道自己又面临着一个什么样的事实，他现在还清清楚楚地记得，那些人从四面八方来了，站在禹城晚报社的水泥球场上，兴高采烈。他们的兴趣至现在还感染着他，在大家发牢骚的时候，他仍然十分坚定。那些人发牢骚的样子，同样也令他难忘，牢骚中有责怪、谩骂、怀疑、上当，等等。可是当他们一看见罗列回来了，他们就像是从泥沼中获救了一样。

"我其实，其实……"张小蛮在那一刻里还拿不准应该不应该告诉侯力真相。在黑暗中侯力感觉到屁股下的凉气向上逼着，他有所期待，又有所担心。

"怎么说呢，还是不说了吧。"张小蛮终止了这个话题，她似乎觉得没有理由这么做。

"你还记得我在车上惊梦后的叫声吗？"

"当然记得，当时吓坏了不少人，可是你支支吾吾，又不肯说你做了什么梦，总之大家知道那是一个了不得的噩梦。"

"是呀。黄萍不停地追问我，我知道她是出于关心我，但是她，她似乎太关心我了。"

侯力听得出来，张小蛮和黄萍并不是她想象的那么好，很显然，张小蛮对黄萍过分的好奇心是厌恶的，至少是不舒服的。她继续说道。

"后来，也就是昨天早晨，她又缠着我，我被缠得没有法子，其实她是一个不错的姑娘，我答应和她去散散步，然后顺便告诉她，其实我随便扯了一段，她便相信了。她很单纯，容易上当，所以我提醒她，什么事都要长个心眼。她和小刘的事情你知道吗？"

侯力说："我不知道。"他的确不知道，在他现在的意识里黄萍只是一个腼腆的乡下姑娘。他和她接过电话，做过共同的工作。就这些。

"看来你真的不知道，其实他们好上不是一天两天了，小刘不是你们报社的司机吗？他早就盯住了她。她为他打过几次胎了，她就坐在你的位置上跟我讲她的事。她说她的爸爸并不知道。我提醒她，要注意点，她说，小刘会跟她结婚的。她真的很单纯。"

张小蛮停顿了一下，一阵山风吹来，她似乎在享受着这一刻的清凉。平台的地面上簌啦啦地响着枯叶的声音。而在身后，山上树木哗啦啦的声音一次一次地往后背上扑来。

"你想知道我来的那天做了什么梦吗？"

侯力说："不想。"

"为什么？"侯力的话使张小蛮感到意外。

"如果你随便扯上一段，就像你曾经说给黄萍听的那样，还不如不听。"

侯力以为在黄萍看来早晨张小蛮给她讲的就是真实。事实上，它是张小蛮虚构的。侯力忽然间隐约领悟到了点什么。侯力其实是感觉到每一个人都可能虚构对方的事实，达到真假难辨的地步，而这都源于撒谎的本能和生活的需要。但是他说不出来。好在他清楚地表达了他的想法：他想听真的，如果她告诉他的是真的话。

张小蛮的声音似乎又比刚才低了一些，也更清晰了些，似乎是刚才的清风的缘故。

"我有一个继父，他曾经是一个剧团的演员，而且是台柱的那种。我原来的父亲死于一场车祸，这是他们的说法，我当时还小，对于我父亲的死，后来我也听见过各种各样的说法，版本不一，但是我总不愿去相信。起初的时候，我以为是那些嚼舌头的人出于嫉妒，因为在我的记忆中，我的父亲就是他，他和我的母亲感情很好。我母亲是唱花旦的，后来嗓子坏了，也不知道怎么坏的，反正就坏了。她就拉胡琴了。我母亲的胡琴拉得很好，我小时候几乎就被胡琴的声音包围着长大的。

"人或许不要长大的好，那个时候多好啊，父亲和母亲在台上唱大戏，而我趴在台边上。我经常被这个场景所感动，可是人总要长大的。后来，父亲和一个唱青衣的好上了，其实我觉得那女的一般化，可是我父亲就是喜欢她了，我母亲知道了后，自然大闹一番。闹了一阵，父亲好点了，可是过一阵，又闹了。就这样，停停闹闹，闹闹停停，母亲知道要走的总归要走，后来母亲便不再闹了。过后，他们便离了婚，我被判给父亲。

"第二年春上，母亲死了，她是自杀。她的尸体我到现在都忘不掉，身上往外冒水，缠满了水藻，脸沤得发白。我经常梦见她那个样子走过来，抱住我。有人说，母亲的死更加说明了我的亲生父亲的死因，在他们看来，我母亲是愧疚，是良心发现，只有自杀。因为他们都说我亲生父亲是他们合伙杀死的。我感到非常害怕。没有了母亲，继父的样子像一个陌生人。

"他总是很晚回来，总和那个唱青衣的在一个房间里。有一次他们竟然故意不关门。"

侯力似乎听见张小蛮说的话里潮乎乎的，他不知道该怎么安慰她，人说急中生智，侯力便从黑暗中捞到了她的手，张小蛮的手依旧是冰凉的，软软的。

"后来我的梦境愈来愈可怕，我看见我的父亲，没有头，浑身血淋淋的，还有我的母亲，身上挂着水藻，我还经常梦见我的继父走进我的房间。"

"有一次我感觉到一阵刺痛。"张小蛮说到这里沉默了一会儿又继续说道，"我下了很大的决心，决定搬出去住。报名来这里就是在寻找租房的时候在报纸上看见的。学早已经不上了，自己也没有多少钱。租房是为了离开他们，我觉得来这里要比我找房子住更好，又不用花一分钱。"

"在车上，我睡着了，我当时困得很。我看见我的父亲，继父，血淋淋的，他拎着一把斧头追我，斧头上滴着血，他的胸口，身上，还有头脸到处都是血。他一边追我一边说，你竟敢杀我。"

说到这儿，张小蛮不能自制地哭了起来，似乎噩梦又回来了。侯力所要做的就是用手揽过她的身子，她的身子很纤细。另一只手握住她的那只冰凉的手，他用劲握住，他想把力量从此灌输给她。

附：

关于《存在与虚构系列之二：我们都是野蛮人》（创作谈）

怎么说呢，这个作品的产生有点出乎我的意料。起先我是打算进行另一篇小说的写作的，是由于忽然间冒出的一个念头，驱使我不得不抽身来进行这篇小说的写作。天气炎热非常，写作的途中，我大汗淋漓。工作室内唯一的一台电扇呼啦啦地吹着，但是凉风的受益者不是我，而是我的电脑。我掀开了主机的机壳，以便很好地散热。奇怪的是我的内心里保持着一股前所未有的清凉。我敲打着键盘，我反复地听着柴可夫斯基的《弦乐四重奏——如歌的行板》。这首舒缓低回的乐曲影响了它的基调和叙述，我愿意这样，一天只保持几百字的速度，最多一千来字。它缓慢而又自信，像流水一样。

就这样，我乐于如此，喜欢里面交织而起的荒诞感，甚至还有虚无。将近十三个人物被牧到荒僻乡野之中，我和他们一样一度困难重重，疑惑，忧虑，犹豫，无聊，悲愤，猜测，牢骚满腹，迷信。他们互相虚构对方事实的能力，令我自己也感到惊奇。因此在故事的行进中，立与破，虚与实，以及真假难辨，让我倒有猝不及防之感。谁掌握着更为真实的事实？

　　我也说不清楚，我相信小伙子侯力他也同样充满狐疑，只是他愿意在夜晚的屋顶上手执姑娘的玉手，听她讲段凄婉的身世。但是他知道他应该为哪一种现实所感动。

坏天气

一个无聊中产阶级人士的观察报告

一

　　康蒂走之后，他一直不开心。窗外是下午四点，天很灰。远处的街道显得杂乱无章，他倒是期待两三个小时后的时光，那会儿霓虹灯就像一只妙笔，把眼前要画得好看些。他开始一会儿打开衣橱，一会儿躺到床上去，枕头上留有淡淡的香水味。他似乎在回味她的舌头，似乎又不是。他其实在想，这是怎么发生的？这又怎么这么快成为过去？不是梦，真切地发生过。她是开车来的，在一个小时前，她在她母亲家陪一个上门来的亲戚。她几乎是溜出来的，她要在四十五分钟内结束。她进门之后，一下被他用嘴接住了，让她几乎一个趔趄和他一起倒在沙发上。他拼命吸着她，从舌头开始吸起，想将她吞进肚子里去。她立马缴械了，开始扭捏着身子，黑线衣露出温热的肌肤，像一块缎子似的，很有手感。

她说她在外企，那是一家英语培训机构，在每天的日报第三版左下角常年登有广告。她的介绍充满诚意，虽然她似乎知道他不会去翻看什么报纸，事实上，他早就没看报这个习惯了。她说她有一颗浪漫的心，这倒在他的意料之中，大部分女人都如此，欲求不满的更是这样了。现实将她几乎累得残废，她说这话时，他还是能涌上来点怜香惜玉的感觉。她说她经常出差，一个月平均一次，她承认她渴望艳遇，渴望在路上，最好是在路上的一处黑暗里被强奸。这话说得他也怦然心动。那会儿在线聊，看不到表情，她因此可以说得很果决且毫无忌惮。她每天早九晚五，生活的所有指令都是设计好的，何时吃饭，何时在厨房里洗那些百无聊赖的碗筷，何时进洗手间洗漱，甚至何时他在她身上动多久然后爬下来呼呼睡去，都有一个大致的时间。孩子，不在身边，已经进寄宿学校。"孩子开始有他的世界。"她这么对他说。她还对他说："我们的生活是怎么一步步面目可憎的呢？"他一时语塞，她的话变成了一种自言自语。之后，他用嘴唇和沉默回答，对于聪明的女人就得用快感捕获她，这是他不知从何处看到的一句话。他有点紧张，将她的手一把捉住，正要移开，她却说："那个来了，我说的是真的。"她开车来之前在线是这么说过，他以为是一种玩笑。这么说之后，他开始继续纠缠她的唇舌，那仿佛一道美味佳肴。她开始腾出一只手来，抚摸着他的头发，用手指摩挲着他的浓眉。他现在想，在她的眼里当时的他或许就是一个贪婪的孩子。

　　"那么，你不怕血吗？"她的嘴唇显得湿润了很多，脸颊这儿有点绯红。"真的？这么巧？"他其实是相信了她，这是一种奇怪的信任感，虽然他们是陌生人，他还是愿意相信。她持续地点头，然后说："不过，你要是做，你有套吗？不会血冒冒的那种。"她的表情和她的面部特征一样，镇定而迷人。从网上传来的照片看，她穿着黑色线衣，中等个子，身材很饱满，因为是远景照片，脸上的五官依稀可辨，现在看来，人要比相片生动漂亮很多。更为重要的是，她笑起来很好看，牙齿整齐，白得发亮。他要削一个苹果给她，她摇摇头，她说自小她就讨厌吃苹果，至今都不知道什么原因。这种小殷勤对她无效，不过她说她喜欢喝茶，在很小的时候，就喜欢父亲那个充满茶垢的杯子，即解渴又有异香。她父亲是大学的教授，有点老学究，她母亲则是西城区的一个医院的牙科大夫，"我的性格随妈，外向，好热闹，和我爸正好互补。"她说完，很快感觉到她似乎有了一种对自我人生寥落后的审视感。

他说："有大红袍。"她点头。他泡好一杯大红袍，将杯子端给她，她看他的眼神，在这个时候，他们似乎相识已久。她很享受地喝了一口，并能道出一个子丑寅卯来，她很笃定地告诉他："你这个大红袍是新茶，大概三个月之前的。"对此，他表示惊讶。的确在三个月前，他的远方亲戚来京捎来，的确是新茶。"下次，我给你带点茶饼。"她说。

之后开始说小时候，她其实喜欢跳舞，学过一阵芭蕾，只是跟电视偷偷学，家人并不希望她去跳舞，甚至说极力反对。好像一旦穿上了舞鞋，她的生活就会变得杂乱无章似的。她算是一个孝顺的孩子，她顺着他们的意思。上大学、工作、结婚，几乎在他们可把控范围之内。她说："我很爱他们，我不想让他们累着。"说这话的

201

时候，她的眼睛有点发潮。"他们很传统，很看不惯那些人。"她说，到今天她偶尔去街边广场看人跳，心痒痒的，去跳，但又没什么意思，那是一群老头老太。那不是她曾经要的舞蹈："我要的舞蹈是生命的光束，而他们的就像是一段音乐的尾声，虽然都有些乐趣，但终究不同。你明白吗？"她连续说了两次"你明白吗"。

衣橱敞开着，在一排衣服下面有一个塑料布一样的玩意蜷成一团，他记得那是干洗店罩衣服用的，柔软干净而几近透明。几分钟前，她要求将它铺在身下。你懂得，她这么对他说，眼神里却没有挑逗，只有平静。这种静穆感让他有点吃惊，但是他还是很快地顺从了自己的欲望。他用手托了托她的臀部，那里有点松软。不过，他很快就听到了她的声音。他很担心隔壁会听到，但是他又无法说什么，只任凭她的嘴里发出持续的叫喊声。她用手扯了扯她臀下的那个塑料薄膜。窗帘没拉，阴天的光线有点惨淡，能看清她的脸，还有她的如酸枣一样大的乳头。水很快漫到了床单、地板，时间像是停止的，水流却在滋滋地生长，没过一会儿，水涨满了室内，下午的光线里有了水稍微显得亮堂了点，水流晃动着，她的肌肤似乎也明丽了很多，她的头发和眼睛很黑。她开始吐着气泡，嘴里呜呜咽咽。水流开始漫过了她的脸颊，还有身体，头发垂落在枕头上微微涌动。很快她被浮动了起来，水流冲刷着她的躯体，她开始扭动着，嘴里继续含混不清，像是很多词汇塞在嘴里拥挤着出不来，又像是持久空洞的回音。她更像一个溺水者，在挣扎，尤其是面部，在他进入之后一直就如此，他干脆闭上了眼睛。要知道他以往的习惯，是在进入每个曼妙的身体的时候都会看看女人的表情，就像一个细微的勘察员一样，他会根据面部的反应随时做出调整。

　　如你所知，上述的一段其实源自他的一种旖旎而荒诞的想象。这也的确是他当时对她的一种真实的感受，他们是在水里，而不是在火焰之上。偷情的刺激和飞蛾扑火般的激烈似乎少了那么一点点儿，只是在进门的刹那，用舌头接着她那刻，有那么点意思，似乎一旦坐下，还原成彬彬有礼，一切就被抵消了大半。或许是因为她脱鞋上床的一刹那，也或许是她平静的眼神，他们的这场欢愉似乎并没有那么激烈。之前，在QQ上，他说："我要让你燃烧，让你飞。"她说："我愿意。"然而糟糕的是，的确，她没有撒谎。她用手在下面探了探，就在这个时候，她惊叫起来，其实是在她的预料之中的事实，但她还是像被吓住了一样。

　　血！她将手指竖在空气里。这就像是一个红牌，他自然像一个刚刚热身的运动员被叫停，身上的所有引擎一下子偃旗息鼓了。他继续望着她，她的表情由刚才的貌似惊吓又回到了平静。似乎为了双方的补偿意愿，她示意他用上从抽屉深处拿出来的套子。"它一定是一个晕血的家伙。"他这么说，一边继续做着努力，可是事实上，他都不敢再往肚脐以下的地带看上一眼。他尽管往上看，希望那赤裸的躯体重新燃起他的欲望，包括那个还没有完全退化的乳房，可是他猛地发现，两个乳房像两个水袋分别往两边耷拉着。她的脖子和面部的接壤处，明显有道分界，虽然她化了极淡的妆，除此之外，脖子这儿还有一些线条画出来一样的纹路，嘴唇紧抿，因为干燥，嘴唇皮上闪着一种鱼鳞一样的光泽。只是那个耳垂还稍稍显得丰腴有力点。

　　他努力向上游去，用力含着那个耳垂，他想从这个地方开始唤醒她，唤醒她身上的青春、欲望和记忆。当然他只是一厢情愿，这个地方毕竟不是时光阀门，耳垂被他含得发疼，她的身体也不会回到她的十八岁。努力几次均告失败。他想这一切是怎么形成的呢？从头开始，他从脑海里闪回，从进门到床上，或许是时间间歇太长了些，应该直接从门口到床上，中间的步骤和停留应该省略。应该像两个饥渴的人，像两个急需取暖的人，那样才对。他在脑海里重新展开着想象。她开始向上游了游，将身子斜靠着。

　　之后，她没有多久就起身，并且急速地穿衣然后开门离去了。尽管她在走廊上还回头和他道别，他也貌似很开心地送她走。仅仅是送到门口。但，他内心里开始持续地有一种不快，这是一种挫败感。他回到了床上，被窝蜷缩在一边。那个塑料薄膜上的那个红点已经擦拭干净，现在又恢复到了透明状，她显然是一个很细心的人。她很注意，在别人的生活里不留下蛛丝马迹。这让他忽然间在内心里升腾起一种敬意。他将塑料薄膜细致地叠好，然后放进了橱子，在最下面的一档，叠放在那里的还有一叠东西唤起了他的一段回忆，是一沓雨衣，折叠着，满是安静的气息，像一沓厚纸片，清一色是蓝色的，只有一两张是另外一个色，一个淡绿，一个粉红。而记忆，和蓝色的雨衣有关。其实都是一次性的，但是他却一直珍藏着。那是一个下雨的夜晚，他从地铁出来之后，看见外面雨流如注，他没有雨具。他和好多人在地铁的长廊里等待雨停，可是将近半小时，雨都没有停下来。那次是这个城市最为严重的一次雨患，第二天所有的广播和电视都在放着滔滔雨水里泅回家的人们（此情此景详见另篇小说《游泳回家》）。"那是一个还在校的大学生吧"，他向康蒂这么开始这个故事。他还想告诉康蒂，这个女大学生的出现便和这次肆意的雨水天气有关，也的的确确和这个现在静静待在橱柜角落里的雨衣有关。因为就是这个女大学生给他分发了这个蓝色的雨衣，事情发生的地点在地铁廊桥。

　　地铁廊桥里的她，面色洁白得有点扎眼。她在跟他说话，并且递过来一张纸片一样的东西，蓝色。他有点不知所措，接过来之后才知道这是一次性雨衣。他以为要收费，她笑着摇摇头。之后，她帮他打开，并且帮他穿戴上，尤其是因为这个薄如蝉翼的东西几乎粘连在身上，他发现他的动作显得很笨拙。下摆和肩膀的地方还是她帮着抚平的，她的手指很细，修长白皙，脸面很光洁，一直微微笑着。他准备快步走进雨里，却被她很快喊回。就在他迷茫间，她将他的头顶上的雨帽儿戴正了。他甚至忘记说谢谢就急速走进了瓢泼大雨里。从地铁口到他的住处，大概有四百米之多，他几乎一路狂奔到了家。后来他还曾多次去乘地铁，即便在天气预报有雨的情况下也不戴雨具出门，为的就是希望在地铁的廊桥里能见到那个发雨具的姑娘。但此后一直再没遇见过。他从那之后保留了不少雨衣。在这个城市每个地铁口，在瓢泼大雨的夜晚，总有无数的人穿上这种免费赠送的一次性的蝉翼般透明的雨衣。

　　他真的很想跟康蒂讲讲这个雨衣的故事，可是她却起身了，她说："他（指她丈夫）看得很紧，其实，我是掐着时间来的。我家的那个乡下的远方亲戚来，我都没有待很久就开车赶到这儿了。那个亲戚还是我小时候寄养在乡下时候的最好的玩伴，我都没有多待会，你知道吗？我都着急忙慌地到这了。"康蒂的话里带着诚恳、歉意，还有点无奈和嘲讽意味。他开始扶住她的肩，她的穿裤子的动作被迫停止，她两手扶着裤子，脚正往裤筒里去。不，她的眼神比刚才的平静多了点生动，这个生动现在是拒绝，她说着不，且不断摇着头。她想念她的车，她马上要坐到那个带着粉色坐垫的帕萨特里，然后消失，将此处此景此人从记忆里抹干净。而他，只有无奈，像一个笨拙的孩子看着生气的大人一样，绞着手，站在一侧。

"要我送你吧？"

"我的车停在那，我能找到。"

"那么，那么，下次？"

"周末我要出差，去武汉，早上八点的航班。"

"唔，那么，那么，我还会在宠物店，还是那个时间点等你。"

"再说吧，我得特别小心，他看得很紧。"

"手套，你的手套。"

"你别下楼了，熟人看到不好。"

"好，你的车钥匙。"

这就是他们最后的对话，他将她送到了门外。然后站在卧室向窗外看着，起初他试图在视野里找到她和她的车，可是窗下树冠静穆，人在高楼下的道路上走动显得很滑稽，像是一个个前后分叉的怪物。她的车停在隔壁一栋楼下的两个黑色轿车的中间。她打开车门坐进去，并没有马上发动引擎，而是不动，目光放空，过了一会她扭开钥匙。天气依旧是阴着，加之小区里的树木茂盛，使得小区像块浓烈的化不开的阴影。她摇下车窗，她本意想将那口痰吐在两个车的夹缝的地上，可是用力过猛，竟然痰如剑鸣，击中了对面的轿车。轿车显然是放很久了，上面很多灰尘。那块痰很快滑出一道印痕，她忽然拥有了一种隐秘的快意。之后，她踩下离合器。车子在小区里转悠了一圈，她像是迷失了方向，她记得是从右侧那个横杆再从那边出去，不过还好，拐了几个弯之后，她就找到了来时的路。

二

她回到了家之后，没有内疚感，这是第几次这样了，她已经说不清楚。甚至对第一次那种刺激冒险已经忘却，那是好几年前了，也大概是这个时候，她上了一个体育系大学生的床。那家伙的确很壮。那天在回来的路上，她还感觉到下体在跳动。后来她还曾经尝试找他，但是遗憾的是，他的女友及时地回来了。那只是他们一次快餐式的性爱。她当天到家后，用卫生巾事先做了武装，以防丈夫发现破绽，她后来在讲述给下一个男人听的时候，说到了她的感受：红肿酥麻，平生从没有过的舒畅。奇怪的是她当时很享受将此讲述给别的男人听，似乎听者也非常乐意。这种感觉后来却莫名地消失了，她再没有找到，错过了就错过了，那只是偶遇。仅此而已。她的欲壑难填，一度使她自己也很惊讶，她和丈夫之间那种消磨已经没有任何感觉，即便有时候她得伪装告知对方：高潮已经有过，其实这是一种床笫之间的伦理上的配合罢了。她有时候夹着腿，将枕头怀抱其中，也很感满足。她是很少看电视的人，只是偶尔有舞蹈节目，她才看两眼。后来她又有过几次这样的经历，但是却少有高潮。当然，她对约会的男人也是有要求的，而这个要求随着她心情而定，有时候她希望对方温柔点，有时候则希望对方粗暴点，无论是动作还是语言，都让她感到莫名的刺激。

她有一天突然意识到这可能是一种病，她也看到报纸上登出过性瘾之类的话，她怀疑自己是这样的一种患者。她决定去看医生，这是夜晚的闪光，第二天又烟消云散了，就像无数的幻想在第二天的黎明光亮里如泡沫一样散裂。

她甚至还想过上那种情感类节目，有几次她拿起报名电话又放下了。她总觉得电视上的那种情感节目是一种编排，一种消遣，但有时候她却看得入胜。作为一个评判者容易得很，轮到自己身上，未必那么泰然处之；作为看客，看别人，可以，但是让别人看自己，她似乎心里还有道坎横着。她有一阵子唯一的消遣就是搜罗这些电视节目看，但是很快她就失望了。失望不是对节目，而是对人性，充满了怨气戾气，她彻底丧失了看电视的兴趣。她宁可在网上和陌生人瞎聊。她觉得自己在网上，就像把自己放在鱼群嬉游的水里。她享受那种嬉戏游动随时和陌生人交流的感觉。这种享受钓钩的乐趣，大概和男人钓鱼的乐趣是一样的。当然，她还想过要找心理医生。但是很快她就退却了，因为这个彻底的自我剖析，意味着一桩家族里的丑事。她还没有那么大的勇气。那么爱到底是什么呢？她有时候冒傻气琢磨这些，她知道这个琢磨是毫无意义的。因为爱不可丈量，只在生命的体温里。

她脱鞋进门，将钥匙随手扔在了沙发上。可是她的臂力不逮，钥匙并没有到达沙发，却落在了地上。准确地说是在墙壁和沙发的夹缝里。她放下包之后，只得去夹缝里捞钥匙。生活中的事情就是这样，不如意是一个接着一个来的。她伏在沙发上，用手指去够，她手指尖几乎碰触到钥匙环，可是一拨拉，它像是缩小了身子，坠到了底部。她只得拉开沙发，沙发是真皮的，那会在王府井花了大价钱买的，现在显得老旧，且了无生气，关键还显得特别沉重，她用了很大的力气，终于挪开了一点。在这个沙发和墙壁间隙里，她很快找到了她的钥匙，钥匙圈上有五把钥匙，一把是办公室的，一把是家里的大门钥匙，一把是卧室的，还有一把是父母家的，以及卧室的。父母家在东四，是一个四合院，她是一个地道的北京人，据她对家族的有限了解知道祖上是一个磨豆腐的，往明清时间里推算，她家族来自河南信阳。她父亲曾经拿过一份族谱翻过，她似乎没有什么兴趣，那会她还热衷舞蹈，喜欢关门在屋内面对镜子练习，对其他的东西兴味索然。即便是对父亲讲过的关于家族后来壮大起来的旁枝以及海外一脉，她也提不起兴趣，觉得那终究是别人，和自己毫无关系。她那时候恋上舞蹈还有一个更为重要的因素，就是那个男舞蹈老师。他帅气，身材修长匀称，肌肉几乎不多不少，身上每处都体现出一种恰到好处，甚至说话的腔调以及在练功房里的身影，都让她着迷。可是他似乎并没有注意过她，再加之，她只是和同学去过两三次之后就没有机会再去。这个永不磨灭的印象，让她还觉得此生有点念想，虽然这个有点单相思的味道。

她蓦然停住了，目光和身体像是被仙人施了定身法。她看到了两个避孕套。一个没有拆开，一个已然用过，蜷缩着像一个会弯曲的玩偶的小腿，肉色，闪着事后的疲惫，看得出来，用过并没多久的样子。她感到腹部一阵抽搐，像是要呕吐出来，可是仅仅是身体内部一阵抽搐而已，就像一个引擎被拉下闸后，一种惯性的反弹似的。她一屁股坐到了沙发上，但是很快她像是被一股古怪的味道驱赶一样，她进了卧室。进了卧室之后，她才发现不知所措。这是自己的卧室，干净，有序，几乎一尘不染。她是一个有着洁癖的女人，她承认这种强迫症的养成源自一种可怕的孤独。他将那个女人引进家门，在自己的床上抑或沙发上，不过沙发上显得有点冷，虽然有暖垫。抑或他将被子抱到沙发上，抑或就什么用不到，直接在沙发上。那个套子或许是放在沙发的边沿上掉落下去的。按照他的行事风格，大抵不会这样粗心的，这么多年来，他算是一个相对严谨的男人。她在想象，这种想象折磨得她头疼。是她外出的时间里吗？似乎不大可能。他和她一起去的父母家，一大早出发，在路上因为周末路况相对好些，但也用了将近半小时才到达。到了之后，她忙着和母亲在厨房里拣菜，切菜，打打下手，本指望他可以和远道来的亲戚聊几句，却因为头回见面，聊了几句就无话可说，只是默默地抽烟，然后坐着一起看电视节目。下午他说要耍牌，所以就如往常一样，他和父母中的父亲或者母亲，以及整个楼里的一些熟人，也就是父亲以前单位的老教授，这些教授在一个阶段里都热爱上了麻将，倒是出乎她的意料。但后来也想明白了，就如她母亲所言，他们这些人也终究有一个自己的乐子吧，总不能天天书本天天学问啊。车是她开出来的，他要是回家，路上的时间就至少一个钟头，下晚路况更为拥堵些。她正是将这个时间算在内，才溜出来，虽然她是以去宠物店看狗的名义。

这个已无须推理，因为再怎么推理，时间上的严丝合缝也没有意义，终究是发生的事实，有意义的还是这个实证。她感到一阵口干，内心里像是有无数的蚂蚁在撕咬。她不知道后来怎么回事，或许是睡了过去，昏睡有时候其实变身成为一种遗忘。但她醒来之后，发现事实是那么确凿，房中的每处亮光都在提醒她，丈夫的的确确在这个相差无几的时间里和另外一个女人相处一室。她忽然发觉自己有点饥饿，肚子鸣叫咕噜声吓了她一跳。她到处搜罗吃的东西，发现冰箱里侧蜷缩着一个花菜，她已经想不起来何时购买回来的，这个花菜显得很不堪，萎靡且苍老。她拿出来又放进去，厨房里的锅灶发出冰冷的光。她没有做饭的兴趣，打小如此，因此偶有几次她也仅仅是将菜烧熟了而已。其实他们很少开火，中午都在公司吃快餐或者公司周边的小饭店将就一顿，加之经常出差，每个月的伙食里包括了各个城市的饭店桌上的佳肴。逢到周末都照例去父母家打牙祭。这样的生活这么多年下来一直没有变过。冰冻层的抽屉里空空荡荡，一个寂寞的小冰柜散发出透心凉的冷气。她站起身来，环顾四周，平生第一次觉得这个家很陌生。她看到一个蟑螂在厨房的瓷砖上爬动，爬得很慢，继而很快地移动着，钻进了一条缝隙里。她的生活就是这样，她觉得自己不一定比这个蟑螂更好。她悠然生出了一些同情心，她没有由此尖叫，更没有去踩住它。

五分钟之后，她下了楼，这个时候是晚上七点多。要在往常，这个时候她正在家里上网逛逛网店或者和网友聊天，她还有可能将一幅十字绣拿出来绣绣，这幅十字绣的图案是一朵牡丹，按照当初一个朋友告诉她的，这个东西很奇特，不是消磨时间，而是修行。她开始不大理会这个说法，后来慢慢领会了个中妙处。起初她还每天绣一点，这个就像有人每晚追着一两集电视剧那样，开始是一种生活内容，此后便变成了一种睡前程序。她后来因为频繁出差，就很快把这个抛弃了，因为她不再将其视为一种快乐的消遣，一种注意力分散法则，而是一种苦差事儿，就像工作里的项目活儿，你得往前奔去，因为有一个结果在那儿等着。就是这个结果让她不快。她干脆置之不理，找到另外的乐趣。她在这点上，持久性总是缺乏，说到底她是一个好奇的女人，对待一个事儿难以长久，人说但愿人长久，是因为人很容易不长久，所以才这么说。她总是这么安慰自己。

她下楼走在冷风中，夜晚的光束从各个方向袭来，它们刺破夜里的黑幕，将她扎中。她发了一条短信给丈夫，可是手机像一块冰冷的小方砖，在手里了无生机。她突然发现，在这场可谓浩大的生活里，她几乎没有什么知心朋友，无论男的，还是女的，有的只是各种关系，面子上的应酬，以及有限的交往。她感到了彻骨的寒冷，尤其是那个手机，比一块冰砖还要凉。她的生活何以沦落如此？这个周末显得非常寻常。她在路上走了走，完全是漫无目的的，在她身边走过的是附近的小集市里回来的人，有的手上拎着一个塑料袋，塑料袋里的菜，葱是竖着的，肉和萝卜坠在袋底，三三两两边走边说，偶尔飘过夜色中的香烟焦黄的气息。她漫步到了小集市，门口的一溜摊儿已经没有了，只有光秃秃的几堆案几，要是在白天，案几上会放着鸡蛋、大葱、胡萝卜、卷心菜、土豆、西红柿之类，没有白天的喧闹，只有寂静，如铁般的寂静。集市的敞篷里也全部罩上了塑料薄膜，里面的那些做小买卖人住的屋子，门掩着，光像刀子横在铺着的塑料薄膜上。

三

大概是在下午三点钟的时候，丈夫和妻子在妻子的爸妈家吃了点饭，本来是打算打个牌，和老人逗笑几句抑或说说些日常的，但是都没有。即便是从远方乡下来的亲戚，也只是简单地聊了聊，虽然妻子的小时候是在乡下度过，且和眼前登门的亲戚有过很多共同的回忆，遗憾的是她作为当年的亲历者，很多事件都已经记不得了。比如她小时候因为喜欢吃黄瓜，和伙伴去河边的菜地偷黄瓜差点落水；比如她在某天冬天下午缠着亲戚伙伴的父亲拿杆猎枪去雪地里打野兔，等等。这些统统变成了另外一个人的事儿。对于妻子，说实在的，时隔多年，她现实生活的东西将她的记忆塞满了，那些悠远的被塞到了最底处最深处，记忆这东西，就像漫漫大水，有些的确已经无法打捞了。因此在一家人听着亲戚在桌上边吃边回忆着过去时，她也只是茫然地应和着。也只能这样了。好在亲戚似乎也不怎么在乎听者的呼应，只是一味讲述着；也没有在乎他们中途离开，在他们看来，城里生活的人工作总是很忙的。按照他们的话说：这可耽搁不得。于是他们就忙他们的去了。

丈夫和妻子其实是一先一后离开的，中间相隔五分钟不到，先是妻子离开的，她说她要去一趟宠物店。其实她没有宠物，只是在一两天前她开始关注宠物，她的生活总得有一个新的由头。宠物是一个不错的选择，毛茸茸的，有温柔的眼神，虽不言语但可体贴。她有一天跟丈夫说："我想养一个宠物。狗或者猫，但是我拿不准。猫好还是狗狗好呢？"丈夫毫不犹豫地说狗好。妻子说："猫有九命。"丈夫坚持说狗好，狗忠诚老实。好吧，妻子同意了，她在网上也查过相关的宠物店信息，以及一些养宠物的攻略之类。这些都像是提前设计好的似的，其实不是，是她的确想要有一个宠物。自从孩子住校之后，他们夫妻二人共同发现，生活有时候就是一个拼图，这个地方去掉一块，就得有一个东西填满。宠物就是这么回事。所以丈夫同意妻子的提议。她其实是到过一家宠物店的，只是没有什么满意的，她在那个宠物店里转了一会，就离开了，那天她在隔壁的一家衣服店逛了逛，也是在那天她第一次看见别人坐在店铺里绣十字绣。后来她还去过一次，那个宠物店的老板是一个年轻人，看上去大概只有二十七八岁。他的眼睛给她的印象蛮深，是双眼皮，眼睛水汪汪的，是典型的桃花眼，眉毛很浓。她喜欢浓眉毛的男人。

丈夫在妻子的后脚离开的，他跟家人说他有点事情先走了。他没有像以往一样陪家人打会儿牌。他很快将车子开出了小区，然后开上大道。他开上大道之后，便接到了电话。他开始吹起了口哨。口哨并不成调，显得七零八落的。他打开了车载音乐，放着齐秦的歌，他喜欢听齐秦的歌，算是齐秦迷，齐秦的演唱会至今没落过一场，无论是在北京还是哪儿。有一年他在香港出差，正赶上齐秦红磡体育场演唱会，他当然毫不迟疑赶到现场。那会儿香港刚刚回归，朋友们带他去逛维多利亚港，他都没有什么兴趣。齐秦的歌带拥有者、音乐会观众甚至电视节目现场看客等这些都是他的另外一个身份。正由于他是一个资深的歌迷和骨灰级的粉丝，他还真的上过好几回电视呢。他还因此结识了一些同样喜欢齐秦的同好者，其中当然不乏女人，甚至女孩。他也不知道是怎么形成这样的事实的，他在别人眼里成了不折不扣的大叔。当然愿意这么称呼他的不是贬低，也不是嘲讽，而是一种奉承。拿时髦的话说，他成了一些大叔控眼里的稀罕人儿。他高鼻梁，说话风趣，且有一个青棱棱的胡茬包围的下巴壳儿。他的骄傲感是从这儿来的。他认识其中一个，是在当时一个电视节目下来之后认识的，她在那三五个女孩中个子不高，也不出挑，皮肤不算白，只是一开腔，一微笑就有一种说不出来的味道。刚才，就是她打了个电话给他。其实这已经是他们之间第二次了，第一次是在他们吃饭的间隙，他将手机放在裤兜里，手机设置成了震动，他感觉到腿部被手机震动得发麻。当然她是一个善解人意的女孩，她理解他，对他没有及时接电话并没责备。她要他去接她，她会在学校的门口等他。由于学校离他现在出发的地方不算太远，大概十五分钟不到就能到达。

"天太冷了，你还是先在宿舍待着吧，乖。"

"行，快到了，我再下楼。那你慢点开。"

那是一个很小巧的女孩，嗓音很嫩，让他经常不能自持。有一次他将车子开到四环辅路边上……他有点出神，这个让他差点酿成车祸。好在那个骑自行车的男孩很机灵地从车轮边上闪过去了。他把车子停了下来，校门口有很多的人进进出出。他正要发短信给她，她却已经敲响车窗了。她就是一个这么聪明的女孩。他想自己这么大，还没有见过什么聪明的妞呢。他夸她，她嘻嘻一笑。之后他们商量着去吃点东西。女孩推荐了一家很不错的火锅店。在这个天气里，这是一个不错的主意。他们就往火锅店去了。火锅店在慈云寺桥东的美食街上，说是美食街，显然有点夸张，只是一个半边的店铺，吃的倒是很多，从特色小吃到西餐，南北风味都有，有很多选择。他很认真地跟女孩说，他会和她一个铺子一个铺子吃过去。只跟她。女孩用热切的眼神看他，他也看她，回望的时候，他的手碰到了一个从里面出来的女人的手。那个女人的手黑硬，较之女孩的柔软的手，他觉得自己真是幸运极了，好像他捡到了一个大宝贝一样。他已经很久没有这样的感觉了。他和康蒂之间从来就没有过。对火锅店的食材，他似乎没有什么感觉，倒是那个小锅让他印象很深，像极了一个工艺品。他甚至开玩笑和一个腼腆的女服务生说要买个回家。服务生红着脸告诉他："不止你一个这么要求了，但，我们概不出售。"和一个女孩，共同吃一个小火锅，他感觉没有什么比这个更好了。他赞不绝口，当然不仅仅是对火锅。

吃完火锅，他们又回到了车里。他们的车开了一截子路之后就堵上了，幸亏他机警，从另外一个小道走，否则不知道堵到何时。他抄了近道，内心里有一种胜利感。因为是小道，难免会担心路边的一个个香烟摊、水果摊或者行人之类的碰到，女孩几乎紧紧地攥住拳头。一直到小区的门口她才放下手掌。他知道她是一个容易紧张的女孩，他喜欢这点。一个容易紧张的人，是因为她很在乎这个世界上的人和事儿。

怎么上楼去，他们在车里商量好了，因为开楼梯的那个老女人是熟人，他必须避开。"你先上去，或者我先上去。"他这么对她说。女孩眉间不易觉察地蹙了一下之后同意了。她说"那我先上去吧"。女孩有一种好奇，开始她提议到家里而不是宾馆，甚至不是车上，他还是有点犹豫的。后来考虑到时间上的充裕，他还是一口答应了。当他从学校接上她之后到小区的楼下，他感觉到了一种历险的快感。他没有同意女孩先上去的提议，他担心她在楼层或者门口停留的那么一小会儿都可能产生的意外，比如邻居出门倒垃圾、遛狗之类很容易碰到。他先进，门敞开，她随时就可以进门，中间不会停顿，不停顿，风险就小很多。女孩同意了他的分析，坐在车里看着他下车，然后在小区门口拐了弯之后朝门洞走去。果真，他担心的也的确发生了，就在他掏钥匙开门的刹那，隔壁的邻居打开门，然后从里面引出一条狗，主人是一个半百老头，有点气喘，穿得严严实实。狗脊如小山一样，鼻息很重，忽闪着毛茸茸的耳朵。其实他们很少碰到，一年中也就几回。

门一直开着，他佯装坐在沙发上看一本杂志，那是一本在灯具展会上赠送的宣传品，印刷很精致。他无心看上面半裸的模特，他听着门廊里的动静。好在一会儿她就上来了，并且很快闪进了门内。她说，她刚准备下车的时候，看到一个熟人，后来一看不是之后才上来的，否则在电梯口等的时候多尴尬。"是谁呢？"他问。

她说是爸爸以前的战友，其实这是她突然想出来的一个说法，似乎这个说法更为安全一些。好在他没有追问，只是向她伸开双臂。他们就在沙发上开始了。起初很顺利，沙发其实不宽敞，过于窄小，但很刺激。关于套子的事儿，正如康蒂到家后发现的情形，这个是不难理解的。他们也的确起先是用的，后来没有用。

"没事，你尽可以胡作非为。"女孩故意用这个词，的确也起到了刺激的效果。她扭动身子甚至脸上的表情都让他感觉到这多么刺激，多么享受。但是他还感觉到自己在糟蹋她，她的嫩脸，甚至饱满的乳房，他几乎想要从她身上咬一块肉下来，无论哪里，咬下一块来才对得起这个词：胡作非为。

四

康蒂丈夫在药店买了避孕药，他让女孩就着一瓶矿泉水服下后，就开车将女孩往回送了。女孩说晚上有一个讲座，是她心仪的作家余华来学校做讲座。女孩脸上带着红晕坐在副驾驶座上睡着了，他则拍抚着方向盘，又堵车了。他没法选择，因为只有这条路。天气愈来愈坏了，雾霾天气已经持续了好几天。街上有戴口罩的人了。在静止的车流里，一个乞丐正伸手停留在每个车窗口，可是车窗鲜有摇下，他的样子像是跟空气乞讨一样。车流里几乎小跑着穿梭其间的是一两个发地产广告传单的小伙子，他们一边精神抖擞地摇着手里的传单，一边亮着并不白皙的无声的牙。这是一种见惯不怪的风景。康蒂丈夫又一次轻轻拍了一下方向盘。"操。"他脱口而出一句咒骂。有一个开尼桑车的中年男人正盯着这边看，他的神态显得悠闲多了，似乎乐于享受东张西望的乐趣，他的眼睛正一眨不眨地看着闭眼睡着的女孩。

康蒂丈夫想起小时候读过的那则乌鸦的故事，乌鸦看到肉就是这样的眼神吧。他想。他调转头去，他的反光镜里有一溜儿的小汽车。这些玩具。他心情芜杂地看了一眼女孩，女孩的嘴角流出了口水，这是罕见的现象，他不无怜爱地用手指肚将那一丝银亮的液体揩干。之后车子往前挪动了一下。女孩并没有醒来，继续歪着头睡着。康蒂丈夫车技还算可以的，按照他的估计再过二十来分钟他就能回头，他想回到老丈人家或许还可以陪那个亲戚聊几句，或者干脆来一局麻将。他觉得自己不应该表现出过度的漠不关心，虽然是一门远方亲戚，毕竟人家大老远地来。他如此一想，竟然有点愧疚之意。他随后又为自己能这么想蓦然有点欣慰。他几乎兴奋地敲打了一下方向盘。前面的车终于开始动了，他吁了一口气。车子一顺利过了红庙、慈云寺之后上了四环就好多了，但很快就又纹丝不动了。具体地点是在红领巾桥附近，那是一辆从加油站出来的粉色帕萨特车，在右拐北行没多远处被一辆大卡撞瘪了，人卡在了里面，当场身亡。当天的交通路况只是几行字：在东四环红领巾桥东风加油站附近，发生一起车祸，请这个方向的司机注意绕道行驶。播报的女声显得丝绸一样轻滑。他忽然间想到车里塞着一张 CD，那是康蒂在他前不久过生日的时候送给他的一份礼物，对于他这样一个流行音乐发烧友，他应该听听巴赫。"我不反对听齐秦，我其实也蛮喜欢的，大学的时候也常听，《无情的雨无情的你》或者《狼》。"

她当时这么对他说。他们小范围地庆生，只有两三个朋友，在一家湘菜馆点了几个菜，喝了点红酒，之后他还想一起去月坛的KTV唱一嗓子，但是其中有一对还要赶一场酒就中途离开了，康蒂那天因为经期有点头疼脑热，最后他们就回家了。他现在忽地想听听，却鬼使神差地调到了收音机的频道上，恰好就是这个轻柔的女声正在口播交通路况，一辆粉色帕萨特，开车的是一位女士，这些字眼在他的耳膜里跳动着，也仅仅跳动着而已。他还在嘴里狠狠地说：死了一个，好，死了好，他妈的人太多了。女孩还照旧睡着，嘴角也照旧继续流着晶亮的口水，她看上去睡得很香甜，头微微耷拉着，保险带斜斜横在她的胸口，身体处在一种轻微的起伏中。静谧的脸上，小巧的鼻翼扇动着，至于那红嫩的小嘴巴使得她甜美的睡姿有了难以忘却的生动。他很想用手指在她的鼻梁上刮那么一下。但是他还是忍住了。忽的，女孩说："我要尿尿。"他以为她说梦话，便没有理会。

"我要尿尿。"女孩的声音提高了点，并且睁开了眼睛。怎么办呢？大半路上。他劝她再忍一下："你已经在车上睡了一个钟头了，你还真能睡啊。你昨天夜里都干什么去了？"他试图将话题岔开她的注意力，使她的尿点闪过去。"昨天夜里，"女孩这时候像是真正醒过来一样，她扑闪着大眼睛，"哦，昨天夜里，我去糖果玩去了。"糖果是一家很著名的夜店。她似乎为了打消他的顾虑，很快补充道："其实夜店没有什么意思，昨晚上是因为一个姐妹失恋了非要去把自己喝大，就陪着去了一下。没什么的。我也喝了点，但是我没有喝多少。"事实上女孩昨天夜里只要了一两支血腥玛丽，依照平时她可以再来两三支。"我自控能力还不错。"她这么补充说，"也不知道怎么的，就是对于你没有抵抗力。软软的，我就一切缴械了。"女孩说着还给他递一个眼色，他这时候将手指恰如其分地刮了一下她小巧直挺的鼻子。

女孩娇柔地呻吟了一声。"可是，怎么办啊？我还是想要尿尿。后悔刚才在你家没有去一趟洗手间。憋得都要炸了。你说，会不会炸啊，尿泡？"他几乎被她逗笑了，说："别瞎说。忍一忍就好了。"

"可是我忍了，没有忍回去啊，好像就在门口了。真是急死个人。"

"那个姐妹怎么回事儿啊？"

"我也不知道，她没怎么说，这种事儿谁好问啊，不好问。"

"这样啊，那么她的男朋友你见过吗？"

"见过啊，蛮帅的，长得有点像韩庚，可是不是我的菜。我不喜欢这款。"

"那你喜欢哪一款啊？"

"切。明知故问。你车上有塑料袋吗？"

"干什么啊？"

"我忍不住啊，我要尿啊，忍不住了，再不解决就尿到裤子上了。"

康蒂丈夫被突然而至的事实弄懵了，他甚至有点脸红。这是一个奇怪的反应，他并没有立即去翻箱倒柜地找一个塑料袋，事实上车上还真的有一两个塑料袋的，他记得还是康蒂和他去郊区那天，他特意去厨房的储物柜里拿的，起因是康蒂说她那几天不舒服，怕路上坐久了头晕，她头晕就犯吐。他朝窗外看去，并排停着的车都一副安之若素的样子，左边的是一个梳着飞机头的小伙子，戴着墨镜，眼神不明。右边的是一个女的，正在低头涂着指甲油。女孩并不看左右，只是将身子缩了又缩，一个劲地催他："快啊，求你了，快找啊，要不尿车上了。"康蒂丈夫很快就将一个黑色的塑料袋递到她手里。女孩窸窸窣窣半天，即便将安全带卸下，身子还是周转不过来。她决定到后座上去。他表示同意，的确副驾驶座位置小了些。但是他不同意她下车再上车，那样会引起左右车里的人的注意，甚至后面的车里的人也能看个清清楚楚。就得悄悄地，哪能闹那么大个动静呢。

康蒂丈夫用手拍了拍副驾驶座，做了一个手势。她点了点头。好在她身材娇小，很快就翻了过去，顺利地落到了后座上。

她在后座上蜷身子然后竟然很顺利地完成了解手。这个动作的连贯和水到渠成令康蒂的丈夫很是惊讶，他还特意去看看左右侧的车辆，那飞机头已经开始埋头看手机，而那个女的继续修着指甲。他听见后座上传来的窸窸窣窣的声音，并且有一种热气腾腾的味道从后面袭来，他赶紧摇下车窗。她要求他捏着袋子，他只得照办。这个随时可能溢流出液态的塑料袋一刻也不能放下。他只得捏着，一直等她穿好衣服又像一个矫健的体操运动员一样一个前滚翻落到了驾驶副座上。

车子行驶得很缓慢，但终究还是流动了起来。前面的路障已经顺到了路边，由于他的车在中间道上，因此他的角度只能看到一摊血，那两个站着交谈的警察他根本没有看见，救护车已经走了。时间大概就是在女孩解手的时候，他捏着塑料袋的时候他听见救护车的声音，呼啸而北。他和她有一阵子没有说话，陷入沉默，几乎只听见车子的引擎声。似乎那种时刻里只有这个声音，才显得真实，而车子里的两个人显得那么虚无缥缈。"你说，每天都有多少人死在路上啊？"女孩突然地打破沉默，令他一时无以应对，车子在顺溜地滑行，能看到路旁林立树木的背后小道上有人在跑步，再更远处，露出一些别墅区的墙体。"你应该还要看到一种循环啊，要知道，每天有多少人生出来啊。"他用力握紧了方向盘。女孩嘴里似乎含糊地应了一声之后就没有了声音，但是很快她又说：

"能不能找个地方停一下。"

"干什么？"他本能性地问道。

"你不会让我一直捏着这玩意吧。"女孩说着将塑料袋举了举。他耸肩示意赶紧拿开。他的余光里那液体清澈，微微青黄。他短暂地几乎忘记了这个，他的脑海里想到的是一天里多少人飘零而去，还有多少人应运而来。"你再坚持一会。"他这么说。女孩明知无奈，但还是撒娇。"不。"她说。他自是不去理会，依旧用力握紧方向盘。

"你看，现在在中间夹着，要并到右侧去，然后再下辅路，需要一个机会。我瞅准了就并过去。"

"好吧。"

过了一个小时之后，天色暮晚，西天的晚霞异常壮观，片状云倾斜着，犹如无数的裂石，那些褚红色浸染了半边天。这让他忍不住拍起了方向盘："真是绝了，在环路上看晚霞，这也真难得啊。""的确难得，如果没有晚霞，在环路上的人们会觉得多么枯燥啊。"女孩跟着也赞叹起来，她的目光和此时环路上的所有人一样射向窗外。暮晚的时分，天空辽阔，却毫无保留地袒露一天在入夜之前的美。她说真的美啊，两声之后，她才想起要拍照，于是就举起手机开始连拍了数张。事实上，这天的黄昏大概也没有什么过于特别之处，只是在这个空隙时光里为人所注意罢了。但还是要珍惜这样的时光。因为一天和一天其实并不一样。"丫头，那话怎么说来着？"他开始发问。

他的蓦然发问令她疑惑起来："什么话？"

"一句哲人的话。"他补充道，同时又拍打了一下方向盘，为自己的记忆力衰退惊叹和无奈。

"今日时光不可留，抽刀断水水更流？好像也不对。"他沉吟自语。

"你的意思是什么？晚霞正是好啊，让某某人变成了哲学家。"女孩开始揶揄他。

"好吧，我其实是想说，一个人不能同时踏进两条相同的河流。好像是。"他说道，脑海却没有倏忽而过的喜悦。他仍觉得有点似是而非。

"原来这个啊，这还不容易啊，一个人不能，就不能同时踏进两条不同的河流啊。就像男女，不能脚踩两只船嘛，总要翻船的。"女孩开始嬉皮笑脸。

"这都哪儿跟哪儿啊。"他感慨起来，肩膀却挨了一击，原来她挥之一两个粉拳。他笑了起来。"不动，不动，我在开车。"说着佯作惊讶和紧张之色。前面拐弯处，就是一个湖，为了让女孩把手上捏着的东西找到一个地儿扔掉，他已经将车子开下了辅路且拐了弯。这里离红领巾公园不远，马路就毗邻公园，能从一侧围墙的镂花里看到河水，还有更远处明净的河道。

"这样更好了，我们可以在一条河里了。"女孩嬉笑道。

"别闹，丫头别闹。"他继续佯怒并喝止。

车子还没完全停稳，女孩就急着拉车门下车了，康蒂丈夫看着女孩一路奔跑。她走到一棵树下，站定，但似乎又觉得这个离道儿太近，不太妥当，又拐弯向隐蔽的地方走去。"你快点啊，你不是还要听讲座嘛。"女孩似乎回了一句，也似乎没有说，只是将左手竖起在空中挥了挥。几分钟之后，她返回车上，康蒂丈夫问她怎么走那么远。她说："送得远点，否则多不雅啊。"

"可是谁知道那是一泡尿啊。"

"不是，有味道啊。"

"你说，人啊，下水道的东西到底就是不一样啊。好吧，开车走吧。现在真是无尿一身轻啊。"

"你倒真会套词，人家说无爱一身轻，无毒一身轻。"

"就是，就是，无尿一身轻。"

"好吧。"他每遇到这样的绕口令式的对话就只得缴械了。

车子发动了，然后开始拐了一个弯攀上一个小小斜坡就上了主干道。

五

这个地方相对比较幽静，旁边的楼体里有人进出，甬道上还有一两个小孩在追着玩。是两个小男孩，他们几乎贴着车身，绕着圈子。后面的小孩伸着手，几乎就要碰到前者的后背，但是前者一闪身，像泥鳅一样滑过去了。她默默地替后面这个男孩着急。他们是不知道她的所在的。

夜色已经完全像一块幕布一样罩上了车子，远处的灯火从楼梯和树丛的缝隙投射过来，在她的车上影下了小小的光怪陆离的斑纹。夜晚已经到来了，康蒂很眷恋这样的时刻，她想继续默默地在车里再待一会儿，或许能看到他的车开进来，在前面转弯，贴近木垃圾箱停车。想是这么想，却发动了引擎。车灯雪亮，打射在对面，那里一个老者正坐在一个破沙发上。那是小区里的盲人老头，她在小区里见过几次，也基本上和那个破沙发有关，在她的记忆里，他好像一直坐着，像是在旧沙发上没有动过身子。

光柱从这个雕像一样的身体上转开去。车子开始轰鸣起来，小男孩开始躲避着车子的同时也很惊异地看着车子在拐弯，穿过夜色下的甬道，他们的目光一定像看着一个突然惊醒过来的怪兽吧。她想到这，嘴角不禁浮起了一丝笑意，车子很快就上路了。她习惯性地看了一下放在副驾驶座上的手机，纹丝不动。她内心很挣扎，因为此时她忽然意识到自己不知所往，她去哪里呢？但车子已经掉进车流之中，只有随波而动了。沿路而行，不断向右。就这么定了，她也为这个小小决定而兴奋起来，一路向右终究会画一个圆圈。这是一个多么有意思的主意。

拐了两道之后，道路出乎意料地变得顺畅，她留意了一下，掠窗而过的是人们华灯缠绕的匆忙的腿，还有就是腿后面的商铺。在一处巷口的烧烤摊之后，她竟然看见了一个尖顶的小教堂，那个十字架血红色的光亮非常显眼。但容不得她迟疑，只是一闪一瞬。她想起小时候在父亲的书房里看见过一本《圣经》，平整肃穆，每一个页面都很洁净。她被父亲打了手，理由是她没有洗干净手。长大后她才知道，其实父亲也不是什么基督徒，只是说对于洁净之物要心存敬意。她总觉得父亲假模假式，这么想着的时候，她赶紧岔开思路，她觉得自己不能这么想。她的脑海里一下子又闪过那个枯坐在小区沙发上的盲老头。其实父亲和他是很相像的。都差不多。有人拍她的窗户，她很惊异。车玻璃外是一个男子的面孔，穿着还算得体。

她起初没有开车窗户，只见那个男子张嘴说着什么，且打着手势。她看到前面有一辆车，打开车灯，门开着，她想大概是这个男子的。那么他叫嚷什么呢？她摇下车窗，她终于听见了。

他是从一个小巷子里出来，右拐南行的，而她北行，交错而过的空间很狭窄。那么他的意思很显然，要她往后缩一缩。男子打着手势，嘴里说："往后退一点，只要一点就行。"可是她想，后面不远处就是那个小烧烤摊，那个头戴白毡帽的正在手举着一把肉串在火上辗转。但她还是往后倒了车。

车后灯打开，后面的人惊觉，纷纷跳开。那个男子的车从前面逼过来，车头越来越近。他不断前进，而她则不断后退。似乎没有一个尽头。街上过往的行人只有少数人驻足看到这两辆车的拉锯战。她在考虑将车屁股甩进那个闪过小教堂身影的巷子里去。这是一念之差，她倘若继续再往后倒，倒过小烧烤摊，再往后一点，然后就会直接开进巷子而不是车屁股进去。当然，我得为康蒂辩护一下，事实上那个小烧烤摊的存在横梗在她的思路里，再加之后面又有车。我当然也希望康蒂如愿，将车子开到小教堂那边，或许她还可能去小教堂跟着做礼拜的人群走进去，听听弥撒之类。其实对于她，那倒是一个不错的选择。但是遗憾的是，事情没有这样发生。她则顺应着一个无法克服也无法避免的生命逻辑，奔向了她的宿途。

在两个小时之后有一场车祸等着她。她此刻还一无所知，正在极度善良地满足那个男子的要求，将车子继续往回缩，终于可以了。那个男子下车后将招风耳一样的反光镜合上。车几乎贴着她的车体漫了过去。她吁了一口气。之后她感到有点饿了，肚子咕噜了一下。她是想靠边停，吃一个羊肉串或者去路边店要上一碗面条或者馄饨。但是没法子，她已经停不了车了，这时候后面的车子多起来了，轰鸣声和人群的嘈杂漫上来包围着她，她赶紧将车窗摇上。

四环过了望京桥之后，路况似乎流畅了许多。左右两边的车道上的车子唰唰地过去。康蒂丈夫莫名兴奋地说，这他妈的才像是开车。他摇下了车窗，风呼地灌进来，似乎让风来配合他的心情，但是很快他又关上了，女孩说风吹得耳鼓膜有点疼。短暂的沉默，女孩忽然说："正儿八经的啊，你相信一见钟情吗？""相信，当然相信啊，比如我和你。"他嘴角挂笑貌似调侃地说。女孩说："你我不算，我说的是那种单身男女。你算吗？你不算。你是有家有口的好不好。""哦，好吧，那我是不算，但是这不妨碍我相信一见钟情啊。那么你有过吗？""我啊，我这么一把年纪了，怎么能没有过呢。""那你倒是说说啊，怎么个一见钟情的？""其实也没有什么，就是一个场合，一对男女见面了，有眼缘呗。""就这么简单？""就这么简单。简单的才这么直接，才叫一见钟情。"说罢女孩不说话了。其实康蒂丈夫知道女孩肯定是想起了什么一段前尘往事，就说："怎么，想起了和哪个男生一见钟情了？"

女孩并不搭腔，眼光看着前方的窗外，窗外的桥梁和树木唰唰后退。她的确想到了暑期做志愿者那会，有的去医院，有的去社区，有的去敬老院，有的去小学校，而她则选择了去地铁站。她当时想到的是一首歌：想和你去吹吹风。这个风就是在地铁里吹的。她坐过地铁，也感受过那种穿堂风的强劲和凉爽。她说："我是一个喜欢乘地铁的人。"她忽然冒出这么一句，男人不知道如何应答。他对她的这种没头没脑的话报以一笑。"那是你跟他第一次见面吗？""恩，是的。我甚至不知道他叫什么。""啊，一个陌生人？！""嗯，是啊，但我却没有这样的感觉，仿佛我们认识了很多年的感觉。""那么后来呢？""没有后来，就是那一天下大雨，我本来是去东直门的，因为负责芍药居的那人非得跟我调换，她要之后去东直门银座中心见一个日本人。人家蛮诚恳的，算是我的闺蜜吧，就答应了，我就到了芍药居地铁站。就这么一次，就遇见他了。"女孩说着低下了头，右手开始搬弄着左手大拇指。"这可是天赐良缘啊，那么，后来呢？""什么后来，没有后来。""没有后来？一见钟情都应该有一个后来啊，否则叫什么一见钟情？""哦，真的没有后来啊，我甚至不知道他叫什么。""好吧，我无语了。"

男人握着方向盘说道。"那你还经常想起他？""嗯，有时候，比如现在，我还能记得他的样子。个子高高的，很白，鼻梁挺，俺娘说找男人要找那鼻梁挺的。嗯，浓眉，这其实不是关键，关键的是他的眼睛，黑黝黝的，清澈。我还没有遇到这么清澈的眼睛的人呢。""哦，是吧？""嗯，是的。""那是个有福的人。""有福的人？什么意思？""丫头，这么说吧，一双清澈的眼睛的人，这得多少修行和定力啊。""不懂。""哦，打个比方吧，就是将一个面团扔进一个泥坑里，这个小面团还是那么洁白如故。""得了，你还不如说清者自清，出淤泥而不染之类的呢。""哈。我是一直在脑海里搜索这个词来着，唉，脑子不灵了，上锈了。那么，后来你和他再次相遇了吗？""相遇了，不过准确地说是没有。""没有懂你的意思。""第一次见，我正在地铁站服务发雨披，那天瓢泼大雨啊。那是一种独特的体验，我还记得他肩膀潮湿的样子，他的脸很干净。雨衣是免费的，公共设施免费发放的，他以为是要收费，竟然掏钱给我。"女孩说到这儿的时候笑起来。"他不会穿雨衣，当然那个雨衣太薄了，全部粘在身上。还是我帮他穿上的。你知道吗？当时我帮他穿的时候怎么想的吗？""我怎么知道，我又不是你肚子里的蛔虫，更不是你那个时候的肚子里的蛔虫。""当时脸发红，

230

他个子比我高，他看了我一眼，我们的目光是一个向下，一个是向上，互相迎着的这种。那么短暂的一刹那，我赶紧就把视线转到纽扣上了。当时真的是这样，我脸腾地一下红了。他可能也注意到了。""没有要个手机号之类的？"康蒂丈夫将手拍了一下方向盘，前面是红灯。"没有，我一个女孩子家家，怎么好意思主动。""就这样，没有后来了？""可以这么说吧，因为此后还有一次，只是没有下雨，我是去那边惠新西街办事，就多坐了一站。也是莫名其妙，多坐一站之后，以为在那边能碰上。后来想哪能这么巧啊，但是你还别说，这天下的事就是这样的，还真就碰上了。不过也不叫碰。他正在刷卡进站，我正往外走，他似乎看了我一眼，好像认出来我了，但是很快就走了。他好像匆匆地去办什么事儿。就是这样的。但是我敢肯定，他肯定是喜欢我的。"女孩说着又开始摆弄手指头了。

"有香烟吗？"女孩突然说。康蒂丈夫对此表示吃惊："你还抽烟？""哦，也不，偶尔抽着玩，那种摩尔女士烟。这个时候突然想要抽，就是这样的感觉。""嗯，理解，只是我车上没烟，因为我本来就不抽烟，对不住了。"康蒂丈夫从口袋里摸出一块水果糖来，女孩有点惊喜地睁大了眼睛。"你有这个习惯？"男人不说话，只是自如地驾车，脸上平静又骄傲。"我每天出门都会在口袋里装一块糖，每当无聊的时候，我就往嘴里扔一块。"女孩脸上由起初的平静变得生动起来，甚至她的小嘴唇都变得红艳无比。她开始吮吸着糖块，并且啧啧有声。"你知道吗？""什么？""我现在最想做什么吗？""去，去，又没什么好事儿。""其实是好事。""什么好事？""将你的小嘴唇含住，咬住，然后将你嘴里的糖过到我的嘴里，然后再过到你的嘴里。""得了，恶心死了，怪叔叔。"

好吧，康蒂丈夫将方向盘又拍了拍，车子重新又在道路上滑动起来了。而且滑得很快，像路上有了一层薄冰。

图书在版编目（CIP）数据

田埂上的小提琴家 / 林苑中著 . —济南 : 济南出版社，
2019.7（2024.3 重印）

（文学新势力 / 张清华，邱华栋主编）

ISBN 978-7-5488-3970-5

Ⅰ . ①田… Ⅱ . ①林… Ⅲ . ①短篇小说—小说集—中
国—当代 Ⅳ . ① I247.7

中国版本图书馆 CIP 数据核字（2019）第 156861 号

出 版 人	谢金岭
责任编辑	宋　涛　张慧敏　姜天一
封面设计	璞　间

出版发行	济南出版社
地　　址	山东省济南市二环南路 1 号
邮　　编	250002
印　　刷	山东百润本色印刷有限公司
版　　次	2019 年 7 月第 1 版
印　　次	2024 年 3 月第 3 次印刷
成品尺寸	145 mm × 210 mm　32 开
印　　张	7.625
字　　数	144 千
定　　价	69.80 元

（济南版图书，如有印装错误，请与出版社联系调换。联系电话：0531–86131736）